Bernd Weiler

DAS LEISE STERBEN AUF DER REICHENAU

Krimi

Oertel+Spörer

Für Jurek

Waldi wollte heute nicht so recht. Vielleicht war es das trübe Herbstwetter, das ihm immer Mühe mit dem Schnaufen machte. Er kam halt auch in die Jahre, dachte sich der alte Mann auf seinem morgendlichen Spaziergang. Es war immer dieselbe Route, die er und sein kleiner Dackel miteinander gingen. Ein schöner Weg, wenn das Wetter stimmte: Von seinem kleinen Häuschen führte ein schmaler Pfad vorbei an alten Trauerweiden hinunter zum See. Jedes Mal ärgerte er sich über die dreckigen Schuhe und Waldis schmutzige Pfoten, die er dann wieder putzen musste. Aber das gehörte zu seinem Leben, er hatte das genauso in seine Runde eingebaut wie die tägliche Brezel beim Bäcker an der Ecke. Denn am Ende seiner Runde machte er noch einen Gang durch die Gemeinde. Am Platz in Mittelzell traf er meist den einen oder die andere und man schwatzte ein wenig über die Zeit und über die Reichenau und ihre Menschen. Er hatte lange Jahre die Poststelle auf der Insel geleitet. Was hieß *geleitet*, er war die Post gewesen auf der Reichenau bis zu seinem Ruhestand. Heute gab es eigentlich keine Post mehr, nur noch eine Agentur, die ein Laden war, in dem man alles Mögliche kaufen konnte. So änderten sich die Zeiten. Früher war er die Informationszentrale der Insel gewesen. Bei ihm gingen die Reichenauer ein und aus und jeder wusste was zu erzählen. Bei ihm konnte man sich damals informieren, was wichtig war auf der Insel: Wer wird heiraten, wo wurde ein Kind erwartet, wem ging es nicht so gut. All die Informationen, die eine so relativ kleine Gemeinschaft wie hier auf der Reichenau ausmachte. Das hatte sich im Laufe der Zeit allerdings geändert, als immer mehr Touristen auf die Insel kamen und immer mehr Wochenendhäuser und Ferienwohnungen gebaut wurden. Freilich hatte es auch schon vor seiner Zeit ein paar Häuschen gegeben, in denen betuchte Stuttgarter die Wochenenden und den Sommer verbrachten. Aber inzwischen lebte die Insel neben dem Gemüse- und Salatanbau von diesen Gästen, die manchen Euro in den Läden und Wirtschaften ausgaben.

Er unterbrach seine Gedanken und schaute hinüber zur Waldsiedlung, einem Ortsteil der Reichenau auf dem Festland. Es war zu wenig Platz, zu wenig Wohnraum auf der Insel, um all die Menschen unterzubringen, die hier ihrer Arbeit nachgingen. Irgendwann, war es in den Sechzigern oder Anfang der Siebziger Jahre gewesen, hatten die ersten Reichenauer drüben auf dem Festland ihre Häuser gebaut. So genau wusste er das eigentlich gar nicht. Die spätere Waldsiedlung war eben die Waldsiedlung gewesen und geblieben. Für die Reichenauer war die Insel die Insel und die Waldsiedlung die Waldsiedlung, so vielfältig inzwischen die Verbindungen auch sein mochten. Er selbst, wenn er genau nachdachte, kannte niemand aus der Siedlung. Aber das musste nicht viel heißen, seine Verwandtschaft war klein. Es gab nur noch einen Vetter, der wohl noch in Konstanz lebte. Es war Jahre her, dass sie sich mal eine Karte zu Weihnachten geschickt hatten. Eigentlich schade, dachte der alte Mann, denn immerhin war man zusammen aufgewachsen und hatte so manchen Jugendstreich gemeinsam erlebt. Er riss sich aus seinen Gedanken und ließ den Blick über die Landschaft streifen. Durch die vielen Gewächshäuser und das milde Klima der Insel konnte man hier das ganze Jahr über Salat und Gemüse anpflanzen. Ein einträgliches Geschäft, dachte er bei sich, denn er kannte den einen oder anderen Gemüsebauern ganz gut. Denen ging es nicht schlecht, und wenn sie klagten, dann klagten sie auf hohem Niveau, wie man so sagte. Aber so war das mit den Menschen, immer wollten sie mehr und es musste noch besser gehen, ein größeres Haus, ein teureres Auto und natürlich mehr Land. Das war hier auf der Reichenau das eigentliche Gold. Wer Land hatte, der hegte und pflegte es und war vor allem stolz darauf.

Auch er war Landbesitzer. Zwar hatte er den Streifen bisher nur für ein wenig Kleingärtnerei genutzt, das Stückchen lag aber ganz praktisch wenige Hundert Meter von seinem Häuschen entfernt. Sein Onkel Herbert hatte es ihm hinterlassen. Das Haus des Onkels war für die Tilgung der Schulden draufgegangen. Der Onkel hatte halt sein Leben lang kein Händchen für das liebe Geld gehabt. Trotz einträglicher Schmiedewerkstatt hatten ihn schließlich seine beiden Kinder um ein kleines Vermögen gebracht. Nachdem er sich immer ganz gut mit dem Onkel verstanden hatte, hinterließ ihm der diesen kleinen Acker. Immer wieder mal meldete sich der ein oder andere der angrenzenden Gemüsebauern, ob er das Stück Land nicht verkaufen wolle. Aber was sollte er mit dem Geld, fragte er sich und verneinte jedes Mal.

Er bog auf den Uferweg ein. Meistens traf er hier keinen Menschen um diese Zeit. Es war Viertel nach sieben. An dieser Stelle konnte man ziemlich weit in den Seeuferweg hineinsehen. Entfernt erkannte er einen Jogger, der in greller Sportkleidung in seine Richtung lief. Als dieser offensichtlich junge Mann näherkam, hatte er das Gefühl, ihn zu kennen. Das musste dieser Erik von gegenüber sein, der Vater der kleinen Familie mit der netten jungen Frau. Mit dem hatte er schon lange mal sprechen wollen. Da ging es immer ziemlich laut zu, wenn der Mann am Abend von der Arbeit nach Hause kam. Soweit er wusste, war er bei einem Handwerksbetrieb als Flaschner angestellt. Die Familie wohnte noch nicht lange in einem Zweifamilienhaus, das anstelle eines Fischerhauses errichtet worden war. Die Erben hatten das alte Haus abreißen lassen und die beiden Wohnungen schnell vermietet. Sie wohnten im ersten Stock. Die beiden Kinder, ein Junge und ein Mädchen waren zwei und drei Jahre alt und hielten ihre Mutter auf Trab.

Es ärgerte ihn immer so, wenn der Mann abends seine Frau anschrie. Den Geräuschen nach schrie er nicht nur, sondern wurde auch handgreiflich. Das Weinen der Frau, Sabine hieß sie, ging ihm durch Mark und Bein. In manchen Wochen kam das fast jeden Abend vor. Sein Entschluss war lange schon gewachsen. Er würde den jungen Mann heute zur Rede stellen, das musste sein. Er schaute dem Jogger entgegen. Der war nur noch etwa fünfzig Meter entfernt. Er rannte recht schnell, sportlich war er, der Erik, dachte er noch. Dann hob er die Hand in die Höhe, um dem jungen Mann zu signalisieren, dass er stehenbleiben solle. Der erkannte den alten Mann und verlangsamte seine Schritte. Schließlich kam er direkt vor ihm zu stehen.

»Gute Morge, Herr Wiegand, danke, dass Sie anghalte hend. Ich mecht mal was mit Ihne schwätza«, sagte der alte Mann.

»Sie sind doch der alte Glaubscher von nebenan«, meinte der junge Mann.

»Genau, ihr direkter Nochber, Glaubscher, Rudolf«, sagte der alte Mann.

»Und, was gibt's?«, fragte der junge Mann.

»Ich hör Sie emmer schreia, am Obend, ond ihr Frau weina«, sagte der alte Mann.

»Das geht Sie nichts an!«, sagte der junge Mann laut.

»Eigentlich net, aber mer denkt sich halt sei Sach«, meinte der alte Mann.

»Sie sollten das Denken den Pferden überlassen, die haben größere Köpfe«, sagte der junge Mann lächelnd.

»Abr d's kloinere Hirn«, bemerkte der alte Mann.

»Also, was wollen Sie?«, fragte der junge Mann.

»Eine Ruhe mecht i, ond dass Sie Ihr Frau net schlaget!«, sagte der alte Mann nun etwas lauter als vorher.

»Wie schon gesagt, das geht Sie nichts an!«

Der junge Mann schaute hinaus auf den morgendlichen See, als ob der alte Mann sich dort die Antwort auf seine Frage suchen solle. Der sah ihn an und ging einen Schritt auf ihn zu. Das wollen wir doch mal sehen, dachte er. Ihm ging dieser großschnäuzige junge Mann schon lange auf die Nerven. Das konnte doch nicht sein, dass der fast jeden Abend so einen Zirkus veranstaltete. Er war ein zurückhaltender Typ und mischte sich ungern in solche Sachen ein, aber wenn es um eine junge Frau und ihre Kinder ging, dann konnte er so richtig narret werden.

»Ich denk, des geht mich sehr wohl etwas an! Wenn Sie domit net aufhöret, no ruf ich die Polizei an!«, sagte der alte Mann mit fester Stimme. Er versuchte dabei, dem jungen Mann in die Augen zu schauen, aber der blickte weiter auf den See hinaus.

»Das werden Sie schön bleiben lassen, Alter. Sonst setzt es was, dann brauchst du dir um deine Rente keine Sorgen mehr zu machen!«, sagte der junge Mann und wandte sich dabei ihm wieder zu.

»Was heißt da Rente? Wellet Sie mir etwa droha?«, fragte der alte Mann.

»Was heißt drohen? Du hältst einfach deine alte Klappe und gut ist!«

»Und wenn i mei Klapp net halta will?«

»Dann kriegst du eins drauf, damit du still bist!«

»Des geht net.«

»Das geht sehr wohl, hier und jetzt, wenn du willst!«, sagte der junge Mann und ging, als er das sagte, auf den alten Mann zu. Seine Augen versprühten einen Zorn, den der alte Mann nicht verstand. Was ging in einem solchen Menschen vor, fragte er sich, woher diese Aggression, diese

Verachtung? Der alte Mann stellte sich dem jungen Mann entgegen. Er wich keinen Schritt zurück. Doch der junge Mann ging noch näher auf den alten Mann zu.

»Ich geh' zur Polizei, gleich jetzt. Dann kennet Sie sich verantworte«, sagte der alte Mann und wandte sich ab.

Der junge Mann hielt ihn an der Schulter fest.

»Moment, Opa. So leicht kommst du mir nicht weg!«

»Lasset Sie mich los!«

»Du gehst auf keinen Fall zur Polizei. Das geht gar nicht!«

»Ond wie ich zur Polizei geh!«, rief der alte Mann. Er versuchte, weiterzugehen. Dackel Waldi wurde schon ganz unruhig. Er war es nicht gewohnt, dass die morgendlichen Spaziergänge so unterbrochen wurden. Außerdem konnte er diesen jungen Mann nicht riechen. Er zog an seiner Leine und schnappte nach dem Hosenbein des jungen Mannes.

»Halten Sie den Köter fest, sonst fliegt hier gleich ein Dackel durch die Luft!«, rief der junge Mann und scheuchte mit dem anderen Bein den Hund zur Seite.

»He, lasset Sie mei Hundle fei en Ruah!« Der alte Mann ging auf den jungen Mann zu und schob ihn weg.

»Wenn Sie mich noch einmal anfassen, dann passiert was, Alter, hast du mich verstanden?«

»Sie sollet mein Hund en Ruah lassa!«

»Ich sagte: Nicht anfassen, verstanden?« Der junge Mann stand nun dem alten Mann gegenüber. Mit der Hand schlug er ihm den Hut vom Kopf.

»He, was soll denn des?«, rief der alte Mann entrüstet.

»Das nächste Mal ist es nicht nur dein Hut, Alter, verstanden? Du hältst die Klappe!«

»Zur Polizei geh' ich, des isch sicher!«, rief der alte Mann und wandte sich ab.

»He Alter, so kommst du mir hier nicht weg!«, sagte der junge Mann und griff dem anderen an die Schulter.

»Lasset Sie mich los!«

»Noch ziemlich kühl das Wasser, trotz des warmen Frühjahrs«, meinte der junge Mann und zog den alten Mann das schmale Seeufer hinunter. Der wehrte sich, konnte aber gegen den deutlich Stärkeren nichts ausrichten.

»He, hallo«, rief der alte Mann, »Sie könnet mi doch net dohanna ens Wasser schmeiße!«

»Kannst du schwimmen?«

»Net guat.«

»Dann hast du halt Pech gehabt! Also, Köpfer oder Arschbombe«, sagte der junge Mann mit einem hämischen Lächeln.

Der alte Mann merkte nun, dass es dem anderen ernst war. Er machte sich von dem jungen Mann los und drehte sich vom See weg. Aber er kam nicht weit.

»Aber hallo, du bleibst hier, wollen doch mal sehen, wie gut du wirklich schwimmen kannst.«

Der junge Mann griff nach der Jacke des alten Mannes, der glatte Stoff entglitt seinem Griff. Fast gleichzeitig hob der alte Mann seinen Wanderstock und schlug in Richtung des anderen. Der stand mit dem Rücken zum See, verlor das Gleichgewicht und kippte nach hinten auf den Uferstreifen. Sein Kopf platschte ins flache Wasser. Nur weg von hier, dachte der alte Mann. Ohne nach seinem Gegenüber zu schauen, drehte er sich um.

Er ging mit seinem Hund zurück auf den Uferweg und verließ die Stelle mit schnellen Schritten. Erst als er die erste Straße erreicht hatte, wurden seine Gedanken klarer. Was hatte er gemacht? Heute würde er sich keine Brezel in der Bäckerei holen. Obwohl, vielleicht würde das auffallen, wenn er seine Gewohnheiten änderte. Er ging also weiter zur Hauptstraße und in Richtung der Bäckerei. Er hatte seinen Hut vergessen, fiel ihm jetzt erst auf. Mit einem kurzen Rundumblick vergewisserte er sich, dass ihn niemand gesehen hatte. Er beeilte sich auf dem Uferweg, schnell zu der

Stelle zu kommen. Schon von Weitem sah er seinen Hut auf der Uferböschung liegen. Er würde keinen Blick hinunter zum See werfen. Er wollte nicht wirklich wissen, was passiert war. Aber er sollte vielleicht nach dem jungen Mann sehen. Der war ins Wasser gefallen, wahrscheinlich. Aber er war viel zu aufgeregt, um nachzusehen.

Heute lag ein seltsamer Schleier auf dem See. Der Blick hinüber zum Schweizer Ufer verriet wenig über das, was sich auf der anderen Seeseite befand. Mit ein bisschen Geduld konnte man die Ortschaften zwischen den Nebelschwaden erahnen.

Kommissarin Kim Lorenz kannte den Blick zu anderen, klareren Zeiten. Aber irgendwie schien ihr diese trübe, nur schemenhafte Sicht der Dinge dort drüben typisch für ihre derzeitige Situation. So ähnlich schaute sie auch gerade auf ihr Leben. Ihr Leben als Mutter von Zwillingen, als Partnerin und vor allem auch als Hauptkommissarin. Da war ihrer Ansicht nach doch einiges durcheinander gekommen.

Freilich hatte sie damit gerechnet, dass ihre Aufgabe als Mutter sie ziemlich in Beschlag nehmen würde. Allerdings musste sie immer noch herzhaft lachen, wenn sie an den Moment oder vielmehr die Momente zurückdachte, wo erst sie, dann ihr Freund Peter die freudige Botschaft erhalten hatten, dass nicht nur ein Kind in ihre Familie kommen würde. Für sie war es wirklich eine freudige Botschaft gewesen, das konnte sie mit Fug und Recht behaupten. Vielleicht war ihr das Ausmaß dieser Information zu dem Zeitpunkt noch nicht so richtig klar, aber andererseits war sie ein Mensch, der sich der Situation stellte und die entstehenden Probleme anging. Ganz anders verhielt es sich da bei ihrem Freund Peter. Der war beinahe in einen Schockzustand geraten, als sie ihm nach dem Besuch bei ihrer Ärztin erzählt hatte, was da auf sie beide zukam. Käsbleich war der geworden und musste sich erst einmal setzen. Er hatte sich das doch so schön vorgestellt. Seine Kim zu Hause mit dem Kind und er endlich der Schreibende, der Schriftsteller, der sich voll auf seine Arbeit konzentrieren konnte. Scheißabächle, dachte Kim Lorenz bei sich, das war dann doch anders gekommen. Mit den beiden putzigen Babys waren sie beide ziemlich beschäftigt. Aber was nutzte alles Nachgedenke, dachte sie. Sie musste die halbe Stunde nutzen, die Julia mit den Zwillingen spazieren war. Es war schon toll, dass Julia ihr immer wieder aushalf. Aber als sie damals ihr und Max die freudige Botschaft mitgeteilt hatten, war seine Reaktion nur ein herzhaftes Lachen gewesen. Julia hingegen hatte eher zurückhaltend freudig gewirkt. Als ob sie damals schon geahnt hatte, was da auf Kim und Peter zukommen würde. Auf jeden Fall hatte Julia ihr vom ersten Tag an, nachdem sie aus dem Krankenhaus zurück war, nicht nur mit Rat, sondern vor allem mit Tat zur Seite gestanden. Schließlich hatte auch Max begriffen, dass es mit Lachen nicht getan war.

Kim machte sich an die Wäsche. Sie hatte sich einige Aufgaben vorgenommen, die sie in der kurzen Zeit, in der sie allein war, erledigen wollte. Die Wäsche war das Erste, dann die Fläschchen fertigmachen und schließlich, wenn es noch reichte, zumindest ein wenig kehren.

Sie kam nur bis zu den Fläschchen. Von Anfang an hatten die beiden Kleinen zusätzlich ihr Fläschchen bekommen. Das machte es ihr leichter, denn mit dem Milchfluss klappte es nicht ganz so gut. Ihre Hebamme hatte sie zwar beruhigt, dass die Milch bei Zwillingen sowieso meist nicht ausreichte, aber irgendwie wollte man als Mutter doch alles geben. Ein sehr willkommener Nebeneffekt des Zufütterns war, dass die beiden Purzel fast von Anfang an mehr oder weniger durchgeschlafen hatten. Das hatte dann alle Diskussionen um die Notwendigkeit und vor allem Gesundheit des Zufütterns schnell beendet, denn auch Peter hatte eingesehen, dass ein ruhiger Schlaf, zumindest für fünf oder sechs Stunden, echt was wert war. Dafür musste auch er so manche Frühschicht übernehmen. Meist meldeten sich die beiden so gegen fünf, ließen einem aber durchaus eine weitere halbe Stunde, bis dann Alarm angesagt war. Dann aber raus, Wasser gekocht, das Pulver angerührt und abkühlen lassen. Das waren dann die kritischsten Minuten. Als ob die Kinder es ahnten, dass die Fläschchen fertig waren. Sie stellte diese dann kurz in kaltes Wasser und machte den Test an der Innenseite des Handgelenks. So hatte es ihr die Hebamme gezeigt. Wenn man an dieser Stelle die Hitze nicht als Schmerz empfand, dann stimmte die Temperatur. Peter brauchte natürlich wieder eine Extrawurst. Er war sofort losgezogen und hatte ein digitales Thermometer für teures Geld erstanden, das die Temperatur bis auf zwei Stellen hinter dem Komma anzeigte. Sie hatte nur den Kopf geschüttelt, Julia und die Hebamme auch.

Sie hörte die Haustüre. Peter. Er hatte seinen morgendlichen kreativen Spaziergang beendet. Sie schnappte sich den Besen und begann zu kehren. Peter sollte eine fleißige Hausfrau und Mutter zu sehen bekommen.

»Hatte eine tolle Idee. Ich geh gleich nach oben. Das muss ich aufschreiben!«, rief Peter auf dem Gang.

Sie stellte den Besen in die Ecke. Schade. Dann machte sie jetzt Kaffee, damit der fertig war, wenn Julia mit den Zwillingen zurückkam. Sie schenkte sich schon mal eine Tasse ein. Vielleicht sollte sie Peter eine nach oben bringen. Sie war schon ein wenig neugierig, was das für eine Idee war, die er unbedingt aufschreiben musste. Mit der Tasse in der

Hand ging sie die Holzstufen hinauf. Das Schöne an ihrer Wohnung waren die zwei Zimmer unterm Dach. Zwar war es im Sommer oft ein bisschen warm, aber sie hatten ausreichend Platz und Peter hatte sein eigenes kleines Zimmer zum Schreiben. Sie klopfte.

»Ja«, kam es von innen.

»Ich bin's, mit Kaffee!«, sagte Kim.

»Prima, das kann ich jetzt brauchen«, erwiderte Peter, als sie die Tasse auf seinem Schreibtisch abstellte.

»Ich bin doch neugierig«, sagte sie leise.

»Ich weiß«, meinte er nur.

»Was ist das für eine Idee?«, wollte sie wissen.

»Ach, erst mal nichts Besonderes, obwohl, eben kein Fall von dir. Was Neues!«

»Das ist gut. Dann fällt dir das Schreiben vielleicht leichter«, sagte sie.

»Genau. Ich lass mir alles nur einfallen. Keine Vorbilder, kein echter Fall, nur Fantasie!«, sagte er euphorisch.

»Das ist bestimmt gut. Um was geht es denn und wo?«

»Spielt auf der Reichenau. Ich dachte, Mainau – das kennt doch jeder. Ist auch zu viel Tourismus dort. Reichenau ist ruhiger, genau der Ort für einen Mord.«

»Wie passiert es?«, fragte Kim.

»Streit im Gewächshaus, Sturz, Scherben und scharfes Glas.«

»Klingt blutig, aber interessant. Motiv?«

»Neid, Missgunst, Gier.«

»Das geht immer. Auf der Reichenau geht es oft um Land. Da war erst was in der Zeitung. Zu wenig Anbauflächen, kein Bauland mehr möglich. Da wird es ziemlich eng auf der Reichenau.«

»Na also, das ist doch ein prima Hintergrund. Da lässt sich doch was draus machen! Danke dir«, sagte Peter, stand auf und nahm Kim mit einem dicken Kuss in den Arm.

»Ich helfe doch gerne. Wenn du den Mörder nicht findest, dann melde dich einfach bei mir. Ich habe eh grade nichts zu tun«, meinte Kim.

»Du hast – wir haben Zwillinge«, sagte Peter.

»Stimmt«, sagte Kim, »und wenn mich meine Ohren nicht täuschen, kommen die gerade mit Julia zurück. Ich muss runter«, sagte Kim und war schon auf der Treppe.

»Haaalloo«, tönte es von unten.

»Komme schon!«, rief Kim.

Julia hatte die Wohnungstür aufgestoßen und stand mit dem Zwillingskinderwagen davor. Lotta und Moritz strahlten ihre Mutter an und kicherten lauthals.

»Was ist denn hier los?«, fragte Kim.

»Wir haben Tiere nachgemacht«, sagte Julia lachend.

»Wohl eher du«, meinte Kim.

»Gut, ja, eher ich. Aber die beiden fanden das toll.«

»Kann ich mir vorstellen. Also, dann mal raus aus dem Wagen und rein ins Wohnzimmer. Wir legen sie auf ihre Decke. Ich habe Kaffee gemacht.«

»Das ist gut, den kann ich jetzt brauchen«, sagte Julia und trug Moritz ins Wohnzimmer.

Kim folgte ihr mit Lotta. Als die beiden Kleinen auf ihrer Decke spielten, setzten sich Julia und Kim zu einer wohlverdienten Tasse an den Esstisch.

»Das sind schon zwei Exemplare, das kann ich dir sagen. Langweilig wird es einem mit denen nicht!«

»Wem sagst du das«, erwiderte Kim.

»Die haben einen Spaß miteinander in diesem Kinderwagen. Ich war eigentlich fast nur zum Schieben da, die Unterhaltung haben die beiden geliefert, miteinander. Ich durfte erst am Schluss mal mitmachen.«

Kim wischte beiläufig ein paar Krümel vom Tisch. Sie hatte vergessen, ihn abzuwischen. So ganz klappte das eben doch nicht mit der perfekten Hausfrau. Aber sie arbeitete daran.

»Und, wie geht es dir?«, fragte Julia.

»Wie soll es mir schon gehen. Hausfrau und Mutter halt«, sagte Kim mit einem kleinen Seufzer.

»Na, na. Soll ich jetzt sagen: Du wolltest das schließlich so?«, fragte Julia.

»Nein, das nicht. Aber ich hatte vielleicht andere Vorstellungen. Irgendwie einfacher«, erklärte Kim.

»Das glaube ich dir. Aber vielleicht kann man sich das gar nicht vorstellen, Zwillinge«, sagte Julia.

»Vielleicht«, meinte Kim.

Warum war der Glaubscher zurückgekommen?, fragte er sich. Er konnte mit seinem Kahn nicht weiter ans Ufer fahren, ohne eventuell gesehen zu werden. Der hatte irgendwas aufgehoben, aber was? Jedenfalls lag der junge Mann noch am Ufer. Warum war der nicht wieder aufgestanden? Der Glaubscher war weg und sonst auch niemand zu sehen. Er musste ans Ufer fahren und nach dem jungen Mann schauen. Vorsichtig schob er den Kahn unter den langen Zweigen der Weide hindurch. Der lag da ziemlich leblos. Er fuhr ans Ufer und stieg aus. Vom Kopf des Mannes spülte es eine kleine Blutspur in den See. Das sah eigentlich gar nicht so schlimm aus, dachte er bei sich. Der Glaubscher hatte mit seinem Wanderstock herumgefuchtelt, aber damit schlug man doch keinen tot. Tot? War der überhaupt schon tot? Er sollte hingehen und die Halsschlagader anfassen. Das machten sie in den Filmen immer so. Aus dem Mund des Mannes kamen nur noch wenige Luftblasen an die Wasseroberfläche. Tot war er wahrscheinlich noch nicht. Sollte er ihn rausziehen? Die Polizei oder irgendwen anrufen? Aber er hatte sein Handy nicht dabei. Verflixt. Ausgerechnet. Aber er nahm es eigentlich nie mit auf den Kahn. Es konnte ins Wasser fallen. Die Luftblasen wurden immer kleiner. Vielleicht, wenn er sich aus dem Staub machte, fand ihn jemand anderes. Das war ihm zu kritisch. Man kannte doch diese Geschichten von wegen unterlassener Hilfeleistung oder falscher Erster Hilfe. Da kam man womöglich in was rein ...

Lothar Bermaier fuhr sich in die nicht mehr vorhandenen Haare. Er strich sich über seine Glatze und dachte nach. Der Glaubscher, ha, des glaubsch net. Haut der dem jonge Mann oifach so übers Hirn. Worom eigentlich, Lothar, denk noch. Dia hend Streit ghet, des war deitlich. Aber worom streitet dia? Er konnte denken, wohin er wollte, es fiel ihm nichts ein. Aber, das war auch egal. D'r Glaubscher – schlägt oin dot oder fascht dot. Des muaß mer sich mol vorschtella. Guat, eigentlich hot er sich eher bloß gwehrt. Aber dann, dot isch dot, do gibt's nex drzwischa. Ond wenn der Glaubscher oin dot gschlaga hot, no isch er ein Mörder oder zumindescht ein Totschläger. No ghert der nei ens Loch, fenf Johr mindeschtens. Oder er ka gar net aklagt werda, weil ihn koiner gseah hot. Weil ihn koiner verpfeift. Sollte er ihn verpfeifen?, fragte er sich. Da hatte er nichts davon, der Glaubscher wanderte eben in den Knast. Aber wenn er ihn nicht verpfiff. Wenn er ihn laufen ließ, dann war ihm der Glaubscher doch was schuldig. Der war ihm ganz gewiss gehörig was schuldig.

Der hatte doch dieses Stückchen Land gleich neben seinen Beeten. Das wollte der ihm doch partout nicht verkaufen. Vielleicht wenn er ihn jetzt mal ansprach. So als Mitwisser. Er sollte mit seiner Frau mal drüber reden. In diese Gedanken versunken, schaute er wieder auf. Der junge Mann lag immer noch am Ufer. Er sah genauer hin. Es kamen keine Luftbläschen mehr aus dem Mund. Ausgehaucht, dachte Lothar Bermaier, so schnell konnte das gehen. Er schob seinen Kahn ins Wasser und schaute sich um. Kein Mensch

zu sehen. Sie würden darüber reden. Er würde den Glaubscher mal ansprechen, zu sich bestellen, am besten unten
im Anzuchtgewächshaus. Das war abgelegen und unauf-
fällig für beide zu erreichen. Der Glaubscher konnte durch
seinen Garten gehen. Er würde den Weg durchs lange Gewächshaus nehmen. So würde er es machen. Mal sehen, was
sie dazu sagen würde. Aber er kannte sie. Wenn's ums Geld
ging…

Seit Kim nicht mehr im Dienst war, gestaltete sich ihr Alltag
eher langweilig. Christina Hahn saß in ihrem Büro im ersten
Stock der Polizeidirektion Konstanz. Immerhin inzwischen
Kommissarin, dachte sie. Der Fall in Ravensburg war zwar
nichts Spektakuläres gewesen, aber die Öffentlichkeit hatte
über die Medien doch einiges über die geleistete Ermittlungsarbeit erfahren. Obwohl Kim Lorenz die ausschlagge-
benden Dinge herausgefunden hatte, war auch ihr Name hin
und wieder aufgetaucht. Das war natürlich wichtig, wenn es
um die Beförderung ging. Und das hatte dann auch prompt
geklappt. Kim hatte ihr eine gute Beurteilung geschrieben
und sie war zur Kommissarin ernannt worden. Ein Ersatz
für Kim war bisher noch nicht gefunden, daher saß Christina allein in ihrem Kommissariat und harrte der Dinge, die
da kommen sollten. Sie war sich allerdings nicht sicher, was
für Dinge da kommen sollten. Ein richtiger Mord wäre ihr
jetzt vielleicht auch ein bisschen viel für den Anfang gewesen. Andererseits waren sie nun mal die Mordkommission.
Im Moment war nur sie die Mordkommission.

Sie sollte Kim mal anrufen und fragen, wie es ging mit
den Zwillingen. Seit Wochen schob sie einen Besuch vor
sich her. Warum, das wusste sie eigentlich selbst nicht so

richtig. Vielleicht hatte das mit Beziehung und Familie zu tun. Da sah sie für sich im Augenblick überhaupt keine Perspektive. Der letzte Kandidat hatte sie ziemlich plötzlich einfach so abserviert, nachdem er beruflich in eine andere Stadt versetzt worden war. Sie hatte noch gedacht, was sind schon siebzig Kilometer, aber er hatte wohl anders gedacht. Nun war sie, wenn sie ehrlich zu sich war, ziemlich allein in diesem Konstanz. Dass diese Kim auch ausgerechnet jetzt Zwillinge bekommen musste.

Das hätte so schön für sie anfangen können. Zusammen mit Hauptkommissarin Kim Lorenz in der Mordkommission Konstanz. Das hörte sich doch gut an. Leider sah die Wirklichkeit anders aus. Ihr Dienststellenleiter hatte ihr wenig Hoffnung auf baldigen Ersatz für Kim gemacht. »Ist doch eh nichts los, Frau Hahn, das schaffen Sie doch gut alleine«, hatte der nur gemeint und das Telefonat recht schnell beendet.

Also, Frau Kommissarin, das schaffen Sie schon, sagte Christina laut vor sich hin und für einen Moment hätte sie das fast geglaubt.

Ihr Telefon klingelte. Sie hatte extra diesen Retrosound eingestellt. Das erinnerte sie an die alten Krimis, die ihre Oma mit Leidenschaft geguckt hatte. Eines Tages hatten sie zusammen eine alte Folge des »Kommissars« auf YouTube angeschaut. Für heutige Verhältnisse waren das langweilige Fälle mit wenig Action und wenig Blut. Andere Zeiten eben, hatte Christina gedacht. Aber dieses Telefongeklingel im Büro der Sekretärin des Kommissars, Rehbein hieß sie wohl, das war der jungen Kommissarin im Gedächtnis geblieben.

Sie hob ab.

»Hahn, Mordkommission Konstanz«, meldete sie sich, schon ein wenig stolz. Sie horchte.

»Wo? Und wo auf der Reichenau? – Aha. – Können Sie sichern? – Gut. – Ich benachrichtige die Spurensicherung und die Gerichtsmedizin. Wie? – Eine Stunde wird es schon dauern. Ich bin vielleicht schneller vor Ort. Sie bleiben bitte am Tatort. Danke.« Sie legte auf.

Dieses Klingeln war vielleicht kein gutes Omen. Auch beim »Kommissar« war meistens was passiert, wenn es so geklingelt hatte. Sie legte sich einen Block zurecht und notierte das Notwendige. Tatort: Reichenau, Mittelzell, Leiche: junger Mann, Fundort: Am Ufer, Todesursache: Unklar. Benachrichtigen: Spurensicherung, Gerichtsmedizin. Die Spurensicherung hatten sie zumindest teilweise im Hause, die Gerichtsmedizin würde aus Friedrichshafen kommen. Das würde dauern. Sie machte die notwendigen Telefonate. Als Letztes rief sie in der Fahrbereitschaft an.

»Ja, hallo, hier Kommissarin Hahn, wie? – Ja, die Neue! Ich brauche einen Wagen! – Was? – Na gut, von mir aus. Man nimmt, was man kriegt!« Sie legte auf, schnappte sich ihren Block und ihre Tasche. Sie durfte die Jacke nicht vergessen. Obwohl, es war Frühsommer. Das sollte ohne Jacke gehen.

Als sie die Tür der Polizeidirektion aufmachte, war sie auf einiges gefasst. Aber was da vor ihr in der Vormittagssonne stand, das konnte sie nicht so richtig glauben. Wenn sie ehrlich war, dann hätte sie nicht gedacht, dass es so etwas bei der Polizei noch gab. Solche Fahrzeuge waren doch gesuchte Oldtimer, Autos von gestern oder besser vorgestern. Sie dachte an ihren Klingelton und fühlte sich zusammen mit dem vor ihr stehenden Fahrzeug in einer ganz alten Welt. Der »Kommissar« war auch immer ganz wichtig in ein solches Teil eingestiegen. Das waren eben die Autos damals. Sie ging auf den Käfer zu. So nannte man die damals. Der Fahrdienstleiter stand daneben und hielt ihr den Schlüssel hin.

»Hier isch des gute Schtück. Aufgetankt und fahrbereit. Spitze hundertundzwanzig. Aber net übertreiba!«, sagte er lachend.

Christina nahm ihm den Schlüssel ab, öffnete die Tür und stieg ein. Irgendwie schon total retro, dachte sie und startete den Motor. Der Fahrdienstleiter stand noch neben dem VW.

»Navi?«, traute sie sich vorsichtig zu fragen.

»Scherzle gmacht oder? Karte Reichenau auf em Beifahrersitz, ond jetzt los, Mädle!«, rief er und schlug die Tür kräftig zu.

Das »Mädle« würde sie ihm noch heimzahlen, da war sich Christina Hahn sicher. Sie machte sich auf den Weg auf die Reichenau. Der Käfer schnatterte fröhlich vor sich hin. Ganz so fröhlich zumute war es der Fahrerin nicht. Ihr erster Fall und gleich ein richtiger Toter. Sie hatte sich das hin und wieder vorgestellt in den letzten Jahren, wie es wohl sein würde, wenn sie ihren ersten Fall bekam. Irgendwie hatte sie sich da immer mit Kim Lorenz oder einem anderen Kollegen gesehen. Sie hätte sich auf keinen Fall vorgestellt, allein zu einem Tatort zu fahren. Sie ganz allein. Es wurde ihr ein wenig mulmig ums Herz. Sie hatte schon ihr Headset in der Hand, ihr Einfall: Kim anrufen. Aber das war vielleicht ein wenig voreilig. Sie sollte sich erst einmal einen Überblick verschaffen, die Lage einschätzen und dann vielleicht mit Kim telefonieren. Das war besser.

Eigentlich war das eine schöne Fahrt, immer wieder tat sich ein herrlicher Blick auf den frühsommerlichen Bodensee auf. Sie mochte den See inzwischen. Sie war in Murrhardt im Schwäbischen Wald aufgewachsen. Mit Wasser hatten sie es da nicht so gehabt. Eher ein wenig bergig und, wie der Name schon sagte, Wald, viel Wald. Aber schon in der Ausbildung war sie südlicher gelandet, in Sigmaringen. Da war es dann zum Bodensee schon nicht mehr so weit.

Sie erreichte die Überfahrt zur Reichenau, eine akkurate Pappelallee. Soweit sie sich erinnerte, war sie nur einmal als ziemlich kleines Kind auf der Reichenau gewesen. Echte Erinnerungen konnte man das nicht nennen.

Sie wusste nur durch die Erzählungen ihrer Eltern, dass sie schon einmal auf der Reichenau gewesen war. Sie hatte sich allerdings einen kurzen Überblick auf der Karte gemacht. Man erreichte auf der Insel zuerst den Ort Oberzell, dann folgte Mittelzell, sozusagen der Hauptort mit Rathaus und Touristinfo und schließlich kam an der nordwestlichen Spitze der Insel das Örtchen Niederzell. Soweit, so übersichtlich. Wenn sie den Kollegen vom Ordnungsamt richtig verstanden hatte, dann lag der Fundort der Leiche in Niederzell, am nordöstlichen Ufer der Insel. Sie fuhr durch Oberzell durch und erreichte nach wenigen Minuten den Hauptort. Eine Ausschilderung brauchte es hier fast nicht, denn im Grunde genommen war es klar, wenn man zum anderen Ende der Insel fahren wollte, dass es geradeaus ging. Sie hielt sich an einer Kreuzung rechts in Richtung See und erreichte nach wenigen Hundert Metern einen Parkplatz.

Wenn sie bisher durchaus den Eindruck hätte haben können, es sei eigentlich nichts passiert, dann wurde dieser Eindruck jetzt ein anderer. Auf dem Parkplatz standen zahlreiche Fahrzeuge diverser Abteilungen, darunter Feuerwehr, Technisches Hilfswerk und auch zwei Krankenwagen. Der Kleinbus der Gerichtsmedizin war nicht zu sehen. Vielleicht konnte man auch weiter zum Seeufer fahren, das ließ sich von ihrem Standort aus nicht erkennen.

Sie stellte den Wagen ab und ging an einem Friedhof mit dahinterliegender Kirche vorbei. Auf der linken Seite stand ein prächtiges Bauwerk, dessen Hof mit einem großen Tor verschlossen war. Vielleicht ein Tagungszentrum, dachte Christina. Kaum hatte sie sich nach rechts gewandt, sah sie auch schon die Absperrbänder des Technischen Hilfswerks. Nun ja, dachte sie, Hauptsache Absperrbänder. Die Kollegen der Spurensicherung waren inmitten des Personenknäuels leicht an ihren Ganzkörperkondomen, wie man die Schutzanzüge auch nannte, zu erkennen. Das Weiß dieser Kleidungsstücke leuchtete in der Mittagssonne, die allerdings nur spärlich durch das Blätterdach fiel. Sie zeigte den Polizisten an der Absperrung ihren Ausweis und wurde unter dem Band durchgelassen. Sie grüßte die Kollegen von der Spusi, die sich rund um die Leiche zu schaffen machten. Ein Polizist in Uniform kam auf sie zu.

»Send Sie die aus Konschtanz?«, fragte er schroff.

»Genau, die aus Konstanz, Kommisssarin Hahn, freut mich«, sagte Christina und reichte dem Kollegen die Hand.

Der schien ein wenig überrascht, erwiderte ihren Händedruck dann aber herzhaft. Ein wenig zu herzhaft, wie Christina fand.

»Sie send aber no nit lang drbei«, sagte er.

»Stimmt«, antwortete Christina, »mein erster Fall!«

»Na dann viel Glück«, meinte der Polizist nur.

»Glück auch, vielleicht«, sagte sie nur und fragte dann: »Wer hat den Toten gefunden und weiß man schon, wer es ist?«

»Gfunda hot ihn der Bua do henda, oma neine rum«, sagte der Polizist.

»Wie heißen Sie eigentlich?«, fragte Christina jetzt doch. Sie konnte es nicht leiden, wenn Kollegen so unpersönlich miteinander umgingen.

»Streich, Martin, Polizeimeister«, antwortete der Kollege.

»Na also, Herr Streich, dann geht es doch gleich besser, meine ich«, sagte Christina.

»Der Tote heißt Erik Wiegand und wohnt hier gleich in der Nähe«, berichtete der Polizeimeister.

»Und, wie sieht es aus, wie ist er zu Tode gekommen?«, fragte die junge Kommissarin.

»Wie es aussieht hot er einen Schlag auf den Kopf bekommen, aber ob des die Todesursache ischt, des kann ich net saga«, meinte Streich.

»Warten wir eben auf die Gerichtsmediziner. Sonst irgendwelche Besonderheiten, Spuren?«, fragte Christina.

»Es muss erst vor Kurzem ein Boot gleich in der Nähe am Ufer gelegen haben. Do sind Spuren zu sehen«, sagte Streich und deutete auf den Uferabschnitt rechts von der Leiche.

»Ein Boot, soso, ein Boot. Das dürfte hier auf der Reichenau ja nicht selten sein, oder?«, fragte die Kommissarin eher im Spaß.

Aber Streich nahm seine Sache ernst.

»Wir haben hier viele Boote. Soll ich herausfinden, wie viele?«, fragte er dienstbeflissen.

»Das hat noch Zeit. Jetzt widmen wir uns erst mal dem Tatort«, meinte die Kommissarin. Sie schaute auf und sah den Kleinbus der Gerichtsmedizin heranfahren.

»Ah, jetzt werden wir ja bald erfahren, wie unser Toter zu einem Toten wurde«, sagte sie erleichtert.

Streich sah sie staunend an. So eine Eloquenz hätte er bei einer so jungen Kommissarin nicht vermutet.

Die Kollegen stiegen aus, begrüßten die Kommissarin und machten sich gleich an die Arbeit. Nur der Leiter blieb einen Moment bei Christina stehen.

»Frau Hahn, stimmt's? Herrlich!«, stellte er sich vor.

»Sehr erfreut, Herr Herrlich. Gut, dass Sie da sind. Es gibt da noch einiges zu klären«, meinte die Kommissarin.

»Sehr gut. Dafür sind wir ja da«, sagte der Gerichtsmediziner, »wie geht es eigentlich Ihrer Kollegin Lorenz?«, schob er noch nach.

»Gut, wie ich höre. Die Zwillinge sind gesund und wohlauf«, antwortete Christina.

»Das freut mich. Grüßen Sie sie von mir, wenn Sie sie sehen«, sagte Herrlich und ging hinüber zu seinen Leuten.

Ich würde sie ja gerne einmal sehen, dachte sie. Aber irgendwie wollte man sich auch nicht selbst einladen, und seit der Geburt hatte sie von Kim nichts gehört. Wie lange war das jetzt her?, fragte sie sich. Bestimmt um die vier oder fünf Monate, wenn nicht ein halbes Jahr. Womöglich konnten die Zwillinge schon laufen. Nein, soweit sie wusste, dauerte das meistens ein Jahr oder so. Nun ja, sie war schließlich auch noch keine Mutter. Vielleicht sollte sie Kim zumindest mal anrufen. Zeit würde sie genügend haben, denn sie wollte sich für ein oder zwei Nächte hier auf der Insel um ein Hotelzimmer bemühen. Das schien ihr praktischer als die Fahrerei. Außerdem, das hatte sie von Kim gelernt, als diese von ihrem ersten Fall erzählt hatte, konnte es wirklich was bringen, unter den Leuten zu sein. Das war der Fall mit dem Toten im Hopfen gewesen. Kims Freund Peter hatte einen Krimi darüber geschrieben. Las sich damals ganz gut. War auch ein toller Fall gewesen mit mindestens drei Verdächtigen und drei Toten. Sehr dramatisch, wenn sie an Kims Erzählungen zurückdachte. Der Hammer war ja damals, dass ein Drehbuchautor genau so einen Fall ins Fernsehen gebracht hatte. Er hatte einfach aus dem Toten eine Tote gemacht und noch einiges Zwielichtige dazu gedichtet und schon war der Fernsehkrimi fertig gewesen. Peter hatte wohl überlegt, den Autor zu verklagen, aber eine befreundete Rechtsanwältin hatte letztendlich abgeraten. Eine miese Masche, dachte Christina, anderen die Ideen stehlen und noch Geld damit verdienen. Ein Anruf und ein kleines Honorar hätten Peter doch genügt, hatte Kim erzählt.

Christina ging hinüber zur Fundstelle. Noch waren die Leute von der Spurensicherung zugange. Sie untersuchten jeden Quadratzentimeter im Umkreis von fünf Metern. Auch die weitere Umgebung würden sie noch durchsuchen. Es wurde immer mit der Möglichkeit gerechnet, dass der Täter oder die Täterin etwas verloren oder liegengelassen hatte.

Sie schaute sich um. Der See war an diesem Ufer sehr flach. Große Weiden und andere Bäume überschatteten den Uferstreifen. Eine offene Badestelle gab es nur am Anfang des Weges, der am See entlang in Richtung Dorf führte. Hier stand auch ein Tisch mit zwei Bänken, die zum Rasten einluden. Später am Tag würde hier sicherlich einiges los sein, aber früh am Morgen waren hier nur Jogger, Spaziergänger und Hundehalter unterwegs. Das waren die Gruppen von möglichen Passanten, die es anzusprechen galt. Bestimmt gab es auf der Insel auch eine Zeitung oder ein Blättchen, das von allen gelesen wurde. Dann könnten sie darauf hoffen, auf diesem Wege vielleicht jemanden zu finden, der etwas gesehen hatte.

Eine junge Frau kam auf sie zu.

»Sind Sie die Kommissarin?«, fragte sie.

»Ja, die bin ich«, antwortete Christina.

»Dann bin ich ja froh, dass ich Sie gefunden habe. Mein Name ist Miriam Herzer, ich bin von der *Reichenau Aktuell*, der Inselzeitung, »und Sie sind?«

»Christina Hahn, Kriminalkommissarin, ich leite die Ermittlungen«, antwortete Christina.

»Das ist schön. Können Sie mir schon was zum Toten sagen, Name, Beruf, Wohnort und so?«

»Tut mir leid, junge Dame, aber in laufenden Ermittlungen geben wir keine Auskünfte. Sobald der Tote identifiziert ist, werden wir diese Information an die Öffentlichkeit und damit auch an die Presse geben«, sagte Christina Hahn mit fester Stimme. Das hatte ihr Kim Lorenz gleich zu Anfang eingebläut, gegenüber der Presse immer erst mal Abstand und Zurückhaltung. Das war ganz wichtig. Denn ein zu frühes Wort und ihr Chef in Konstanz würde ihr nicht nur einen Vortrag über den Umgang mit der Presse halten, sondern sie womöglich sofort von dem Fall abziehen.

»Sie werden sich mit Ihren persönlichen Eindrücken begnügen müssen, Frau Herzer«, meinte die Kommissarin nur und ging den Uferweg entlang. Sie wollte sich noch einen Eindruck von der weiteren Umgebung, von möglichen

Fluchtwegen machen. Mit einigen Metern Abstand folgte ihr die Zeitungsreporterin. Christina blieb stehen und drehte sich zu ihr um.

»Sie brauchen mir nicht hinterherzugehen. Ich schaue mich nur ein wenig um. Aber wo sie schon mal da sind, wo kann man hier auf der Insel denn gut übernachten?«, fragte Christina.

»Am besten ist natürlich das *Badhotel*, auch der *Konstanzer Hof* soll gut sein, aber die sind beide ziemlich teuer. Ich würde Ihnen den *Gasthof zum Hasen* empfehlen. Nicht zu teuer und das Essen ist sehr gut, ehrlich«, antwortete die Reporterin.

»Vielen Dank, dann werde ich mich dort mal erkundigen, ob noch ein Zimmer frei ist«, meinte die Kommissarin.

»Einen Moment, das haben wir gleich«, sagte Frau Herzer und zog ihr Handy aus der Tasche. Sie drückte ein paar Mal auf Tasten. »Ein Einzelzimmer? Für wie lange?«, fragte sie.

»Zwei oder drei Nächte, wahrscheinlich oder hoffentlich«, antwortete die Kommissarin.

»Gebongt. Ich habe mal drei Nächte reserviert. Der Gastwirt ist mein Onkel. Das ging über WhatsApp«, erklärte Miriam Herzer.

»Ach so. Ich dachte noch, das ging aber verdammt schnell, trotz Internet und so«, meinte Christina.

»Vielleicht können wir mal zusammen ein Glas Wein trinken, am Abend oder so. Sie könnten ein bisschen erzählen vom Ermittlungsalltag und so, ginge das?«, fragte die Reporterin.

»Wollen mal sehen. Gegen ein Glas Wein und ein paar allgemeine Informationen lässt sich sicherlich nichts einwenden, meine ich. Wir sehen uns«, sagte Christina und verabschiedete sich damit von der Zeitungsfrau.

»Tschüss dann, ich melde mich oder komme vorbei«, sagte Miriam Herzer.

Christina ging hinüber zum Gerichtsmediziner Herrlich. Die waren schon am Zusammenpacken. Anscheinend hatten sie ihre Arbeit beendet. Herrlich kam auf die junge Kommissarin zu.

»Frau Hahn, hallo. Na, haben Sie sich einen Überblick verschafft?«, fragte er zur Begrüßung.

»Genau. Man muss wissen, wo man ist, beziehungsweise, wo was passiert ist, das ist wichtig«, erklärte Christina.

»Ich habe mich Ihnen noch gar nicht richtig vorgestellt. Tut mir leid, ich kannte Sie vom Sehen. Wissen Sie noch, damals, ich glaube im Herbst, in Ravensburg, die Tote am Turm?«, fragte er.

»Wie könnte ich das vergessen. Mein erster richtiger Fall«, sagte Christina.

»Sie waren nah dran, damals«, meinte Herrlich. Er war wohl um die Vierzig, sein graues, kurz geschnittenes Haar stand ihm gut, er hatte eine sportliche Figur und trug keinen Ehering. Christina schaute immer ganz genau hin. Ein attraktiver Typ, dachte sie. Vielleicht war er auch eher Mitte dreißig, die grauen Haare machten das Schätzen schwer.

»Nah vielleicht schon, aber wir kamen doch zu spät«, meinte die junge Kommissarin mit ein wenig Enttäuschung in der Stimme.

»War aber auch eine schwierige Sache, vor allem der erste Tote. Mit den Ermittlungen hatten Sie ja gar nichts zu tun«, sagte Herrlich.

»Stimmt, das liegt fünf Jahre zurück. Dennoch hätten wir die Frau noch genauer unter die Lupe nehmen müssen.«

»Hinterher ist man immer klüger. Dann machen Sie es diesmal halt besser. Ich heiße übrigens Heiko. Heiko Herrlich, Doktor auch, Gerichtsmediziner!«, sagte Herrlich und stand vor der Kollegin stramm.

»Na, na«, sagte Christina beeindruckt, »nun mal nicht so militärisch, Kollege. Mich können Sie Christina nennen, wenn Sie wollen«, sagte die Kommissarin.

»Ich will, Christina, ich will«, sagte der Gerichtsmediziner lachend, »aber jetzt in medias res, wie der Lateiner zu sagen pflegt. Todeszeitpunkt liegt etwa drei bis vier Stunden zurück, der Tote hat eine Verletzung am Hinterkopf, der berühmte stumpfe Gegenstand würde ich tippen, ein Holzstab, ein Stock, auf jeden Fall etwas Glattes, denn es fanden sich keine Holzpartikel in der oberflächlichen Wunde. Die Todesursache ist allerdings eine andere«, meinte Herrlich.

»Was? Welche denn?«, fragte Christina, jetzt war sie plötzlich neugierig.

»Er ist ertrunken, wahrscheinlich ziemlich langsam. Er war bewusstlos. Der Schlag kann nicht sehr stark gewesen sein, die Verletzung ist, wie schon gesagt, eher oberflächlich, daher gehe ich davon aus, dass er unglücklich an einem Nerv im Nacken getroffen worden ist. Vielleicht ist das Schlaginstrument abgerutscht. Jedenfalls war er so tief bewusstlos, dass er, obwohl im seichten Uferwasser, einfach keine Luft mehr bekommen hat und dann erstickt ist«, erklärte der Gerichtsmediziner.

»Dass es so etwas gibt«, sagte Christina erstaunt.

»Möglich ist fast alles«, meinte der Mediziner, »aber, Christina, Genaueres erfahren Sie erst nach der Autopsie, wie immer eben.«

»Verstehe, wie immer«, bestätigte die Kommissarin.

»Bleiben Sie hier auf der Insel?«, fragte Herrlich.

»Ich denke ja. Es ist immer ganz gut, sich vor Ort ein richtiges Bild zu machen«, antwortete Christina.

»Das ist die Lorenz-Methode, stimmt's?«, fragte Herrlich.

»Eine gute Lehrerin, denke ich«, antwortete Christina.

»Ganz bestimmt. Na dann eine möglichst schöne Zeit auf der Reichenau. Wo steigen Sie ab?«

»Im *Gasthof Hasen* habe ich gedacht«, meinte die Kommissarin.

»Eine gute Wahl, wirklich. Schöne Zimmer und eine sehr

gute Küche. Übrigens wohne ich hier, überrascht?«, fragte der Gerichtsmediziner.

»Hier kann man bestimmt gut wohnen«, sagte Christina.

»Vielleicht kommen Sie mal bei mir vorbei, wenn Sie die Insel erkunden. Ich wohne im Bubenstreich 14, nicht weit von hier. Und jetzt noch ein besonderer Tipp: unbedingt ins *Café auf der Hochwart*. Das ist ein Muss auf der Reichenau!«

»Das merke ich mir. Also dann, ich höre von Ihnen, Frieder«, verabschiedete sich Christina.

»Machen Sie es gut. Und viel Erfolg. Ich melde mich morgen mit den genauen Ergebnissen«, sagte er und gab ihr die Hand zum Abschied.

Ein guter Händedruck, dachte Christina, ein richtig ehrlicher, feiner Händedruck. Aber was sollte das, sie musste sich auf den Fall konzentrieren. Sie allein, denn so wie es aussah, würde sie keine Unterstützung bekommen und müsste sich wohl mit den Kollegen von hier begnügen. Wie hatte der Polizist noch geheißen?, fragte sie sich. Ihr Namensgedächtnis musste sie unbedingt noch schulen. So ging das nicht. Die Namen von so Typen wie dem Herrlich, die konnte sie noch Monate später herbeten, aber solche Leute wie dieser Polizist, eben eher die uninteressanten, die vergaß sie im Moment. Sie musste nachdenken. Es war ein einfacher Name gewesen. Irgendwas mit *S* oder *St*, sie musste …

»Frau Kommissarin, hallo, wie machet mir jetzt weiter?«

Fast erschrocken wandte sich Christina zu dem Sprechenden um. Da stand er. Der Polizeimeister in voller Größe.

»Ah, Herr …«, begann Christina.

»Streich, Polizeimeister Streich, eigentlich ein einfacher Name«, meinte der Beamte.

In diesem Leben würden sie beide keine Freunde mehr werden, ging es Christina durch den Kopf. Solche Typen hatte sie gefressen. Die hatten sie schon in den ersten Jahren ihrer Ausbildung immer wieder wissen lassen, dass Frauen zum einen und junge Frauen zum anderen wenig bis nichts in der Polizei zu suchen hatten. Aber Gott sei Dank waren das nur noch wenige Exemplare. Hier stand eines von ihnen. Aber nun war sie seine unmittelbare Vorgesetzte bei diesen Ermittlungen. Das war anders als in der Ausbildung. Da wurden sie von oben herab behandelt, weil die Ausbilder eben einen höheren Dienstgrad hatten. Nun aber hatte sie den Dienstgrad und das würde sie ausnutzen.

»Eigentlich schon. Aber wahrscheinlich haben Sie mich noch nicht so beeindruckt, dass ich mir Ihren Namen gemerkt hätte«, sagte die Kommissarin kühl.

»Äh, ja, des kann scho sei, aber was solle denn, wie machet mer weiter, i moin, was demmer jetzt?«, stammelte der Polizist vor sich hin.

»Sie zeigen mir jetzt mal das Hauptquartier und dann fahren wir zum *Gasthof Hasen*, dort wohne ich«, kommandierte die Kommissarin.

»Glei?«, fragte der Kollege.

»Noi, net glei, heut Abend, wenn e mei Sach aus Konschdanz gholt hab«, sagte Christina mit Willen in der Stimme. Wenn sie wollte und wenn es sinnvoll war, dann konnte sie auch Dialekt und die hiesige Einfärbung war nun nicht allzu weit von ihrem Heimatdialekt entfernt.

»Okay, guat, no machet mir des so. I fahr dann voraus«, sagte der Mann kleinlaut und ging voran. Sie fuhr dem Kollegen hinterher. Komisch, dachte sie, dass ich keinen Kommentar zu meinem vorsintflutlichen Polizeifahrzeug bekommen habe. Inzwischen hatte sie sich an den Wagen ein wenig gewöhnt. Das Geräusch des Motors klang Vertrauen einflößend. Das war halt noch ein VW, wenn auch wahrscheinlich eine ziemliche Dreckschleuder. In diesen Zeiten wurde man mit so einem Fahrzeug zwar einerseits bewundert, andererseits auch ein wenig schief angeschaut, à la: Muss das denn sein …? Sie kurbelte die Scheibe der Fahrertür herunter. So war das damals, dachte sie, keine Elektronik, Handarbeit eben.

Der Kollege fuhr ziemlich flott durch Niederzell. Die Blicke der Passanten folgten den beiden Polizeifahrzeugen. Mit seinem alten Passat demonstrierten sie mit ihren Fahrzeugen fast Autogeschichte. Witzigerweise passten sie im Alter eher nicht zu ihren Autos. Sie müsste wenigstens im Passat sitzen, dachte die Kommissarin.

In Mittelzell angekommen fuhren sie in Richtung Rathaus. Anscheinend war dort die Polizeidirektion untergebracht. Sie parkten vor der Touristinformation. Herr Streich war schneller als sie ausgestiegen und wartete am Eingang des Gebäudes. Als Christina auf ihn zuging, vermisste sie ein Schild, das auf die Polizei hinwies.

»Ist hier Ihre Polizeidirektion untergebracht?«, fragte sie den Beamten.

Der lachte laut auf. Seine Hand wies auf den Nebenbau mit einer kleinen Tür.

»Sie hend Nerva. Polizeidirektion auf der Reichenau! Heutzutag bauet se doch iberall ab. Mir hend scho lang koi Polizeistell meh auf d'r Insel. Des lohnt net, saget se. Obwohl mir mit Eibrüch grad en Haufa Gschäft hend«, sagte der Polizist.

»Einbrüche?«, fragte Christina.

»Ja, richtig professionell. A richtige Serie«, meinte er nur.

»Interessant. Und, schon Spuren?«, fragte sie.

»Es muaß ebber von d'r Insel sei, von draußa kommet die net. Mir hend de oinzig Zufahrt mit Kameras ibrwacht. Nix«, erzählte Streich.

»Ziemlich riskant, oder?«, bemerkte die Kommissarin.

»Ka mer so saga. Eigentlich oglaublich. Auf so einer kloina Insel. Do isch doch scho des Verschtecka von d'r Beute a Problem«, sagte Streich.

»Stimmt. Was wird denn gestohlen?«

»Eigentlich alles von Wert. Geld, Computer, Fernseher, Bilder, oifach elles. Des isch enzwischa scho a Haufa Zeig!«

»Da muss es doch ein Lager geben oder eine Möglichkeit, das Zeug unbemerkt von der Insel zu schaffen«, überlegte Christina laut.

Der Polizeibeamte schaute sie mit Bewunderung an. Anscheinend hatte die Kollegin trotz ihrer jungen Jahre doch was drauf.

»Genau. Gut analysiert. Des Sach muss ja irgendwo sei«, sagte er, »aber, glaubet Se mir, mir hend elles durchsucht, was mer durchsucha ka. Soviel gibt's ja hier auf der Insel net«, erklärte Streich, »aber lasset Se ons doch neiganga. Isch eigentlich recht gmiatlich, ond a Kaffeemaschin hend mer au.«

Mit diesen Worten öffnete er die kleine Tür. Der große Mann musste sich fast ein wenig ducken, so niedrig war sie. Christina betrat den überraschend großen Raum und schaute sich um.

»Ein recht altes Gemäuer«, bemerkte sie.

»Schtemmt. Des Rothaus isch net so alt, des isch mol abbrennt. Aber der Anbau isch elter. Des war amol d'r Feierwehrschuppa. Do henda lieget noch a bar alte Schleich«, sagte Streich und zeigte nach hinten.

In der Mitte des Raumes stand ein großer Eichentisch, der wie ein alter Stammtisch aussah. Es fehlte eigentlich nur der zentrale Aschenbecher mit dem Glöckchen für die Stammtischrunde. Christina setzte sich. Streich machte sich an der Kaffeemaschine zu schaffen.

»Möget Sie ihn stark?«, fragte er die Kollegin.

»Gerne, danke«, sagte sie.

Die Kaffeemaschine zischte. Eigentlich konnte Christina diese zischenden Monstren nicht leiden. Zugegeben, die Kaffeevarianten schmeckten meistens recht gut, aber entweder waren es billige Maschinen mit diesen Pads, die umweltmäßig halt gar nicht gingen, oder es waren teure Hochglanzapparate, die ein Schweinegeld kosteten. Sie hielt es da mit Kim Lorenz. Die hatte ihr die *Bialetti Brikka* empfohlen. Darauf schwörte sie jetzt auch. Sie hatte sogar schon einige neue Fans für diese einfache, klassische Maschine gewonnen. Streich stellte zwei große Tassen auf den Tisch, dazu ein kleines Kännchen Milch.

»Brauchen Sie Zucker?«, fragte er noch im Stehen.

»Nein, danke«, sagte sie.

Sie nippten an ihren Tassen. Eigentlich ein ganz netter Typ, dachte Christina. Wenn da nur nicht immer dieses unterschwellige Misstrauen jungen Kollegen und vor allem Kolleginnen gegenüber wäre. Aber durch ihr Interesse für die Einbrüche hatte sie wohl ein wenig das Eis gebrochen.

»In welchen Abständen finden denn die Einbrüche statt?«, fragte sie.

»Des isch ja des Komische. Ganz unregelmäßig. Mol send bloß zwoi oder drei Tag drzwischa, dann passiert wieder zwoi Wocha nix«, antwortete der Polizist.

»Seltsam«, meinte sie nur, »besondere Wochentage, Wochenende?«

»Meischtens Wochenende. Des fend i au komisch. Do isch zumindescht em Sommerhalbjohr bei ons so viel los!«

»Stimmt. Ziemlich riskant«, sagte sie.

»Dia müsset des alles ganz genau ausbaldowera, andersch goht des net«, meinte er.

»Trotzdem. Das Risiko ist ziemlich groß, würde ich sagen.«

»Eba«, sagte er nur, »aber dia verwisch i scho no, des kennet Se mer glauba!«

»Irgendwann fängt man sie immer. Aber jetzt zu unserem Toten. Was haben wir: Kopfwunde, Schlag und doch wahrscheinlich ertrunken. Spuren, soweit ich weiß, keine«, fasste die Kommissarin den Stand der Ermittlungen zusammen.

»Des Boot halt no«, ergänzte Streich.

»Stimmt, das Boot. Aber damit fangen wir jetzt noch nicht viel an«, meinte Christina.

»Emmerhin«, sagte Streich.

»Schon. Aber wir brauchen einen Ansatz. Sie könnten morgen das Umfeld des Toten untersuchen. Ich werde mit der Ehefrau sprechen. Wir müssen mehr über diesen Erik Wiegand herausfinden. Das ist ganz wichtig. Meistens kommt der Täter aus dem familiären Umfeld, deshalb müssen wir das abklären. Vielleicht kommt bei der Vernehmung der Ehefrau was raus«, erklärte Christina ihrem Kollegen.

»Des hert sich zemlich noch Polizeifachhochschul an, Frau Hahn. Entschuldige Se scho«, bemerkte Streich mit einem wieder eher zweifelnden Blick.

»Herr Streich. Ich kann mir keine zehn Jahre Erfahrung herbeizaubern. Gut, es ist mein erster Fall und das, was ich gesagt habe, war Inhalt meiner Ausbildung. So einfach ist das. Hier sitzen wir zwei nun und haben einen Mord aufzuklären. Wie es aussieht, einen nicht ganz einfachen Fall. Mir geht das nicht aus dem Kopf, Schlag und ertrunken. Das ist doch wirklich seltsam, meinen Sie nicht«, sagte Christina.

»Scho. Den hot halt oiner liega lassa«, erklärte nun Streich.

»Aber warum? Der den Schlag geführt hat, wollte der töten, ist er ein Mörder? Oder besser: Wollte er ein Mörder sein? Das sind die Fragen. Und wenn derjenige oder diejenige, das will ich nicht ausschließen, sein Opfer einfach liegen ließ, warum hat er das getan? Wollte er vielleicht doch nicht töten? Eigentlich? Dann ist er oder sie geflohen. Das Opfer liegt am Ufer, ist bewusstlos und ertrinkt«, Christina überlegte.

»Dann wär ja des Boot vielleicht dann erscht komme«, kombinierte Streich.

»Genau. Dann könnte in dem Boot jemand an die Stelle gekommen sein, der – oder die – die Tat womöglich sogar gesehen hat. Wenn dem aber so war, dann hat diese Person Schuld am Tod des Opfers, denn es könnte sein, das Opfer hat zu diesem Zeitpunkt noch gelebt«, sagte Christina.

Streich sah sie staunend an. Die kam vielleicht grade erst mal von der Schule, aber die hatte schon ganz schön was drauf, diese Kommissarin, ging es ihm durch den Kopf. Wie die das alles kombiniert hatte, alle Achtung. Das sagte er dann auch.

»Alle Achtung, Frau junge Kollegin. Des hend Se prima kombiniert. Lernt mer des auf d'r Schul?«, fragte er.

»Auch. Das gehört auch dazu. Das klingt jetzt alles nicht schlecht, aber wir sind mit diesen Hypothesen noch keinen Schritt weiter, leider.«

Streich nickte.

»Aber mir könnet vielleicht des Boot fenda ond die Person, die dren gsessa isch«, sagte Streich.

»Und wie?«

»Die Reichenau isch zwar a Insel, aber so viele Boote, die solche Spura hinterlasset, gibt es hier au net. Vor allem glaub i net, dass der Täter oder die Täterin mit so einem Boot om de halb Insel gfahra isch. Des hoißt, des lässt sich eigrenza«, erklärte der Polizeimeister stolz.

»Na also. Das ist doch schon mal was. Dann gehen Sie das morgen auch noch an. Ich denke, wir wissen, was wir zu tun haben«, beendete Christina Hahn das Gespräch.

»Verstärkung kommt koine meh?«, fragte Streich vorsichtig.

»Wie es aussieht, nicht. Ich fahre jetzt nach Konstanz und gehe morgen früh in die Gerichtsmedizin. Ich brauch noch ein paar Sachen für die Übernachtungen hier. Würden Sie wohl im *Gasthof Hasen* Bescheid geben, dass ich doch erst morgen komme? Danke. Also bis morgen, Herr Streich. Und, ich muss sagen, ich freue mich auf unsere gemeinsame Ermittlungsarbeit!«

Streich strahlte übers ganze Gesicht.

»I frei me au! Dann bis morga. Vielleicht zom Mittagessa em Löwa?«

»Gemacht. Gegen halb eins bin ich dort«, sagte Christina Hahn und verabschiedete sich endgültig. Sie ging durch die kleine Tür hinaus zu ihrem Auto, um das schon ein paar Oldtimerfans herumstanden.

»Wo haben Sie denn den Kommissar gelassen?«, fragte ein älterer Herr.

»Der sitzt schon beim Bierchen und löst den Fall!«, sagte Christina Hahn lachend und stieg ein. Alles in allem ließ es sich doch gar nicht so schlecht an mit dem neuen Fall, dachte sie. Sie hatte längst nicht mehr so ein mulmiges Gefühl wie zu Anfang. Trotzdem würde sie Kim Lorenz anrufen. Und dann vielleicht vorbeifahren? Die Frage stellte sich. Eine gute Idee war das auf alle Fälle. Aber zuerst musste sie mit ihr telefonieren. Dann könnte ein Besuch folgen. In froher Stimmung fuhr sie die Pappelallee entlang. Sie würde diesen Fall schon lösen, da war sie sich sicher.

Kim Lorenz streckte sich auf dem Sofa aus. Nach einem ausgiebigen Mittagsschoppen hatte sie die Zwillinge zu ihrem Mittagsschläfchen hingelegt. Das klappte ganz ausgezeichnet. Es war wohltuend, nun eine gute Stunde oder vielleicht sogar länger für sich zu haben. Peter hatte sich nach einem kurzen Mittagessen zum Schreiben in sein Stübchen zurückgezogen. Sie dankte Gott, dass sie rechtzeitig vor der Geburt der Zwillinge noch diese praktische Wohnung gefunden hatten. Ohne die Hilfe von Max hätte das natürlich nie geklappt. Als ein fast Einheimischer war ihr Freund

Max inzwischen wunderbar vernetzt in dieser Gegend des Sees, also auf der Höri. Ohne die richtigen *Connections* ging hier fast gar nichts. Zumindest hätten sie diese tolle Wohnung mit Blick auf den See nicht bekommen. Sie schaute hinaus aufs Wasser. Es ging nur ein leichter Wind. Folgerichtig waren eher die Segelanfänger auf dem See. Meist waren das kleinere Boote, die sich sichtbar mühten, einander nicht in die Quere zu kommen.

Es polterte auf der steilen Holztreppe, die ins obere Stockwerk führte. Peter machte wohl eine Pause. Mit dem Elan, den er beim Herunterkommen an den Tag legte, schien sich anzudeuten, dass ihm was eingefallen war. Gut, dachte Kim Lorenz, das war auf jeden Fall wesentlich angenehmer als ein Peter, dem nichts eingefallen war.

»Ich hab's!«, rief er auch gleich aus, kaum hatte er den unteren Stock erreicht.

»Prima! Und was?«, fragte Kim zurück.

»Na, den Plot vom Reichenau-Krimi. Also, pass auf. Auseinandersetzung im Gewächshaus, es geht um Spekulationen mit Bauland. Es kommt zum Streit, einer wird handgreiflich, der andere wehrt sich und schmeißt den einen ins Gewächshausglas! Was meinst?«, sagte Peter euphorisch und sah seine Partnerin erwartungsvoll an.

»Und der eine ist dann tot?«

»Klar, der stürzt ins Glas und schneidet sich die Kehle durch«, erklärte Peter.

»Ich weiß nicht recht, ob das so einfach geht. Schließlich ist dieses Glas doch ziemlich dick, oder?«, hakte Kim nach.

»Schon, aber er fällt halt unglücklich rein«, versuchte Peter eine weitere Erklärung.

»Von mir aus. Und dann?«

»Kommt die Kommissarin und löst den Fall!«

»Aber nicht schon wieder ich!«, rief Kim empört aus, »wenn schon ein fiktiver Fall, dann auch einer ohne mich.

Ich möchte auch mal von einem anderen Kommissar oder einer anderen Kommissarin lesen!«

»Von mir aus, dann eben Christina«, schlug Peter vor.

»Na, die wird sich freuen. So allein, wie die im Moment in Konstanz in ihrem Büro sitzt, ist die froh, wenn kein neuer Fall daherkommt«, sagte Kim.

»Ich dachte, sie kriegt Ersatz für dich«, meinte Peter.

»Irgendwann schon, sicher. Aber im Moment hält sie allein die Stellung«, sagte Kim.

»Und wenn jetzt doch was passiert?«, fragte Peter.

»Dann hat sie ihren ersten Fall, viel Arbeit und vielleicht ein Problem«, meinte Kim.

Peter nickte wissend. Schließlich hatte er den ersten Fall seiner Partnerin ausführlich in einem Krimi sozusagen dokumentiert. Kein leichter Fall, wie Peter zugeben musste und außerdem ein letztendlich sehr dramatischer Fall.

»Ich weiß, ich weiß. Aber du hast es geschafft«, meinte er.

»Und Christina wird es auch schaffen. Da bin ich mir sicher. Und wenn sie vielleicht bei mir anruft, dann werde ich ihr mit Rat zur Seite stehen«, sagte Kim.

»Hoffentlich nur mit Rat und nicht mit Tat!«

»Da kannst du ganz sicher sein«, beruhigte sie Peter.

»Da bin ich mir gar nicht so sicher. Wenn die morgen anruft, dann kribbelt es dich doch!«

»Kribbeln vielleicht. Aber ich bin jetzt hier, Mutter und Hausfrau!«, sagte Kim im Brustton der Überzeugung. Sie begegnete Peters kritischem Blick mit einem vermeintlich sicheren Lächeln. Natürlich wusste sie, dass es schwer werden würde, der Versuchung einer Ermittlung zu widerstehen. Es war schön, Mutter zu sein, aber die Rolle als Hausfrau fiel ihr schon schwerer. Die zahlreichen Arbeiten jeden Tag war sie nicht gewohnt. Zumindest nicht so am Stück, jeden Tag. Trotz der herzigen Kinder zwackte es schon ganz schön in ihr, wieder hinaus in diese Realität zu gehen, mitten hinein in einen neuen Fall. Wie hatte ihr Großvater einmal gesagt: einmal Kriminaler, immer Kriminaler. Sie konnte sich für sich nichts anderes vorstellen. Aber nun war das so, wie das eben war. Das hätte ihre Mutter dazu gesagt. Immer nach dem Motto, man muss das Leben nehmen, wie es kommt. Eine Haltung, die sie nicht unbedingt übernommen hatte. Sie wollte mehr entscheiden, wie ihr Leben lief. Sie hatte sich für Familie und Kind oder nun Kinder entschieden.

Peter schaute ihr beim Denken zu. Vielleicht ahnte er ganz gut, was in ihr vorging. Inzwischen waren sie schon so viele Jahre zusammen, dass er ganz genau wusste, was sie beschäftigte.

»Vielleicht macht es dir ja genauso Spaß, bei meinem Fall mitzuarbeiten. Das könnte doch ein guter Ersatz für deinen Dienst da draußen sein«, schlug er vor.

»Ich hab's zwar gern ein wenig realer, aber das ist eigentlich ein guter Vorschlag. Dann lass uns mal überlegen«, sagte sie und setzte sich auf das Sofa. Peter nahm neben ihr Platz, legte den Arm um sie und zeigte ihr seine ersten Notizen. Kim war beeindruckt. Zwar gefiel ihr die Ausgangskonstellation noch nicht so richtig, aber daran konnte man ja noch arbeiten. Irgendwie waren Fälle nie so, wie sie in Kriminalromanen beschrieben wurden. Entweder waren Ablauf und Motiv oft wesentlich einfacher, als sie von Krimiautoren beschrieben wurden, oder es gab eher deutlich mehr Zusammenhänge und Umstände, die schließlich zu der Tat geführt hatten. Sie wusste es nicht so recht. Vielleicht lag es auch daran, dass das eine Fiktion und das andere die Wirklichkeit war.

»Irgendwie muss da noch was rein«, sagte sie, und hielt ganz typisch für sie den Zeigefinger an den Mund. Peter nahm den Stift in die Hand. Er war gespannt, was nun kommen würde.

Kim überlegte. So genommen war der Tod eines Menschen gar nicht so einfach zu motivieren. Sie hatte das schon oft mit Peter diskutiert. In den meisten ihrer Fälle kam es durch irgendwelche Handlungen schließlich zum Tod eines Opfers. Die wenigsten Fälle waren eindeutige Taten mit Mordabsichten. Obwohl, wenn sie an den Fall in Ravensburg vor fast einem Jahr dachte, dann war das die berühmte Ausnahme. Eine kühl berechnende Mörderin, die zuerst ihren Mann, dann einen vermeintlichen Zeugen und schließlich wahrscheinlich auch ihren Komplizen ums Leben gebracht hatte. So konnte es auch gehen.

»Da muss noch irgendwas dazu«, sagte sie aus diesen Gedanken heraus, »warum streiten die beiden und ist das, worum sie sich streiten, eine solche Tat auch wert!?«

»Wert?«, fragte Peter.

»Na ja, ich meine, lohnt es sich«, erklärte Kim.

»Natürlich lohnt es sich. Das Land hat einen erheblichen Wert und ist knapp auf der Reichenau«, meinte Peter.

»Schon, aber ich denke da zum Beispiel an den Tettnanger Fall. Da gab es eine Geschichte, einen Hintergrund, der den Täter motivierte. So was meine ich. Lass da doch was in der Vergangenheit gewesen sein«, sagte Kim.

»Das Opfer könnte vielleicht unrechtmäßig, durch eine Fälschung oder einen Betrug, an das Land gekommen sein!«, rief Peter aus.

»Zum Beispiel«, sagte Kim nur. Sie war noch nicht überzeugt. Sie meinte, ein dünnes Gelächter aus dem Kinderzimmer zu hören.

»Ich denke, wir müssen da noch mal drüber reden. Die Kinder sind wach«, sagte sie und stand auf.

Peter schaute auf seine Armbanduhr.

»Pünktlich wie die Deutsche Bahn! Es ist fast genau 15 Uhr. In dieser Hinsicht kann man sich auf sie verlassen.«

»Stimmt«, meinte Kim nur. Sie ging in Richtung Kinderzimmer und Peter die Treppe hinauf. Kim schaute ihm hinterher. Es muss sich was ändern, dachte sie. Schreiben, gut, von ihr aus. Aber immer dieses leise Davongeschleiche, wenn es was zu tun gab, das ging überhaupt nicht. Das konnte sie nicht leiden und hatte es Peter auch schon mehrere Male gesagt. Freiraum und Zeit für sich war die eine Sache, häusliche Pflichten und Kinderversorgung eine andere. Sie hatte es satt, das meiste allein erledigen zu müssen.

Ähnliches hätte andernorts auch Christina Hahn durch den Kopf gehen können. Sie war inzwischen in Konstanz im Revier angekommen. Ihre eindringliche Bitte an den Fuhrparkleiter, ihr doch vielleicht ein weniger auffälliges Gefährt zur Verfügung zu stellen, wurde abschlägig beschieden. Irgendwie waren zwar neue Fahrzeuge bestellt, aber noch nicht geliefert worden, und die alten hatte man schon verkauft. Na, vielen Dank, hatte Christina gedacht. Wenn sie mit diesem Auto auf der Reichenau ermittelte, dann brauchte sie keinen Polizeiausweis und keine Vorstellung mehr. Alle Reichenauer wüssten dann Bescheid, wo sich die Kommissarin gerade aufhielt.

Im Büro angekommen, schaute sie nach der Post, aber vor allem in ihre Mailbox. Außer einer Nachricht von ihrem Chef, dass vor nächster Woche kein Ersatz für Kim Lorenz kommen würde, war nichts Wichtiges dabei. Warum hatte der Kollege auch ausgerechnet jetzt in den Ruhestand gehen müssen, dachte die Kommissarin. Ein paar Monate später hätte es auch getan. Das Blöde war ja, dass sie dem alten Hauptkommissar Scherbler eigentlich keine Träne nachgeweint hatte. Das war einer der ganz alten Schule gewesen, der mit Mühe und Not vom Einsatz eines Handys zu überzeugen gewesen war. Aber sie würde sich schon deutlich wohler fühlen, wenn sie ihn jetzt an ihrer Seite hätte, das musste sie schon zugeben.

»Und, wie lief es auf der Reichenau?«, fragte der Kollege Füger, kaum hatte er nach kurzem Klopfen die Tür geöffnet.

»Ein Toter, keine Verdächtigen und wenig Spuren«, sagte Christina nur.

»Wir waren ja letzte Woche auch auf der Reichenau. Das habe ich dir noch gar nicht erzählt. Die haben doch so eine seltsame Einbruchserie«, erzählte Füger.

»Davon habe ich gehört«, sagte Christina.

»So etwas habe ich noch nicht erlebt. Keinerlei Spuren, keine äußerliche Gewaltanwendung. Die haben bisher nichts aufgestemmt oder so. Immer die Schlösser geknackt. Absolute Profis, wenn du mich fragst«, sagte er.

»Keine Angst, ich frag dich nicht. Ich hab' genug mit meinem Fall zu tun. Der genügt mir vollauf. Und jetzt schreibt mir mein Chef, dass für Scherbler erst nächste Woche Ersatz kommen wird. Heute haben wir Dienstag!«, regte sie sich auf.

»Ich würde vor Anfang nächsten Monat mal mit nichts rechnen, wenn ich du wäre«, sagte Füger lächelnd.

»Frieder! Wir haben heute den Vierten!«, rief Christina entsetzt aus.

»Na dann noch einen guten Monat«, sagte Frieder Pflüger nur und war damit schon aus der Tür.

Na warte, mein Lieber, dachte Christina Hahn. Sie wandte sich dem Computer zu und tippte ein paar Zeilen. Mal sehen, ob das mit der Amtshilfe zwischen den Resorts wirklich so klappte, wie es immer hieß. Sie schaute auf ihre Mailbox. Gelesen hatte der Chef ihre Mail schon, immerhin. Dann hellte sich ihr Gesichtsausdruck schlagartig auf. Na bitte. Sie lehnte sich zurück und wartete. Ein paar Minuten würde es schon dauern. Nervös trommelte sie mit ihren Fingern auf das Mousepad. Sollte sie vielleicht doch noch den Kollegen Streich anrufen? Der müsste inzwischen die Frau des Opfers, sie musste kurz überlegen, Wiegand war der Name, informiert haben. Das hatte sie sich erst mal ersparen wollen, aber sie hatte sich geschworen, dass es das letzte Mal war. Kim hatte ihr so eingeschärft, diese Besuche unbedingt selbst zu machen. Dieser erste Eindruck von Partnern oder Angehörigen von Opfern war so wichtig. Aber sie hatte einfach nicht den Mut gefunden. Streich hatte das ohne Murren übernommen. »Ich kenn die net, dann geht's«, hatte er nur gesagt.

Die Tür ging auf. Frieder.

»Das war gemein«, sagte er entrüstet.

»Na dann auf gute Zusammenarbeit«, sagte Christina und zeigte auf den Schreibtisch ihr gegenüber. Füger setzte sich.

»Na gut. Dann mach ich halt zur Abwechslung mal in Mord. Wie weit sind wir?«, fragte er.

»Ich fürchte, noch nicht sehr weit. Das Opfer ist in der Gerichtsmedizin. Da gehen wir gleich morgen früh hin, um Genaueres zu erfahren. Du solltest dir auch ein Zimmer im *Gasthof Hasen* bestellen. So für zwei oder drei Nächte. Das Ganze wird schon eine Weile dauern«, meinte Christina.

»Auf der Reichenau? Und wann mach ich dann meinen Sport?«, fragte er.

»Nimmst das Rad halt mit. Allerdings haben wir nur einen Käfer«, sagte Christina mit einem verschmitzten Lächeln, »dann bist du unabhängig und kannst selbst ermitteln.«

Füger schüttelte nur ungläubig den Kopf.

»Einen Käfer? Doch nicht etwa den Oldtimer, der sonst immer hinten in der Halle steht?«, fragte er.

»Doch, ich glaube, es ist genau der«, antwortete Christina.

»Na, dann will ich mal sehen, ob die Kollegen im Fuhrpark noch einen alten Dachträger auftreiben. Wenn es sonst nichts mehr gibt, wann starten wir morgen früh?«

»Ich denke, es reicht, wenn wir um halb neun in der Gerichtsmedizin sind. Dann können wir gegen 10 Uhr auf der Reichenau sein«, sagte Christina.

»Im *Gasthof Hasen*?«

»Genau dort. Ich rufe gleich den Kollegen vor Ort an, Streich heißt er …«

»… den kenne ich schon.«

»Ach so, ich vergaß. Die Einbrüche«, fiel es Christina ein.

»Genau. Also, dann bis morgen«, sagte Frieder Füger und ging hinaus.

Immerhin, dachte Christina, zu zweit ging es eben dann doch leichter. Auch wenn der Kollege Füger in Sachen Mord etwa die gleiche Erfahrung wie sie mitbrachte, nämlich gar keine. Das konnte ja was werden, dachte die Kommissarin. Sie nahm ihr Handy und tippte auf die Nummer von Streich.

»Herr Streich? Hallo, Hahn hier«, meldete sie sich.

»I hab Ihr Nommer glei kennt«, sagte der Polizeimeister.

»Na prima. Und, wie war's?«, fragte sie.

»Wie es halt ischt, wenn oiner dot isch. Entsetza ond viel Träna«, erzählte Streich, »aber, wenn Se mi froget, so ganz echt war es au net«, sagte Streich.

»Wie, nicht echt?«, fragte Christina Hahn nach.

»I würd mol saga, so richtig Liebe war des nemme«, meinte der Polizist.

»Das müssen Sie mir morgen dann genauer erklären. Also, wir sind morgen früh in der Gerichtsmedizin und kommen dann auf die Reichenau zu Ihnen. Treffen wir uns im *Hasen*?«, fragte sie.

»Mir?«, kam die prompte Rückfrage.

»Ach so. Ich bringe noch einen Kollegen mit. Den Kommissar Füger«, erklärte sie.

»Den Frieder vom Eibruchsdezernat?«

»Genau den.«

»No aber Proscht Mahlzeit«, meinte Streich.

»Wieso das denn?«

»Weil der bei de Eibrüch au koi Hilf war, deshalb«, meinte Streich.

»Nun ja, vielleicht ist er bei Mord besser. Also, bis morgen um zehn im *Hasen*«, sagte sie und legte auf.

Sie fuhr heim und wollte einen ruhigen Abend verbringen. Aber schon auf der Fahrt ging ihr der Fall nicht aus dem Kopf. Sie wollte das gut machen. Ihr erster Fall war wichtig, das wusste sie ganz genau. Nicht nur ihr Chef würde sie ganz genau im Auge behalten, auch die Kollegen kriegten das alles ja mit. Die Gerüchteküche würde schon dafür sorgen, dass Christina Hahns erster Fall genügend Beachtung fand. Aber je mehr sie auch nachdachte, desto weniger fiel ihr was ein oder was Neues auf. Eigentlich ein klassischer Fall: ein Toter, kaum Spuren und erst mal keine Verdächtigen. Mal sehen, was sich da auftut, sagte sie sich. Ihr gingen immer noch die Worte ihres Kollegen Streich durch den Kopf. Keine richtige Liebe mehr. Da musste sie nachfassen. Die Familie wollte sie auf jeden Fall genauer unter die Lupe nehmen. Vor allem die Ehefrau. Als Täterin kam sie zwar kaum infrage, aber zumindest so etwas Ähnliches wie ein Hintergrund könnte sich da doch ergeben. Sie schaute auf ihr Handy. Kim anrufen? War das blöd?, fragte sie sich. Immerhin hatte sie nur einmal kurz zur Geburt der Zwillinge gratuliert. Schon schofel, dachte sie, denn für Kim war es sicherlich auch nicht einfach. Mutter von Zwillingen, das war bestimmt ein Haufen Arbeit und so wie sie Peter kennengelernt hatte, war das nicht gerade ein Hausmann. Sie überlegte, nahm das Handy in die Hand und suchte die Nummer von Kim. Anrufen? Nicht anrufen? Sie drückte die Taste. Es klingelte.

»Lorenz«, meldete sich Kim.

»Ich bin's, Christina!«

»Wow, endlich. Ich dachte schon, du seist aus dem Dienst ausgeschieden!«

»Nein, ich bin noch in Konstanz…«

»Und wie läuft's? Bist du noch beim Kollegen Scherbler?«

»Der ist doch längst im Ruhestand. Nein, ich bin im Moment eigentlich noch allein«, sagte Christina kleinlaut.

»Das klingt aber nicht sehr überzeugend«, meinte Kim.

»Wie geht es dir, was machen deine Zwillinge?«, fragte Christina und war sichtlich bemüht, das Thema zu wechseln.

»Jetzt mal langsam. Was heißt eigentlich?«, hakte Kim Lorenz nach.

»Na ja. Verstärkung kommt erst nächste Woche, Frieder meint, erst nächsten Monat«, erklärte Christina.

»Frieder? Der Füger vom Einbruch? Was hast du denn mit dem zu tun?«

»Der ist mir zugeteilt. Ich habe ihn beim Chef angefordert«, sagte Christina.

Kim Lorenz lachte lauthals.

»Das lass' ich mir gefallen! Für gute Einfälle warst du ja immer gut!«

»Na ja. Der fiel mir halt ein, wo die doch auch auf der Reichenau ermittelt haben, dachte ich!«, erklärte Christina.

»Auf der Reichenau? Ermittelt?«

»Wegen den zahlreichen Einbrüchen dort«, erzählte Christina, »da kennt er sich doch schon aus und der Streich kennt ihn auch.«

»Der Streich?«

»Das ist der dortige Kollege von der Schutzpolizei, mit dem ich zu tun habe«, sagte Christina.

»Ach so. Und wieso hast du auf der Reichenau zu tun?«, wollte Kim nun neugierig wissen.

»Es gab dort einen Toten«, sagte Christina, »aber jetzt

zu dir. Wie geht es euch, was machen die beiden Kleinen? Die sind doch sicherlich bald ein halbes Jahr alt«, versuchte Christina abzulenken.

»Denen geht es ausgezeichnet. Aber jetzt erzähl mal von deinem Fall. Was ist passiert?«, fragte Kim Lorenz neugierig.

»Ach, eigentlich nichts Besonderes. Ein Toter halt. Am Ufer des Sees auf der Reichenau«, erzählte Christina.

»Ausgerechnet auf der Reichenau«, sagte Kim laut.

»Wieso ausgerechnet?«

»Warum? Weil Peter gerade einen Krimi beginnen will, der auf der Reichenau spielen soll«, erklärte Kim.

»Ach so, witzig«, sagte Christina lachend.

»So witzig ist das nicht«, meinte Kim Lorenz, »jetzt wollte er schon mal einen fiktiven Fall schreiben, also keinen, wo ich wieder die Hauptrolle spiele, und dann kommst du und hast einen Toten!« Kim Lorenz klang fast entrüstet.

»Das tut mir leid. Nächstes Mal gibst du vorher Bescheid, dann lass ich den Mord woanders geschehen«, sagte Christina kleinlaut.

»Jetzt mach keine Scherze. Du kannst natürlich nichts dafür. Das ist halt Pech. Muss der Peter seinen Fall woanders spielen lassen. Also, jetzt erzähl mal genauer, was ist das für ein Fall, dein erster eigener, oder? Und was ist das für ein Toter ...«

Langsam senkte sich die Sonne hinter dem Westufer des Bodensees. Ein herrlicher Anblick, wenn die tief stehenden Strahlen auf den sanften Wellen des Sees glitzerten. Sie konnte sich daran manchmal kaum sattsehen. Das war ihr See, ihre Heimat, sie war Teil dieser Insel Reichenau, wie schon Generationen ihrer Familie vorher. Sie war hier auf-

gewachsen, hatte ihren Mann, den Sohn eines anderen Gemüsegärtners, hier kennengelernt und schließlich auch ge-
heiratet. Wenn sie richtig überlegte, dann war sie nur wenig
von dieser Insel runtergekommen. Ihre Flitterwochen hatten sie im Bayrischen verbracht. Wochen? Von wegen, drei
Tage hatten damals genügt. Mussten genügen, denn *'s Geschäft wartet net.* So war das damals gewesen. Schon fast
dreißig Jahre her. Sie dachte zurück an die guten Zeiten, als
sie noch weniger angebaut hatten und vor allem im Winter
noch ein wenig mehr Zeit gewesen war. Da war es manchmal richtig schön gewesen. Heutzutage wurde die Hektik
immer größer, die Arbeit immer mehr. Neue Salatsorten,
andere Gemüse, sie bauten alles an, was sich verkaufen ließ.
Aber die Preise fielen, die Konkurrenz aus den südlichen
Ländern machte sich schließlich auch bei ihnen bemerkbar.
Das waren ein paar harte Jahre gewesen, bis so langsam die
Bio-Sache aufkam. Die Kunden schauten mehr auf Qualität
und wo die Sachen herkamen und waren auch bereit, dafür
mehr zu zahlen. Inzwischen war Gemüse und Salat von der
Reichenau ein Begriff, eine gute Marke, die sich auch gut
verkaufen ließ.

Für sie alle allerdings bedeutete das noch mehr Arbeit,
schnellere Aufzucht und eigentlich *Gschäft* das ganze Jahr
über. Die Klimaerwärmung machte sich auch bei ihnen bemerkbar. Einen richtigen Winter mit ordentlich Bodenfrost
gab es einfach nicht mehr. In der kalten Zeit bauten sie die
Wintergemüse an, die man früher im kalten Herbst noch gesetzt hatte. So veränderten sich die Zeiten. Noch lebten zwei
Söhne mit ihren Familien auf dem Hof. Sie genoss das. Es
war schön, die nächste Generation heranwachsen zu sehen.
Aber es wurde immer knapper, genug zu erwirtschaften,
um diese beiden Familien und die von Alfred zu versorgen.
Irgendwie mussten sie an mehr Land kommen. Wenn noch
ein paar Enkel dazukamen, dann würde es knapp werden.

Das wollte sie natürlich auf keinen Fall. Nur über meine Leiche, sagte sie bei sich. Es musste eine Lösung geben.

Sie hörte ihren Mann an der Haustür. Er kam zusammen mit dem ältesten Sohn, Alfred, vom Feld. Der andere, Michael, war heute am Stand gewesen und hatte ihr Gemüse verkauft. So blieb am meisten bei ihnen hängen. Zwar verkauften sie auch an verschiedene Märkte auf dem Festland, aber dort bekamen sie längst nicht den Preis, den sie am Stand machen konnten. Die wollten immer Rabatt, Rabatt und die Preise drücken. Sie war froh, dass es am Stand gut lief. Der lag oben an der Straße und hatte sogar einen Parkplatz daneben. Ganz praktisch für die Einheimischen und die Touristen zum kurz was Einkaufen. Sie ging aus der Küche in den Gang.

»So, kommet'r?«, sagte sie zur Begrüßung.

»Nobed«, sagte Alfred, »i gang glei nauf. D'Marie wartet sicher scho.«

»Nobed«, sagte auch ihr Mann, streifte die festen Schuhe ab und zog seine Hauslatschen an.

»Ond, wie war's?«, fragte sie.

»Wie soll's gwesa sei? G'erntet hemmer. Tomate. Die kommet guat des Johr«, sagte ihr Mann. Er setzte sich an den Esstisch und machte die Flasche Bier auf, die sie ihm wohlweislich hingestellt hatte. Ein Feierabend ohne Bier war kein Feierabend, so sagte ihr Mann immer. Auch hatte sie das Vesper schon gerichtet. Zur Abwechslung gab es einen Ochsenmaulsalat mit ordentlich Zwiebeln. Das mochte ihr Mann besonders gern.

»Lass' es dir schmecka«, sagte sie und schnitt ihm eine dicke Scheibe Brot vom großen Laib. Das hatte sie von ihrer Mutter übernommen, das Brotbacken. Sie hatte darauf bestanden, einen solchen Backofen zu bauen, wie ihn ihre Mutter gehabt hatte. Den hatte sie schließlich auch bekommen. Inzwischen buken die drei Frauen im Haus abwechselnd für alle das Brot. Sie hatten auch festgestellt, dass sich der Backofen ausgezeichnet für Pizza eignete. Ihre Pizzas waren bekannt auf der ganzen Insel. Sie hatten sogar schon mal überlegt, am Gemüsestand auch kalte Pizzaschnitten anzubieten. »Wer weiß«, hatte sie gesagt, »vielleicht meget ses.« Aber bisher war diese Idee noch nicht umgesetzt worden.

»Warsch du eigentlich heut Morga am See?«, fragte sie ihren Mann.

»Du woisches doch, was frogsch no?«

»Bloß so. Hosch was gfanga?«

»Des net. Aber i han was gsehn«, sagte ihr Mann.

»Wie, was gsehn?«

»Da Glaubscher hanne gsehn, am See.«

»Aha.«

»Da Glaubscher, wie er oin dotgschlage hot«, sagte ihr Mann mit ruhiger Stimme.

»Des ka e ja it glaube. D'r Glaubscher schlägt doch koin dot!«, rief sie erschrocken aus.

»Net so laut, Erna. Des derf keiner höre. Doch, des war so, der hot mit seim Stock oin dotgschlage«, sagte er.

»No musch zur Polizei«, sagte sie schnell.

»I weiß net, Erna. I weiß net so recht. Vielleicht gibt es do ja noch eine andere Meglichkeit«, sagte er leise.

»Wie meinsch des?«, fragte seine Frau.

»Der hat doch den Acker«, sagte er.

»Du meinsch die Wies nebe unserem Acker?«

»Genau. Den will er doch net verkaufe«, sagte er.

»Ond. Was willsch do mache?«

»Ich kennt ja sage, dass ich ihn nicht gsehe han«, meinte er.

»Wie, net gsehe?«

»Ha, wenn er mir die Wies verkauft, dann sag i nix«, sagte er.

»Du willsch ihn erpresse?«

»So kann mers au sage.«

»Des isch nicht die feine Art«, sagte sie schnell. Überlegte aber dann, wie es wohl mit dieser Wiese wäre. Würde das reichen für alle drei Familien, fragte sie sich. Aber so eine Erpressung war einfach nicht ihre Art. Das machte man nicht, schon gar nicht hier auf der Reichenau. Andererseits tat das niemand weh. Der Glaubscher wäre halt seine Wiese los. Das tat dem nicht weh. Der hatte sein Häuschen und seine gute Rente, das wusste sie genau.

»Was überlegsch?«, fragte er.

»No hettet mir mehr Land. Genug Land vielleicht für alle«, sagte sie mit einem Lächeln.

Auch er lächelte. Sie hatte die Situation sofort erfasst, das schätzte er an ihr, ihren wachen Verstand, vor allem, wenn es um die eigenen Belange ging.

»Du meinsch, i soll's mache?«, fragte er zur Sicherheit.

»I denk, es isch doch net so schlimm. Er verliert sei Wies ond gewinnt sei Freiheit«, sagte sie.

»Wenn mer's so sieht«, sagte er nickend.

»Wie willsch es mache?«

»I schmeiß dem nochher en Zettel en Briefkaschte. Gib a mal a Blättle Papier ond en Stift.«

Sie ging zur Anrichte und zog eine Schublade heraus. Den Block und den Stift legte sie vor ihm auf den Tisch.

»Bisch sicher?«, fragte sie noch.

»I denk scho«, sagte er nur. Dann nahm er den Stift und schrieb mit Blockschrift: *Ich habe dich gesehen. Du bist ein Mörder. Heute Abend beim Gewächshaus am Gartenweg. Ich sehe dich.*

Sie schaute ihm über die Schulter, als er schrieb.

»Heut Abend noch?«, fragte sie.

»Worom nicht«, sagte er, »jetzt isches no frisch ond womöglich kommt ihm d' Polizei auf die Schliche. Vielleicht hot ihn noch jemand anders gseh.«

»Do hasch au wieder recht«, sagte sie nickend.

»I gang glei nüber, schieb's unter d'r Tür durch ond klopf. No haue ab. Der muss erscht mal net wisse, wer des isch«, sagte er.

Er stand auf, ging hinaus und zog seine Schuhe wieder an. Sie hörte noch die Tür. Er würde in wenigen Minuten wieder zurück sein, denn zum Häuschen des alten Postlers waren es nur wenige Hundert Meter. Sie räumte den Tisch ab. Als sie in der Küche fertig war, setzte sie sich an den Esszimmertisch. Sie schenkte sich den Rest aus seiner Bierflasche ein. Ob es klappte, fragte sie sich. Es musste klappen.

Sie saßen bei Fred im Keller zusammen. Wie immer hatten sie ihre Autos ein gutes Stück entfernt geparkt, damit niemandem etwas auffiel. Fred war ein alter Junggeselle, der im Haus seiner Mutter lebte, die im oberen Stock wohnte. Sie war nicht mehr gut zu Fuß, kam also so gut wie nie die Treppe herunter, geschweige denn in den geräumigen Keller. Dadurch war es hier unten sicher. Einen solchen Ort brauchten sie genauso wie die übrigen Kellerräume, denn hier lagerte ein großer Teil der Beute ihrer letzten Einbrüche.

»Kommt d'r Dieter au?«, fragte Fred.

»Klar kommt der, i han ihn agrufe«, sagte Manne.

»Wieso isch d'r Erik no net da?«, fragte Fred, »der isch doch sonst immer so zuverlässig.«

»Keine Ahnung«, meinte Manne und horchte auf die Treppe hinaus, »da kommt einer.«

»Des wird d'r Erik sei«, sagte Fred.

In der Tür stand ein Mann von untersetzter Statur, sein Haupt zierte eine glänzende Glatze. Dieter grüßte in die

Runde und setzte sich. Die beiden anderen schauten ihn erwartungsvoll an.

»Hendr schon ghert, d'r Erik isch dot!«, sagte er mit einem traurigen Unterton.

»Was?«, kam es von den anderen beiden.

»Die Monika hat mir heut Mittag angrufe. Sie habet ihn am Seeufer gfunde. Er joggt doch emmer frühmorgens auf dem Weg am Ufer entlang. Do isch er glege, ganz en d'r Nähe von seiner Wohnung«, erzählte Dieter.

»Ja, aber wie und wann?«, fragte Fred.

»Keine Ahnung. Heit Morga wahrscheinlich. Mehr hat die Monika auch noch net gwisst«, sagte Dieter. Es war eine Zeit lang ruhig im Keller. Sie sahen sich wechselseitig an.

»Der Erik dot«, sagte Fred vor sich hin, »des ka mer gar net glauba.«

»Aber wieso …?«, setzte Manne fragend an.

»Vielleicht war's ja ein Unfall«, versuchte Fred eine Erklärung zu finden.

»Was denn sonscht?«, fragte Dieter, »wer soll denn, i moin, den brengt doch niemand um, oder?«

Die beiden anderen schüttelten die Köpfe. Nein, nein, sagte dieses Schütteln, den Erik brachte doch keiner um, den doch nicht. Ein Mord, hier auf der Reichenau, das gab es dann schon gar nicht.

»Auf koin Fall!«, sagte Manne laut.

»Et so laut«, beruhigte ihn Fred.

»Stimmt aber schon«, sagte Dieter, »den Erik bringt doch keiner um.«

»I woiß net. Mir kennet dia Leit ja etta, die des Zeigs do em Erik, also ons, abkaufet, oder?«, sagte Fred mit fragendem Blick in die Runde. Mensch, das hatte immer so gut geklappt. Allerdings fragte er sich jetzt gerade, warum das alles über Erik gelaufen war. Sie hatten tatsächlich keine Ahnung, geschweige denn Namen, Telefonnummern oder

Adressen von den Leuten, die ihre Abnehmer waren. Es war einfach so gut gelaufen, und, wenn er ehrlich darüber nachdachte, sie hatten das Geld genommen und damit war gut gewesen.

Manne sah ihn entgeistert an.

»Du moinsch, dia hend den ombrocht? Aber worom denn?«, fragte er.

»Vielleicht hot er meh Geld wella«, sagte Fred.

»Mir waret doch emmer zfrida, was die zahlt hend«, sagte Manne.

Die Runde schwieg eine Weile. Bierflaschen wurden geöffnet. Man prostete sich zu.

»Auf den Erik«, sagte Fred und stand auf.

Erstaunt musterten die beiden anderen den stehenden Fred. Dann schienen sie zu begreifen. Auch sie erhoben sich. Man prostete sich erneut zu.

»Auf den Erik«, sagte nun auch Dieter mit einem feierlichen Ton in der Stimme.

»Sein Tod soll nicht umsonst gewesen sein«, sagte Manne.

Fred schüttelte nur den Kopf, Dieter warf einen seufzenden Blick an die Kellerdecke. Dieser Manne, einfach zu viele Abenteuerfilme, dachte er.

»Jetzt komm' mol wieder runter«, beruhigte er ihn, »für was soll sein Tod denn gut gwesa sei, bitteschön?«

»Na für uns«, meinte Manne.

»Wie: für uns?«, fragte nun Fred.

»Was bringt es uns denn, wenn Erik tot ist?«, hakte Dieter nach.

»Na, es hätte ja auch einen von uns erwischen können«, erklärte Manne.

»Ziemlich unwahrscheinlich, meinst du nicht?«, meinte Fred.

»Wieso?«, fragte Manne.

»Ganz einfach, weil die uns gar nicht kennen. Das hat

doch alles der Erik organisiert. Seine Fahrten mit dem Werkstatttransporter aufs Festland. Immer nur eine kleine Menge und so. Anders wäre das doch gar nicht gegangen«, erklärte Dieter.

»Vielleicht war es denen ja zu wenig«, meinte Fred.

»Kann ich mir nicht vorstellen. Die haben an uns ganz gut verdient. Wenn ich denke, was wir in den letzten Monaten so angeschafft haben. Das war ein Haufen Zeugs und nicht das schlechteste, will ich meinen«, sagte Dieter.

»Aber warum musste Erik dann sterben?«, fragte Manne.

»Wenn wir das wüssten«, sagte Fred.

»Vor allem ist jetzt natürlich die Frage, wie es weitergeht«, meinte Dieter.

»Genau«, sagte Manne.

Es stellte sich im folgenden Gespräch heraus, dass eigentlich keiner der restlichen drei Einbrecher genau wusste, wie der Kontakt zu den Hehlern auf dem Festland bestand. Immer hatte Erik die Verhandlungen geführt, die Ware transportiert und ihnen dann anschließend ihren Anteil ausgezahlt. Die kannten nur zwei Vornamen, das war alles. Die drei Männer schauten sich in den Kellerräumen um. Wie sollten sie jetzt all diese Sachen wegbringen, geschweige denn verkaufen können?

»Einer von uns muss nach Konstanz und diesen Boris oder diesen Jakob finden«, schlug Fred vor.

»Und wie soll das gehen? Wir wissen nicht mal so richtig, wo wir suchen sollen«, sagte Dieter.

»Boris, das könnte ein Russe sein«, überlegte Manne, »aber wo finden wir einen Russen in Konstanz?«

Die beiden anderen nickten. Es würde verdammt schwierig werden, diese Kontaktpersonen ausfindig zu machen. Schließlich waren sie alle nicht in dieser Szene unterwegs, hatten keine Ahnung, wo man in Konstanz solche schrägen Vögel suchen sollte.

»Vielleicht, dass man am Bahnhof mal ein bisschen rumfragt«, schlug Manne vor.

»Wie: rumfragt?«, kam es von den anderen beiden.

»Na, ob jemand diesen Boris kennt oder vielleicht den Jakob«, erklärte Manne.

»Du bist mir vielleicht eine Leuchte, mein lieber Schwan«, sagte Fred lachend, »wir gehen in Konstanz an den Bahnhof und fragen nach Boris! Wen denn? Wie denn? Mann!«

»So kommen wir nicht weiter«, sagte Dieter, »so geht es ganz bestimmt nicht. Wenn überhaupt irgendwo ein Ansatz zu finden sein kann, dann bei Erik zu Hause. Vielleicht hat er ja irgendwo eine Adresse oder so etwas…«

»Mensch«, fiel es nun Fred ein, »der hatte die Nummer doch bestimmt in seinem Handy!«

»Genau«, sagte Dieter, »das ist es, sein Handy!«

Sie überlegten, wie sie wohl an Eriks Handy kommen konnten. Wahrscheinlich hatte das die Polizei, nahmen sie an. Vielleicht, wenn es der Monika zurückgegeben wurde, könnten sie eventuell drankommen, vielleicht. Sie beschlossen, erst einmal in Ruhe die Entwicklung der Situation abzuwarten. Sicherlich würden in den kommenden Tagen einige Neuigkeiten in den Medien auftauchen und sie wollten sich bemühen, intensiv herumzufragen, wer vielleicht Genaueres zu Eriks Tod wusste.

»Ich werd' morgen die Monika fragen«, sagte Dieter.

»Aber vorsichtig, gell, die isch beschtimmt ganz schee traurig«, sagte Manne mit einem kleinen Schluchzer. Er hatte in Erik seinen Helden gesehen. Endlich mal einer, der nicht so normal war, einer, der sich die Welt um sich rum so machte, wie er sie haben wollte. Der Erik hatte die Dinge in die Hand genommen, war vorgegangen, und sie hinterher. Nun war er tot, der Erik, und Fred wurde ganz komisch bei dem Gedanken, sich ein Leben ohne den Erik vorzustellen.

»Klar, vorsichtig. Des kannsch annemma«, antwortete

Dieter, »i muss doch eh vorbei. Des wisset doch scho alle. Wenn i do net vorbei komm, fällt's auf.«

»Schtemmt«, sagte Fred, »mir misset so weitermacha wie bisher. Der Erik war unser Freund ...«

»Ond jetzt isch er dot«, unterbrach ihn Manne mit weinerlicher Stimme.

»Jetzt her halt auf!«, brach es nun aus Dieter heraus, »du emmer mit deine Emotiona! Des isch jetzt passiert, mir hend ihn net umbrocht, wer's war, wisset mer net ond fir ons goht's Leba weiter, oder?«

Dieters Pragmatismus tat der Runde gut. Er hatte dieses Talent, ohne allzu viel Überblick Dinge zu ordnen und auf den Punkt zu bringen. Oft ging es zwar dann weiter, wie es vorher war, aber man hatte die sogenannte Sachlage mal geklärt.

»Genau, Dieter«, sagte Fred und klopfte ihm auf die Schulter, »des hosch du mol wieder gut auf da Punkt brocht!«

Und?«, fragte sie, »wie isch's glaufa?«

Sie hatte ihn schon an der Tür gehört. Um diese Zeit war es ruhig auf der Insel. Die nächste befahrene Straße lag ein gutes Stück von ihrem Hof entfernt. Sie hoffte nur, dass die Kinder oben nichts von alldem mitbekamen. Ihre Söhne würden das nicht gut finden, was ihr Mann da vorhatte.

Er hatte sie wohl nicht gehört; kam herein, setzte sich. Sie holte die Schnapsflasche für besondere Fälle aus dem Schrank. Wenn das heute Abend kein besonderer Fall war, dann wusste sie auch nicht.

»Und«, fragte sie noch mal, nachdem sie ihm eingeschenkt hatte.

»Jetzt hot er den Zettel«, antwortete er gelassen.

»Hosch was ghert, hat er ihn gholt?«

»I han guckt, dass e wegkomm, des kannsch glaube!«

»Des isch ja fascht wie em Fernseh«, sagte sie.

»Es isch ja au fascht a bissle so«, meinte er.

»Isch achte net a bissle früh?«

»I han halt denkt, später fellts vielleicht meh auf«, erklärte er.

»Do hosch au wieder recht.« Sie nickte zustimmend. »Ond, denksch du, er goht drauf ei?«

Der Gemüsebauer nickte und goss sich sein Glas noch mal voll.

»Was soll er denn macha? I han ihn gseha ond wenn i zur Polizei gang, dann isch er dran, aber dermaßa!«

»Des wär scho schee mit dem Acker. No kenntet se elle dobleiba. No hettet mir gnug für alle.«

Ihr Mann nickte nur. Sie zeigte ihre Sorge viel offener als er. Natürlich hatte er sich in den letzten Jahren immer wieder Gedanken gemacht, wie das hier weitergehen sollte. Aber mit der fehlenden Anbaufläche hatte er keine Möglichkeiten gesehen. Das war gutes Land, der Acker vom Glaubscher. Der alte Mann hatte ja nie viel darauf angebaut. Vielleicht könnte man sogar an einen Bioanbau denken, denn der Boden war, soweit er wusste, noch nie gedüngt worden und der alte Mann hatte mit Sicherheit nie Pestizide eingesetzt. Und obwohl das Feld an seinen Besitz grenzte, lagen die Gewächshäuser zwischen dem Land und ihren Feldern. Einer seiner Söhne hatte den Gedanken gehabt, warum nicht Bio. Aber er hatte nur abgewunken, mit ihren Anbauflächen war das nicht denkbar gewesen. Gerade deshalb hatte er den Glaubscher immer wieder mal gefragt, ob er nicht verkaufen wolle. Aber der war stur geblieben. Warum, das wusste der vielleicht selbst nicht, denn schließlich machte er nichts mit dem Land.

»I leg me no a halba Stund na«, sagte er zu seiner Frau.

Die schaute auf die Uhr. Es war erst sieben. Sie machte ihm das Sofa zurecht. Nach einem langen Arbeitstag machte er das gerne. Ob das heute jetzt sein musste, fragte sie sich. Aber wie meist widersprach sie ihm nicht.

»Des duasch. I weck de no«, sagte sie nur.

Die halbe Stunde war schnell vorbei. Sie war noch in der Küche und kochte für den nächsten Tag vor. Morgen sollten Salat und vor allem einige Gemüsesorten geerntet und transportfertig gemacht werden. Da mussten alle Hände helfen und es war gut, wenn das Essen dann schon fast fertig war.

»I gang dann«, sagte er, warf ihr aber einen vielsagenden Blick zu, der vielleicht bedeuten sollte, drück mir die Daumen, dass es klappt.

Er ging zur Haustür hinaus hinüber zu den Gewächshäusern. Das alte Gewächshaus war ein Ort, den hier auf der Reichenau allen echten Reichenauern gut bekannt war, denn es war eines der ersten Glashäuser hier auf ihrer Insel gewesen. Er selbst hatte noch den Großvater beim Bau des für die damaligen Verhältnisse großen Gewächshauses erlebt. Freilich war es inzwischen oft geflickt und auch renoviert worden, aber es stand immer noch an seiner alten Stelle.

Er sah Licht im Gemüselager und blickte auf seine Uhr. Konnte das noch dieser Jurek sein, der Schüler, der am Gemüsestand seines Sohnes mithalf? Durch die Scheiben sah er ihn die Gemüsekisten ins Kühllager tragen. Wahrscheinlich hatte sein Sohn ihm noch ein paar Überstunden genehmigt.

Er ging den Weg zwischen den Häusern weiter. Zum alten Gewächshaus war es nicht weit. Für ihn nicht und auch für den Glaubscher nicht. Er hoffte nur, dass der auch kam. Aber eigentlich war er sich ziemlich sicher, dass der alte Mann ein furchtbar schlechtes Gewissen hatte und bestimmt seiner Einladung folgte.

Jurek sah den Schatten des Chefs draußen vorbeigehen. Was machte der Alte denn jetzt noch hier zwischen den Gewächshäusern? Auf diesem Hof, das hatte der Schüler inzwischen mitbekommen, wurde viel geschafft, dann aber auch pünktlich Feierabend gemacht. Er hatte den Vorschlag des jungen Gemüsebauern gerne angenommen, noch zwei Stunden die Ware einzuräumen und vorher durchzusortieren. Seit den Sommerferien im letzten Jahr half er hier immer wieder mit, vor allem am Gemüsestand oben an der Hauptstraße. Ihm machte das Verkaufen Spaß und inzwischen kannte er sich nicht nur mit den Gemüsesorten recht gut aus, auch die Arbeiten vor und nach dem Verkaufen hatte er gelernt. Mit den Salatkisten war er fertig, die konnten ins Kühllager. Zwiebeln und Kartoffeln waren wie andere harte Gemüse eh kein Problem. Bei den Blattgemüsen wie Sellerie und Kohl musste er hingegen genauer hinschauen, ob vielleicht doch etwas Faules dran war. Aber heute ging alles recht zügig und wenn er Glück hatte, konnte er seinen Zug noch erreichen und heute vor neun Uhr zu Hause auf der Höri sein.

Er zog die Schürze aus, nahm seine Jacke vom Haken und löschte das Licht. Der frühe Abend war hell genug, dass er den Weg zu seinem Fahrrad fand. Er ging die Abkürzung am alten Gewächshaus vorbei. Zu seiner Überraschung sah er darin Licht. Als er näher an die Scheiben heranging, sah er den alten Chef einem alten Mann gegenüberstehen. Das interessierte ihn jetzt schon, was diese beiden alten Männer um diese Zeit in diesem Gewächshaus machten. Er ging noch ein Stück weiter am Glasbau entlang, bis er zu einem der Seitenfenster kam, das halb offen stand.

»Ond ich sag dir, der hot sogar no glebt«, sagte sein alter Chef gerade zu dem Mann.

Jurek stutzte. Wer hatte da »noch« gelebt?

»Aber worom hosch ihm dann net gholfa?«, fragte der andere alte Mann.

»Weil i endlich dein' Acker will. Ond wenn du net verkaufsch, no gang i zur Polizei, no bisch du dran, als Mörder!«, sagte sein alter Chef.

»Ich ben koin Mörder!«, rief der alte Mann.

»Net so laut«, sagte der andere.

Jurek traute seinen Ohren nicht. War das hier Wirklichkeit? Es ging um jemanden, der gestorben war, soviel hatte er bis jetzt mitbekommen. Und anscheinend hatte der alte Mann schon damit zu tun, diesen Menschen aber wohl nicht umgebracht. Wenn es stimmte, dass sein Chef das gesehen hatte und demjenigen nicht geholfen hatte, dann hatte der sich auch schuldig gemacht.

»Do lass ich mich von dir doch net zwinge!«

»No zeig ich di an, no mach ich a Aussage, dass du des gwesa bisch«, sagte sein Chef.

»Ond no sag i, dass der no glebt hot ond du des gseha hosch.«

»I han bloß gseha, wie du ihm dein' Stock übers Hirn zoga hosch.«

So langsam wurde es spät. Wenn er jetzt nicht loskam, dann kriegte er den frühen Zug nicht mehr. Jurek überlegte, ob er sich leise am Gewächshaus vorbeischleichen sollte. Andererseits interessierte ihn auch, wie es da drinnen weiterging.

»Ich hab' ihm doch net mein Stock übers Hirn zoga! Der hot mi agriffa, i han mi bloß gwehrt. Was hett i denn macha solla?«

»I hab des so gseah ond fertig«, antwortete sein alter Chef, »also gang i zur Polizei!«

»Von mir aus«, sagte der alte Mann und wendete sich um. Er ging auf den oberen Ausgang zu.

Sein alter Chef schaute dem Mann erstaunt hinterher.

»Wart mol, Glaubscher, du kannsch dir des noch überlega. I wart no bis morga om zwelfe. Wenn e bis dohin nex von dir hör, zoig i di a.«

Der alte Mann nickte nur unmerklich, dann ging er hinaus.

Jurek beobachtete die Reaktion seines alten Chefs genau. Der war nicht bloß erstaunt über die Reaktion des alten Mannes, der war richtig entsetzt und wütend. Mit einem lauten Kracher schlug er mit einem alten Rechen auf einen Stapel Pflanztöpfe ein.

»So ein Idiot, so ein Idiot!«, schimpfte er vor sich hin. Er warf den Rechen auf den Stapel.

Jurek überlegte, ob er es schaffen könnte, jetzt noch am Gewächshaus vorbei zu seinem Fahrrad zu kommen. Er bewegte sich von der Scheibe weg, merkte dabei, dass sein Stand nicht der beste war. Irgendwie rutschte ihm der linke Fuß weg. Um Halt zu finden, stützte er sich an der Glaswand ab. Dabei stieß er mit dem Kopf gegen die Scheibe. Es gab ein dumpfes Geräusch.

»Isch do ebber?«, rief sein alter Chef.

Jurek versuchte, kein Geräusch mehr zu machen. Der Alte durfte ihn hier draußen auf keinen Fall erwischen. Er musste es riskieren, schnell am Gewächshaus vorbeizurennen. Mit einem großen Satz sprang er aus der glitschigen Erde zurück auf den schmalen Weg. Dabei rutschte er mit dem linken Fuß vollends aus und lag auf der Nase. Irgendjemand hatte hier einen Haufen Unkraut vergessen, daher der glitschige Untergrund, dachte er.

Inzwischen war der Alte am Eingang des Gewächshauses und schaute sich um. Es dauerte nur einen Augenblick, dann hatte er Jurek entdeckt.

»Was machsch denn du do?«, rief er laut und kam dabei auf ihn zu.

Jurek sagte erst mal nichts.

»Hosch du etwa ghorcht?«, fragte der alte Gemüsebauer.

»Ich bloß hingefallen«, versuchte Jurek seine Situation zu erklären.

»Wie kann mer denn do nafalla, do isch doch a Weg«, meinte sein alter Chef und sah sich um. Nun erkannte der Mann im fahlen Licht der Gewächshauslampen, das nach draußen fiel, Jureks Spuren auf dem Boden an der Außenwand.

»Du hosch doch do gschtanda!«, rief er und ging auf den jungen Mann zu, »ond ghorcht hosch au, geb es zua!«

Der Gemüsebauer griff sich eine Mistgabel, die am Eingang lehnte.

»Wart, dir werd' i helfa!«, sagte er laut und zeigte mit den spitzen Zinken der Gabel auf Jurek.

Mit seinen siebzehn Jahren hatte er zwar schon einiges erlebt, aber in diesem Moment hatte Jurek zum ersten Mal in seinem Leben richtige Angst. Er versuchte aufzustehen, rutschte aber erneut weg. Der alte Gemüsebauer war nur noch wenige Meter entfernt. Jurek überlegte, ob er versuchen sollte, an der Wand des Gewächshauses entlang an dem Mann vorbei zu rennen. So könnte er erst mal wenigstens den scharfen Spitzen der Mistgabel entkommen. Erkannt hatte ihn der Alte sowieso. Er rutschte ein Stück zurück, die Gabelzinken kamen auf ihn zu. Um Jurek zu erreichen, musste nun auch der Alte auf die verrotteten Pflanzen treten.

»Ja Heiland zack, was isch denn des fir eine Sauerei?«, rief er noch laut, dann verlor er den Halt, versuchte, sich auf die Gabel zu stützen, brachte aber den Stiel nicht mehr auf den Boden und rutschte seitlich weg. Dann war es still.

Furchtbar still, dachte Jurek. Er zog sich am rostigen Gestänge des Gewächshauses hoch und trat näher. Sein alter Chef lag auf der Seite, die Mistgabel unter ihm. Wahrscheinlich war er durch den Sturz ohnmächtig geworden. Sollte er sich jetzt einfach aus dem Staub machen?, fragte er sich. Er beugte sich hinunter und sah in das Gesicht des alten Mannes. Wie oft hatte er solche Szenen in Filmen gesehen, wo sie Verletzten an die Halsschlagader fassten oder einen Spiegel vor den Mund gehalten hatten, um zu sehen, ob sie noch lebten. Der alte Mann regte sich nicht mehr. Er nahm all seinen Mut zusammen, beugte sich hinunter und fasste ihm an den Hals. Da war nichts mehr zu spüren. Sein alter Chef schien tot zu sein.

Jurek stand auf. Um ihn herum war alles ruhig. Es müsste jetzt bald fast neun Uhr sein. Den Zug konnte er eh vergessen. Mit dem letzten Zug würde er wieder sehr spät zu Hause ankommen. Das war ihm schon ein, zwei Mal passiert. Er würde sich für seine Eltern eine Erklärung einfallen müssen. Und dann? Sollte er zur Polizei gehen, vielmehr, sollte er jetzt zur alten Bermaier gehen. Ihr sagen, dass ihr Mann tot ist? Er konnte keinen klaren Gedanken fassen. Was immer er auch dachte, kaum hatte er es ein zweites Mal überlegt, musste er es auch schon wieder verwerfen. Am besten schien es ihm, mit dem Fahrrad hinüber zu Leonie zu fahren, eine Nacht drüber zu schlafen und sich am nächsten Morgen zu entscheiden, was er tun würde. Er tippte die Leonie-Taste auf seinem Handy. Sie war eine gute Freundin. Aber eben nur eine gute. Manchmal fragte er sich, warum sie beide nie oder noch nicht zusammengewesen waren. Leonie hatte ihm mal das Lied: »Tausendmal berührt, tausendmal ist nichts passiert…« vorgespielt. »So ist das vielleicht bei uns beiden auch«, hatte sie gesagt und dabei süffisant gelächelt. Obwohl ihre Eltern von der Höri hier her auf die Reichenau gezogen waren, blieben sie in Kontakt. Sie hatte ihm sogar den Job beim Gemüsebauern vermittelt. Er war dankbar gewesen, denn solche Nebenjobs in den Ferien oder am Wochenende waren auf der Höri nicht leicht zu kriegen. Der Tourismus im Sommer bot zwar Gelegenheiten, aber man musste schon Glück haben, eine wirklich gute Arbeit zu finden.

»Gerne«, antwortete Leonie. Immer kurz angebunden,

dachte Jurek. Er betrachtete noch einmal seinen alten Chef. Ganz ruhig lag er da, die Augen geschlossen, mit einem fast friedlichen Gesichtsausdruck. Vielleicht hat er ja wirklich seinen Frieden gefunden, dachte Jurek. Er hatte zwar alles verstanden, was die beiden Männer sich im Gewächshaus an den Kopf geworfen hatten, konnte sich aber noch keinen Reim darauf machen. Die Rolle seines alten Chefs war jedenfalls keine gute gewesen, soviel war für ihn klar. Dass es sich um einen Erpressungsversuch gehandelt hatte, war offensichtlich. Aber wer war der Tote und warum hatte der alte Mann nach ihm geschlagen? Viele Fragen, dachte Jurek. Mit seinem Fahrrad würde er in zehn Minuten bei Leonie sein. Er überlegte, was er ihr erzählen sollte.

Es war ihre Zeit, wenn die Kinder endlich schliefen. Kim Lorenz hatte es sich auf der Couch gemütlich gemacht. Vor ihr standen eine Flasche Rotwein und zwei Gläser. Jetzt fehlte nur noch der Mann zu diesem zweiten Glas. Ein ganz normaler Tag ging zu Ende. Sie fragte sich, wie man sich so schnell daran gewöhnen konnte, dass dies ein normaler Tag gewesen war. Durch die Arbeit mit den Kindern war der Ablauf genau geregelt, oder sollte man sagen, wurde von den Kindern geregelt. Anfangs hatte sie gedacht, es wäre ein Vorteil, dass Peter zu Hause arbeiten konnte. Aber inzwischen häuften sich die Tage, an denen sie dachte, sie hätte oft drei Kinder zu versorgen. Noch war es ja auszuhalten, aber Peters Anteil an Hausarbeit und Kinderbetreuung nahm immer mehr ab. Zwar eigentlich kaum spürbar, dennoch fiel es ihr auf. Hier mal keine Wäsche gemacht, da mal nicht gekocht oder keine Zeit. So etwas kam immer häufiger vor. Durch den neuen Krimi war auch nichts besser geworden.

Wenigstens hatten sie nun wieder ein neues Thema, das sie durchaus auch interessierte, natürlich. Andererseits erinnerte sie die tägliche Diskussion über Mord, Täter und Motive an ihren geliebten Beruf und die herrliche Arbeit draußen in dieser manchmal schrecklichen Realität.

Sie wollte nun nicht länger warten. Mal wieder kriegte sie den Korken nicht aus der Flasche. Als ihr dies schließlich doch gelungen war, schenkte sie sich einen guten Schluck ein.

»Hast du schon eingeschenkt?«, fragte Peter schon auf der Treppe.

»Dir noch nicht«, antwortete Kim schnippisch.

»Bist du eingeschnappt?«

»Warum kommst du nicht einfach mal rechtzeitig runter?«, fragte sie.

»Ich musste da noch was aufschreiben«, antwortete er.

»Komm mir jetzt bitte in den nächsten Wochen nicht immer wieder mit dieser Erklärung! Dann kauf dir ein Diktiergerät oder sprich den Einfall auf dein Handy. Das geht auch und ich muss nicht auf dich warten«, meinte sie.

Er setzte sich, ohne darauf zu reagieren, neben sie auf die Couch und schenkte auch sich ein Glas ein.

»Ist das dieser neue Italiener, den du gekauft hast?«, fragte er.

»Ich habe bald einen neuen Italiener, wenn du so weitermachst«, sagte sie, allerdings mit einem Lächeln auf den Lippen. Beide lachten kurz. Es schien für einen Moment, aller Ärger sei verraucht. Aber Kim wollte ihren Freund diesmal so nicht davonkommen lassen.

»Peter, lass uns mal wirklich reden. Ich denke, dass wir klären müssen, wie das hier bei uns mit den Zwillingen und uns beiden weitergehen soll. Du kannst nicht immer dich in den Vordergrund stellen und von uns erwarten, dass wir da mitziehen. Ich schätze deine Arbeit und auch deine Schreiberei. Aber nur weil ich Mutter und sozusagen beurlaubt bin, heißt das noch lange nicht, dass ich nicht auch mein Leben, meine Ansprüche und meine Wünsche habe!«

Peter schwieg ein paar Minuten. Er wusste es selbst doch ganz genau, dass er den Bogen immer wieder überspannte und damit immer wieder ihre Gutmütigkeit ausnutzte. Als sie noch zu zweit waren, hatte das kaum eine Rolle gespielt. Sie hatte ihre, er seine Arbeit gemacht und dazwischen hatten sie ihre Beziehung gepflegt, mal mehr, mal weniger, je nachdem, wer von ihnen beiden gerade wie eingespannt war. Natürlich war Kim mehr unterwegs gewesen als er und manchmal auch für eine Woche weg. Er hatte eine andere Arbeit und war dann eher Abende für Abende in seinem Büro hinter seinem Schreibtisch verschwunden und sozusagen auch nicht für sie da gewesen.

Was hatten sie sich erhofft von der Erfüllung ihres Kinderwunsches! Die anfängliche Freude hatte sich sicherlich relativiert, würde er heute sagen, denn Zwillinge sind eben Zwillinge, doppelte Arbeit. Wie sollte er nun anfangen, ihr erklären, dass ihm das alles in den letzten Monaten zu viel geworden war? Er war sich nicht so sicher mit seinem Weg dieser Schreiberei, einerseits journalistisch, dann wieder kriminalistisch. Er hatte sie ausgenutzt, ihren Beruf, ihre Erlebnisse und ihre Fälle. Das war ihm irgendwie auch peinlich, denn so richtig einen Fall erfunden hatte er eigentlich noch nicht.

»Jetzt würde ich gerne wissen, was dir so durch den Kopf geht«, sagte Kim.

»Sehr viel, sehr viel, was vor allem mit dir zu tun hat. Ich glaube, du hast vollkommen recht, dass ich zu sehr nach mir selbst geschaut habe in den letzten Monaten. Du hast auch recht, dass dies zugenommen hat.«

Kim war baff. So hatte sie Peter noch nie über sich reden hören. Er war ein umgänglicher Typ Mensch, der sich gerne beliebt machte, sich aber durchaus auch durchzusetzen wusste.

»Kannst du mir sagen, warum?«, fragte sie ihn.

»Ich glaube, ich bin mir nicht sicher, ob dies der richtige Weg für mich ist, diese Schreiberei«, antwortete er.

»Welche?«

»Beide. Ich habe den Lehrerberuf sehr bewusst an den Nagel gehängt…«

»Das weiß ich«, sagte sie dazwischen.

»…weil ich mir nicht mehr sicher war, das tatsächlich mein Leben lang tun zu wollen. Und die Schreiberei war immer dagewesen, so als kleiner Traum.«

»Das weiß ich auch, das ist auch dein Weg, wenn du mich fragst. Das Komische ist ja, dass ich manchmal unheimlich sauer auf dich bin, andererseits aber auch wieder froh, dich so in deinem Reich zu erleben. Ich glaube, es braucht mehr Ehrlichkeit dir selbst gegenüber, dies dir auch zuzugestehen. Verstehe mich richtig, ich spreche nicht von einer Erfüllung, ich spreche von einem Weg, den du mit Mut und Überzeugung eingeschlagen hast und den ich für den richtigen halte.«

Sie schaute ihn an. Wie würde er wohl reagieren? Er erwiderte ihren Blick, rückte ein Stück näher auf der Couch zu ihr hin. Als er seinen Arm um sie legte, schmiegte sie ihren Kopf an seine Schulter.

»Ich wusste ja, dass du Kriminalistin bist, aber so wie du das gerade beschrieben hast, das war toll. Es tut gut, unsere Nähe wieder zu spüren und irgendwie wieder in derselben Liga zu spielen. Es tut auch gut, von dir so viel Verständnis zu erhalten, denn im Grunde genommen bist es ja hauptsächlich du, die dieses neue Leben aushalten muss. Ich weiß, das fällt dir manchmal überhaupt nicht leicht, dir fehlt da viel«, sagte er.

»Da hast du recht. Mir fehlt verdammt viel, aber ich habe

dich und die Kinder. Ich dachte, das wird mich schon so er-erfüllen und ausfüllen, dass mir mein bisheriges Leben nicht fehlen wird. Aber das stimmt nicht. Leider …«, erklärte sie ihm.

»Ich denke, du solltest morgen auf die Reichenau fahren.«

»Auf die Reichenau?«

»Zu Christina, hilf ihr, die freut sich«, sagte er.

Sie zögerte, denn so richtig hatte sie noch nicht begriffen, was er gesagt hatte. Er meinte, sie sollte einfach so auf die Reichenau fahren und wieder Kommissarin sein?

»Du meinst, ich soll arbeiten?«

»Ganz genau, wenn du es ohne uns ein paar Tage aushältst. Ich glaube, du brauchst das jetzt, und wenn Julia mir ein bisschen zur Hand geht, dann geht das irgendwie schon. Was meinst du?«

»Was ich meine? Das wäre toll, einfach mal rauszukommen und für ein paar Tage wieder eine Kommissarin sein zu dürfen.«

»Mehr als ein paar Tage darfst du allerdings nicht brauchen, um den Fall zu lösen«, meinte Peter.

Kim schnellte hoch und hüpfte auf dem Sofa auf und ab. Sie konnte sich das gar nicht vorstellen, mal wieder Kim Lorenz, die Kriminalhauptkommissarin, zu sein.

»Aber weißt du was, mein lieber Peter, ich fahre nicht gleich morgen auf die Reichenau. Ich warte noch einen Tag, dann kann Christina schon mal anfangen und wir hier noch einiges vorbereiten. Was meinst du?«

Er küsste sie zärtlich.

»Wie du meinst«, sagte er, »lass uns anstoßen.«

Sie prosteten sich zu.

Es gab Dinge, die machte man morgens gerne und andere Dinge, die machte man morgens nicht gerne. Für Christina Hahn gab es nichts Schlimmeres, als am frühen Morgen mit einer Leiche konfrontiert zu werden. Sie hatte Frieder um acht abgeholt. Jetzt standen sie dem Gerichtsmediziner gegenüber, der sich über die Leiche beugte.

»Ich weiß eigentlich nicht, warum der nette Doktor Herrlich uns hier hergeschickt hat«, sagte Christina leise zu Frieder Füger.

»Wahrscheinlich sollten wir uns mal eine Leiche ansehen. Und wieso eigentlich *nett*?«

»Ist er halt«, sagte Christina kurz.

»So, so«, sagte Frieder.

Sie wandten sich dem Seziertisch zu. Dieser Doktor Friedrich nahm seinen Beruf ernst, sehr ernst, das hatten sie gleich gemerkt. Frieder hatte versucht, ihn per Handschlag jovial zu begrüßen, der Doktor hatte nur genickt und sich der Leiche zugewandt. So viel also zur Begrüßung.

»Also, die Damen und Herren, Sie wollen meinen Bericht. Bitte: Männlicher Toter, neunundzwanzig Jahre alt, körperlicher Zustand: einigermaßen, nichts Auffälliges, die Verletzung ist im Grunde genommen oberflächlich, ein leichtes Hämatom, also keinesfalls letal, dürfte ein Schlag mit einer Art Holzstock gewesen sein, jedenfalls glatte Oberfläche, keine Spuren. Gestorben ist der Mann an zu viel Wasser um sich rum, er ist ertrunken.«

»Das ist sicher?«, fragte Christina und bereute ihre Frage, kaum hatte sie sie ausgesprochen.

Der Doktor schaute sie mit einem kritischen Blick an.

»Ist das Ihre erste Ermittlung?«

»Ja, stimmt. Wieso?«

»Wenn ich sage, der Mann ist ertrunken, dann stimmt das nicht nur, das ist so sicher wie das Amen in der Kirche«, sagte Friedrich mit deutlichem Ton.

»Ganz klar«, mischte sich nun Frieder ein.

»Nein, nicht ganz klar, sondern sicher. Sie erhalten meinen schriftlichen Bericht, per E-Mail an Ihre Zentrale zu diesem Doktor Herrlich, auch ein junger Kollege wie Sie. Der war ja auch vor Ort. Ich war unpässlich, deshalb«, erklärte der Doktor.

»Hier meine Karte«, sagte Christina Hahn trocken, drückte sie ihm in die Hand und ging hinaus.

Frieder stand noch einen Moment verloren herum. Herr Doktor Friedrich warf ihm einen Blick zu, der deutlich machte, was er von ihm erwartete.

»Tschüs dann«, sagte Frieder noch schnell, dann war auch er aus der Tür.

Als er zu ihrem VW kam, stand Christina davor und schlug mit der flachen Hand auf das Dach. Frieder beobachtete sie staunend. Er schaute ihr einen Moment zu.

»Mach ihn nicht kaputt«, meinte er, »er ist im Moment alles, was wir haben!«

»So ein alter Dackel. Entschuldigung. Das ist doch immer wieder das Gleiche. Solche Typen sehen ein paar deutlich jüngere Ermittler und schon haben wir das übliche Muster. Aber gut. Ich musste nur meinem Ärger ein wenig Luft machen, deshalb«, erklärte sie.

Frieder nickte nur, dann stieg er ein.

»Los, auf die Reichenau. Unser erster Fall!«, rief er erfreut aus.

»Dann wollen wir mal!«, rief Christina.

Der VW schnatterte los.

»Ich freu mich auf die Zusammenarbeit«, begann Frieder Füger nach einer Weile das Gespräch.

»Ich auch«, sagte Christina, »aber gleich für uns beide der erste Mordfall, das hätte vielleicht nicht sein müssen.«

»Du hast bis vor ein paar Monaten mit einer Hauptkommissarin zusammengearbeitet, stimmt's?«

»Kim Lorenz, ja, hab' viel gelernt bei ihr.«

»Hat sie sich versetzen lassen?«

»Nein, sie hat Zwillinge bekommen«, sagte Christina.

»Ach so.«

»Wie steht es eigentlich um die Einbrüche?«, fragte Christina, um das Thema zu wechseln.

»Nicht gut. Wir kommen einfach nicht weiter, keine Spur, nichts von dem Diebesgut ist bisher irgendwo aufgetaucht«, berichtete Frieder Füger.

»Irgendwie ist das kaum zu glauben, bei einer so kleinen Insel, oder?«

»Stimmt schon. Wir kommen aber einfach nicht weiter. Ich verstehe auch nicht, wie das in den paar Ortschaften auf der Reichenau ungesehen passieren kann.«

Sie fuhren durch die bekannte Platanenallee hinüber auf die Insel. Sie musste sich mal erkundigen, wann diese Landverbindung denn gebaut worden war oder ob es sich um einen natürlichen Übergang zur Insel handelte. Vielleicht konnte sie die Frau von der Insel fragen, diese Miriam Herzer von der *Reichenau Aktuell*. Die würde ihr darüber sicherlich was erzählen können.

»Ob das wohl ein künstlicher oder ein natürlicher Übergang ist?«, fragte ihr Kollege auf dem Beifahrersitz.

»Habe ich mir auch gerade überlegt«, antwortete Christina, »das können wir nachher die Herzer fragen.«

»Oh, je, die Miriam von der *Aktuell*?«

»Ach so, du kennst sie natürlich.«

»Hör mir auf. Die war richtiggehend hinter uns her, wegen der Einbrüche!«

»Verständlich oder?«, meinte Christina, »und jetzt noch der Tote. Für die ist doch Weihachten und Ostern zusammengefallen, oder!«

»Hast ja recht. Aber nerven kann die schon, das kann ich dir sagen.«

»Ich werde mich mit ihr vielleicht heute Abend treffen. Hast du übrigens im *Hasen* angerufen und ein Zimmer reserviert?«

»Habe ich.«

Sie fuhren nach Oberzell hinein, schauten beide kurz hinüber zur Kirche St. Georg, die prächtig sozusagen am Eingang der Insel stand. Christinas Handy klingelte.

»Kannst du mal rangehen?«, fragte sie ihren Kollegen.

Er nahm ihr Handy und nahm das Gespräch an.

»Ah, Herr Streich. Wir sind schon auf dem Weg. Was sagen Sie?«

Frieder Füger hörte eine Weile dem Polizisten zu, dann beendete er das Gespräch.

»Wir haben einen zweiten Toten«, sagte er zu seiner Kollegin.

»Wir haben was?«

»Einen zweiten Toten, einen Gemüsebauern.«

»Wann?«

»Sie haben ihn gestern am späten Abend gefunden.«

»Und wieso hat sich Streich dann nicht gleich gemeldet?«

»Er dachte, wir könnten am Abend sowieso nichts mehr tun. Doktor Herrlich hat die Leiche untersucht. Sie liegt in einem Kühlhaus, wird nachher abgeholt. Aber wir können sie uns noch ansehen.«

Christina schüttelte nur den Kopf. Sie hatte sich auf so manches gefasst gemacht, was an Schwierigkeiten hier auf der Reichenau bei ihrem ersten Fall auf sie zukommen könnte, aber so was!

»Der Mann hat die Ruhe weg. Wie stellt der sich das vor? Ist er jetzt bei der Kriminalpolizei? Also, das geht doch so überhaupt nicht.«

In Mittelzell parkten sie in der Ortsmitte an einem kleinen Park, wenige Meter vom *Gasthaus Hasen* entfernt. Frieder Füger wollte das Gepäck von Christina aus dem Kofferraum holen. Seine Tasche hatte er nur auf die Rückbank geworfen. Als er die Klappe öffnete, schaute er verdutzt auf einen Motor.

Christina lachte.

»Ein altes Modell, nicht wahr! Mir ging es auch so. Der Kofferraum ist vorne. Ich hab' schon aufgemacht.«

Frieder trug das Gepäck hinein. Christina schaute auf ihre Uhr. Es war wenige Minuten vor zehn. Streich müsste eigentlich bald kommen. Na, der konnte sich auf was gefasst machen. Spielte sich hier auf wie der Kriminalhauptkommissar. Wenn sie das meldete, konnte das ernste dienstliche Konsequenzen für ihn haben.

Sie folgte Frieder zum Gasthof. Wie Miriam Herzer es beschrieben hatte, handelte es sich um ein Haus der traditionellen Art. Eine breite Eingangstreppe führte zu einer großen schweren Eichentüre. Der Innenraum präsentierte sich wie erwartet, rechts der Eingang zum Gastraum, links die Rezeption mit den typischen Schlüsselfächern. Frieder stand dort schon an der Theke und füllte ein Formular aus. Als er sie kommen sah, grinste er.

»Es war doch leider nur noch ein Doppelzimmer frei. Aber ich hab gesagt, das macht nix!«

Sie lachte.

»Du musst dich mehr anstrengen mit deinen Scherzen.«

Er hielt ihr den Schlüssel hin.

»Du musst noch die Anmeldung ausfüllen«, sagte er beleidigt.

»Das mache ich später. Jetzt schauen wir erst, wo dieser angebliche Kommissar ist. Den will ich mir jetzt mal vornehmen!«

Frieder stellte das Gepäck an der Seite der Theke ab und folgte ihr in den Gastraum. Sie setzten sich. Als dann vor beiden ein Kännchen Kaffee stand, öffnete sich die Tür und

Polizeimeister Streich trat ein. Er begrüßte die beiden Kriminaler freundlich. Kaum hatte er sich gesetzt, wollte er beginnen zu erzählen.

»Bevor Sie uns nun die Vorfälle des vergangenen Abends berichten, will ich eins klarstellen, Herr Polizeimeister. So geht das nicht. Was Sie gestern gemacht haben, ist Amtsanmaßung. Wenn wir das melden, kann das böse für Sie ausgehen«, sagte Christina mit ernstem Gesicht.

»Ja, aber i han denkt, wo Sie doch erscht heit komma wolltet …«, begann Streich.

»Sie können doch nicht einfach so einen Fall aufnehmen!«, fuhr ihn Christina an.

»I han elles genau so gmacht wie beim Erschta«, verteidigte sich Streich.

»Was heißt hier: wie beim Ersten? Weil man einmal zugeschaut hat, heißt das noch lange nicht, dass Sie das einfach so machen können, verstehen Sie?«

»Ja, scho, i han halt denkt, des isch oifacher so«, meinte Streich.

»Einfacher vielleicht schon, aber halt nicht machbar«, meinte Frieder.

Christina schaute ihn erstaunt an. Wieso mischte der sich jetzt auch noch ein? Es fiel ihr schon schwer genug, den armen Streich hier so runterlaufen zu lassen. Sie hatte schon den Eindruck, dass der Polizist geglaubt hatte, er spare ihnen einen Weg. Das hatte er auch, aber das ging eben nicht. Im Grunde genommen wusste sie gar nicht genau, ob das überhaupt so ging. Wahrscheinlich würde sie die Fallaufnahme unterschreiben müssen, damit dem armen Kerl nichts passierte. Wenn dann aber herauskam, dass sie zu der Zeit gar nicht auf der Insel gewesen war, konnte es für sie böse ausgehen. Sie überlegte. Eigentlich wäre es nur eine Frage von Urkundenfälschung. Wenn sie bei der Abreise die Hotelrechnung entsprechend ausstellen lassen würden, konnte ihnen keiner was. Dass sie nicht am Tatort gewesen war, konnte keiner beweisen.

»Also, Herr Streich, berichten Sie«, forderte Christina den Kollegen auf.

Der Polizeimeister schnaufte erleichtert durch. Inzwischen hatte auch er begriffen, dass es ein Fehler gewesen war, die Kollegen nicht zu rufen.

»Die Meldung kam gestern Abend um 21.24 Uhr. Die Anruferin war Frau Berta Bermaier vom Bermaier Gemüsehof. Sie sagte, sie hätte ihren Mann beim alten Gewächshaus tot aufgefunden. Ich habe den Notarzt alarmiert und Doktor Herrlich angerufen. Wie Sie wissen«, er schaute Christina an, »wohnt er auf der Reichenau. Das schien mir des Beschte. I bin nausgfahra zom Hof und han d' Berta atroffa, am alta Gwächshaus, wie se's gsagt hot. Ich hab' den Fundort abgschperrt. Bald war dr' Notarzt do ond au dr' Dokter. Der hot die Leiche ondersucht.« Streich schnaufte erst mal durch.

Fast hätte er sein mühsames Hochdeutsch durchgehalten, dachte Frieder Füger.

»Und weiter«, sagte Christina, die nun die ganze Geschichte hören wollte.

»Der Doktor hot den Tod vom Lothar, also dem Bermaier, festgeschtellt. Unter der Leiche lag eine Mischtgabel, deren Zinken dem Lothar ens Herz neiganga send. Mir hend denkt, der isch gfalla«, erzählte der Polizist.

»Gefallen?«, fragte Christina nach.

»Genau, weil do war ja sonscht nix, außer a Haufa Schpura«, erklärte Streich.

Die beiden Kriminalbeamten tauschten erstaunte Blicke. So richtig wollten sie nicht glauben, was sie da hörten.

»Dia send ja au scho draußa«, sagte Streich stolz.

»Wer?«, fragte Frieder Füger.

»Dia Schpurasicherer«, erklärte Streich.

»Wieso das denn?«, fragte Christina.

»Ha, oiner von denne wohnt doch auf dr' Insel. No hend se gsagt, se machet sich no en scheena Obend ond fahret erscht heit hoim. Des han i ghert ghet«, erklärte Streich.

»Soll das heißen, die sichern dort Spuren und wir sitzen hier und trinken Kaffee?«, fragte Christina.

»Jo«, sagte Streich.

»Ich denke, wir fahren«, sagte Frieder und stand auf.

»Aber sofort«, bestätigte Christina, »und Sie fahren voraus!«

Streich stand nun ebenfalls auf. Er verstand die ganze Aufregung nicht. Schließlich hatte er dafür gesorgt, dass die Spurensicherer nun vor Ort waren. Die beiden Kriminaler sollten darüber doch froh sein.

Es war keine gute Nacht gewesen. Rudolf Glaubscher rührte in einer Tasse mit dünnem Kaffee. Alles Kräftigere hatte ihm sein Arzt verboten. Er schaute in die Tasse, goss ein bisschen Milch hinein und beobachtete, wie der dünne Strahl seine Morgenbrühe grau färbte. So kam er sich gerade auch vor. Dünn und grau.

Der vergangene Abend war furchtbar gewesen. Nachdem er sowieso den halben Tag zu Hause in seinem Sessel verbracht hatte, kam auch noch dieser Zettel unter der Tür durch. Erst konnte er gar nicht glauben, was er da lesen musste. Der Schreiber wollte ihn gesehen haben. Er versuchte, sich zu erinnern, ob er nicht dennoch etwas bemerkt hatte, eine Regung, ein Geräusch oder irgend sonst etwas. Aber er hatte doch den ganzen langen Tag an nichts anderes gedacht, war alles noch mal und noch mal durchgegangen. Da war nichts gewesen. Gut, er hörte nicht mehr besonders gut, hätte aber doch bemerkt, wenn jemand in der Nähe gewesen wäre. Und gesehen hatte er auch niemanden. Auch nicht, als er seinen Hut geholt hatte.

Im Sessel sitzend hielt er den Zettel in der Hand. Seine Hand zitterte. Was sollte er tun? Dieser Schreiber wollte doch bestimmt etwas von ihm, das war klar. Aber was? Warum war der oder die nicht einfach zur Polizei gegangen und hatte ihn angezeigt? Und dann: Warum dieses Treffen gleich am Abend? Er konnte sich beim besten Willen keinen Reim darauf machen. Sollte er hingehen, hatte er sich gefragt. Was würde das bringen? Wenn ihn dieser jemand gesehen hatte, dann war es eben so. Er war sich nicht sicher, wie das geschehen war, was geschehen war. Plötzlich war da dieser Mann, der ihn bedrohte. Er wollte sich doch nur verteidigen, mehr hatte er doch nicht gewollt. Dann lag der Mann am Wasser. Er wusste nicht, ob der noch lebte oder tot war. Er war so erschrocken gewesen, dass er einfach gegangen war. Als er wegen des Huts zurückging, schaute er gar nicht mehr hinüber. Er konnte nicht, seine Füße ließen ihn im Stich. Obwohl sein Kopf sagte: Geh' hinüber, schau, was mit ihm los ist, blieb er doch nur kurz stehen, dann hatte er sich weggedreht.

Was sollte er tun? Der Lothar Bermaier, ausgerechnet der. Er war einer der größten Gemüsebauern auf der Insel. Schon immer gewesen. Er selbst hatte dessen Vater noch gekannt. Ein ruppiger Kerl, der nicht sehr beliebt gewesen war. Den hatte sein kleiner Acker nicht interessiert, aber damals gab es auch noch Land auf der Reichenau. Außerdem waren zu der Zeit die Anbauflächen noch längst nicht so groß wie heute. Und nun wollte dessen Sohn seinen Acker, um zu vergrößern. Der schämte sich nicht, dafür einen anderen alten Reichenauer zu erpressen. Was würde denn passieren, wenn er selbst der Polizei erzählte, dass der Bermaier den Toten noch lebend gesehen hatte? Wie würde das wohl ausgehen? Beweisen konnte er das nicht. Der Bermaier würde natürlich alles abstreiten. Der würde erzählen, er, der Rudolf Glaubscher, hätte den Mann erschlagen. Er schaute zwar nicht viel Fernsehen, aber hin und wieder einen Krimi. Da hatte er gesehen, welche Möglichkeiten es heute gab, mit Spuren und Untersuchungen Mörder zu überführen. Aber was würde denn herauskommen? Wenn er den Mann, diesen Erik Wiegand, erschlagen hatte, war der Fall klar. Soweit er wusste, war das mindestens Totschlag, Totschlag im Affekt hieß das, glaubte er. Wenn der junge Mann nicht tot gewesen war, dann war nicht nur der Bermaier schuldig, sondern er womöglich auch. Schließlich hatte er nicht mehr nach ihm gesehen. Dann war er selbst auch schuldig. Das hieß dann unterlassene Hilfeleistung. Wie immer auch die Sache ausgehen würde, er müsste wohl ins Gefängnis. Für wie viele Jahre, das wusste er nicht, aber für ihn auf jeden Fall zu viele.

Bis zwölf Uhr hatte ihm der Bermaier gegeben. Jetzt war es inzwischen Viertel nach zehn. Er war zwar für seine Verhältnisse spät aufgestanden, hatte aber wohl über eine Stunde hier gesessen und in seinem Kaffee gerührt. Der war nun kalt. Auch egal, die dünne Brühe schmeckte ihm sowieso nicht. Im Knast soll es auch solchen Kaffee geben, hatte er mal gelesen. Das Essen musste auch schlimm sein. Keine guten Aussichten. Rudolf, du musst dich entscheiden, sagte er zu sich. Vielleicht, wenn er sich einen kleinen Schnaps gönnte, würden die Gedanken klarer. Er ging hinüber zum Schränkchen, holte den alten Selbstgebrannten heraus. Als er vor dem Schnapsgläschen saß, versuchte er sich zu erinnern, wann er zum letzten Mal einen Schnaps getrunken hatte. Das war vor zwei oder drei Jahren beim Heilig-Blut-Fest gewesen. Sie hatten nach der Prozession in einer kleinen Runde alter Reichenauer zusammengestanden. Irgendeiner hatte eine Flasche Schnaps und ein paar

Gläschen herausgeholt. Sie hatten sich zugeprostet. Das war das letzte Mal gewesen, erinnerte er sich. Er schaute auf das Glas vor sich. Diesen Schnaps hatte er schon lange nicht mehr getrunken. Woher der stammte, das wusste er nicht einmal mehr. Er kippte den scharfen Obstler hinunter.

Als er ausgehustet hatte, war ihm klar, dass ihm der Schnaps auch nicht helfen würde, eine Entscheidung zu treffen. Die Uhr zeigte zehn vor elf. Er stand auf, zog sich seine Stiefel an. Waldi sprang auf. Der Hund verstand diesen Tag so wenig wie den letzten. Das Tier war völlig durcheinander. Gewohnheiten, die sein Leben lang jeden Tag Routine gewesen waren, änderten sich plötzlich. Er konnte sich auch nicht erinnern, wann er zum letzten Mal morgens nicht mit dem Hund raus war. Er konnte ihn ja mitnehmen. Der Bermaier würde sich durch den kleinen Dackel bestimmt nicht bedroht fühlen. Solche Sachen gingen ihm durch den Kopf. Rudolf, sagte er zu sich, du musst wieder klarer denken. Also. Er ging hinaus. Die Tür hinter ihm fiel laut ins Schloss. Den Acker würde er heute verlieren, aber er hatte ja noch sein Häuschen.

Kim Lorenz war gespannt, gespannt, wie das heute gehen würde. Peter hatte vorgeschlagen, heute alles allein zu erledigen, vom Aufwachen der Zwillinge bis zum abendlichen Ins-Bett-Bringen.

»Aber in den Arm nehmen darf ich sie schon noch?«, hatte Kim ihn gefragt.

Tatsächlich hatte er es relativ gut alleine geschafft, die Kinder zu windeln, die Fläschchen zu machen und sie auf ihre Decke zu legen. Alle Achtung, hatte Kim anerkennend gedacht, wenn der will, dann kann er. Später war er mit den beiden im Kinderwagen zu einem langen Spaziergang in Richtung Schiener Berg aufgebrochen. Das war eine ziemlich lange Runde, wusste Kim aus eigener Erfahrung. Auf dem Rückweg wollte er drüben im kleinen Supermarkt noch für das Mittagessen einkaufen gehen. Sie wusste nicht, ob er wusste, wie das war mit den beiden im Supermarkt. Natürlich machte es keine Probleme, den Kinderwagen durch die Regale zu schieben, aber bis man an den vielen neugierigen Menschen, vornehmlich natürlich Frauen, vorbei war, die alle mal einen Blick in den Wagen werfen wollten, das konnte dauern. Dann die vielen Fragen, wie alt, was gewogen bei der Geburt und wie früh gekommen. Sie musste lächeln bei dem Gedanken, dass Peter wahrscheinlich in vielen Fällen überfragt war. Natürlich war er auch bei der Geburt dabei gewesen, nur, ob er mit Zahlen und Fakten und den entsprechenden Anekdoten dienen konnte, da war sie sich nicht sicher. Das Beste war dann die Suche nach Ähnlichkeiten und als Höhepunkt die Frage, ob es eineiige oder zweieiige Zwillinge waren. Da musste sie sich inzwischen das Lachen wirklich verkneifen. »Jetzt überlegen Sie mal«, hätte sie am liebsten bei dieser Frage gesagt, »überlegen Sie doch mal!« Aber natürlich traute sie sich das nie.« Sie sagte immer: »Zweieiige natürlich« und hoffte drauf, das diese Andeutung genügte, um die Frage als unsinnig hinzustellen.

Jetzt waren die drei bald zwei Stunden weg. Sie fragte sich, ob wohl noch Zeit war, Christina anzurufen. Schließlich wollte sie auf der Reichenau nicht überraschend auftauchen, sondern schon mal vorbereitend die Lage klären. Womöglich hatte die junge Kollegin ihren Mörder schon gefasst. Dann war ihr Besuch nicht mehr nötig, obwohl, so ein kleiner Ausflug auf die Reichenau, das hatte auch seinen Reiz.

Sie war mit Peter vor zwei Jahren mal ein paar Tage auf der Insel gewesen. Vom Fenster der kleinen Ferienwohnung aus gab es einen herrlichen Blick auf den Gnadensee und hinüber zum Festland. Sie hatten beide die Ruhe genossen. Der eher kühle Frühherbst war genau die richtige Zeit für diesen Besuch gewesen. Dann war der Andrang vorbei. Höchstens an den Wochenenden reisten dann noch Feriengäste an, auch die Radler wurden weniger. Am besten hatte ihr die kleine Wanderung hinüber zum Hochwart gefallen. Man spazierte auf den Wegen zwischen den Gemüse- und Salatfeldern. Sie hatten gewetteifert, wer am meisten Sorten mit Namen wusste. Peter hatte natürlich gewonnen. Als Redakteur hatte er mal ein Gemüsebuch lektoriert. Kein Wunder also, dass sie mit ihrem bisschen Basiswissen haushoch unterlegen war. Zu ihrer Freude hatte das kleine Café im Türmchen auf dem Hochwart noch geöffnet. Am terrassenartig angelegten Hang saß man herrlich mit einem weiten Blick auf die andere Seeseite, den Untersee. Wenn sie sich so dran erinnerte, freute sie sich richtig, das alles wiederzusehen. Sie würde mit Christina auf dem Hochwart einen Kaffee trinken, dazu ein gutes Stück Kuchen. Zum Abschluss vielleicht ein Gläschen Prosecco. Vielleicht hätte Christina auch noch etwas Zeit zum einen oder anderen Spaziergang. Frau würde sehen.

Sie entschloss sich, Christina anzurufen, diese Unsicherheit war schier nicht zu ertragen! Wenn die ihren Mörder schon hatte, dann war die ganze schöne Idee dahin. Sie suchte ihr Handy und tippte auf den Namen.

»Kim! Du?«, meldete sich Christina.

»Ja ich, und, wie läuft's?«

»Könnte nicht besser laufen«, antwortete Christine mit leichter Ironie. »Wir sind eben auf dem Weg zum Fundort des zweiten Toten.«

»Was? Ein zweiter Toter? Hör auf! Das kann ja nicht wahr sein. Eben habe ich mich gefragt, ob du deinen Mörder schon hast«, sagte Kim mit einer gewissen Erregung in der Stimme. Ein zweiter Toter! Sie konnte ihr Glück kaum fassen. Nicht nur, dass Christina ihren Mörder noch nicht hatte, nein, sogar ein zweiter Toter!

»Ja, stell dir vor. Aber, ich kann dir sagen, hier geht es zu. Wart mal, ich muss eben mal aus dem Weg. So, jetzt geht's besser. Also: Stell dir vor, erster Toter, ein junger Mann, geschlagen und ertrunken, zweiter Toter, ein alter Gemüsebauer, ob gestürzt oder erstochen, das wissen wir noch nicht. Und dann hat auch noch der Ortspolizist… Aber das erzähle ich dir ein andermal. Schön, dass du angerufen hast, ich melde mich bestimmt heute Abend, dann erzähle ich dir alles, dann habe ich…«

»Wart mal, wart mal, junge Kollegin!«, unterbrach sie Kim, »wie wäre es, wenn ich dir ein wenig zur Seite stehen würde?«

»Wie, zur Seite stehen?«, fragte Christina verdutzt.

»Na, ich würde auf die Reichenau kommen, morgen früh, wenn es dir recht ist«, sagte Kim Lorenz.

»Du, hierher und dabei, bei den Ermittlungen?«

»Genau.«

»Das wäre ja fantastisch, aber deine Zwillinge?«, fragte Christina.

»Peter hat das vorgeschlagen, er will sich um alles kümmern. Und dann ist da ja auch noch Julia«, erzählte Kim.

»Wir wohnen im *Hasen*«, meinte Christina nur.

»Wir?«

»Mein Kollege und ich, Frieder Füger vom Diebstahl. Den habe ich mir zugeordnet. Aber das erzähle ich dir dann auch. Wann kommst du?«

»Ich würde morgen früh losfahren. Vielleicht so gegen neun«, sagte Kim.

»Gut, ich denke, dann mache ich eine längere Lagebesprechung, du kommst dazu, kriegst einen Überblick und dann geht's los. Ich freu' mich! Zimmer ist so gut wie reserviert.«

»Was glaubst du, wie ich mich erst freu! Also, dann bis morgen, tschüss!«

»Tschüss, gute Fahrt!«, sagte Christina freudig, dann beendete sie das Gespräch.

Kim legte das Handy auf den Tisch, dann ließ sie sich mit einem Jauchzer in das Sofa fallen. Zwei Morde und sie war dabei! Ihr Blick ging an die Decke. Sie dachte zurück an ihren letzten richtigen Fall. Ravensburg, die Sache mit dem Anwalt und der roten Frau. Es hatte sie so gefuchst, dass dieser Fall sich letztendlich selbst gelöst hatte. Die Täterin, die geglaubt hatte das perfekte Verbrechen begangen zu haben, war schließlich in ihre eigene Mordwaffe gestürzt. Drei Tote hatte es damals gegeben, den Ehemann, den Liebhaber und Komplizen und schließlich einen Zeugen. Eine verzwickte Sache war das gewesen. Und nur weil der Sohn des Opfers die Täterin gestellt hatte, musste diese das Risiko eingehen, auch ihn noch zu beseitigen. Das war auch ihr erster Mordfall zusammen mit Christina gewesen. Bis zu ihrem Mutterschutz waren keine Morde mehr geschehen. Schade eigentlich, dachte Kim heute, aber schließlich war sie auch beim Ravensburger Fall quasi schon im Mutterschutz gewesen, nur durch Zufall war sie im Archiv auf diesen alten ungelösten Fall gestoßen.

Sie schnappte sich den Staubsauger. Bis die drei zurückkamen, wollte sie zumindest im Wohnzimmer durchsaugen und aufräumen. Die übrigen Räume hatte sie schon erledigt. Wie würde es hier wohl aussehen, wenn sie in zwei oder drei Tagen zurückkam? Aber das juckte sie eigentlich nicht. Peter würde den Alltag schon schaffen. Das Wochenende stand an, da konnten Julia und Max ihm helfen. Vielleicht war es mal ganz gut, wenn sie eine kurze Weile nicht da war. Da wurde frau und Mutter dann vermisst und hinterher lief alles wieder ein bisschen besser. Sie freute sich, wie sie sich schon lange nicht mehr gefreut hatte, denn sie freute sich für sich.

Als die Haustür ging, stand sie auf. Peter stand schon mit einem der Zwillinge in der Tür. Der Schweiß stand ihm auf der Stirn. Mit schnellen Schritten war er beim Sofa und legte die kleine Lotta ab. Einen Moment später lag auch Moritz auf dem Polster, dann fiel Peter dazu.

»Uff«, stöhnte er, »du kannst dir nicht vorstellen, was wir alles erlebt haben. Ich meine, der Spaziergang war lang und gut. Aber dann dieses Einkaufen! Das war wirklich das erste Mal, dass ich die beiden dabei hatte …«

»Ich weiß«, sagte Kim nur.

»… und du kannst dir nicht vorstellen …«

»Doch«, sagte Kim.

»… was das für ein Spießrutenlauf war. All die einkaufenden Mütter, war natürlich genau ihre Zeit. Dann immer dieses: Guckuck, dada, ich wurde schier wahnsinnig. Ein paar Mal ist das ja ganz nett, aber ständig! Und das Beste, die Frage: Sind das eineiige oder zweieiige Zwillinge, unglaublich, das ist doch sonnenklar, dass das nur zweieiige sein können. Aber ich bin höflich geblieben.«

»Gut«, sagte Kim.

»Wie hältst du das denn jedes Mal aus?«

»Immer die Ruhe bewahren, innerlich lächeln und gute Miene zum nervigen Spiel machen«, erklärte Kim.

Sie zogen Lotta und Moritz ihre Jacken und die Schühchen aus. Als die beiden kleinen Racker auf ihrer Decke lagen, setzten sie sich an den Küchentisch. Kim hatte die Espressokanne aufgesetzt, natürlich in der Brikka, wie immer. Peter hatte sich abgetrocknet und saß nun zufrieden auf seinem Stuhl. Fast ein wenig stolz, dachte Kim, als sie ihn so ansah.

»Und, bei dir?«, fragte er.

Hoppla, dachte Kim, das waren ja ganz neue Töne. Sonst hatte er sich doch immer zurückgezogen, wollte von all den Alltagssachen nichts wissen. Da hatte sich wohl ein Knoten gelöst. Was so ein kleines Gespräch doch für Auswirkungen haben konnte, ging es ihr durch den Kopf.

»Ich hab' mit Christina telefoniert«, begann sie.

»Und, hat sie ihren Fall schon gelöst?«

»Stell dir vor, sie hat noch einen Toten!«

»Noch einen, auf der Reichenau? Da wird ja langsam die Bevölkerung reduziert. Das wäre eine Schlagzeile: Reichenau auf dem Weg zur unbewohnten Insel!«, sagte Peter lachend.

Was der für eine gute Laune hatte, dachte Kim. Sie lachte mit.

»Ein Grund mehr, ihr zu Hilfe zu eilen«, meinte Peter.

»Wenn du so willst«, sagte Kim.

»Will ich«, bestätigte Peter, »immer noch!«

Die Nacht war irgendwie vorübergegangen. Geschlafen hatte kaum einer in der Familie. Selbst die Kinder hatten sich unruhig in ihren Betten gewälzt. Auf einem solchen Hof wie dem der Bermaiers war es nicht möglich, dass ein Familienmitglied tot aufgefunden wurde und man hielt das vor den Kindern irgendwie zurück. Die drei Söhne Alfred, Michael und Karlheinz hatten versucht, ihre Frauen zu beruhigen und diese wiederum ihre Kinder. Die Mutter hatte sich bald schlafen gelegt, alle waren ganz fassungslos, wie sehr sie der Tod ihres Mannes mitnahm.

Aber Berta Bermaier hatte sich einfach nur zurückziehen wollen, Ruhe haben zum Nachdenken. Was war dort am Gewächshaus passiert, fragte sie sich. Wieso lag ihr Lothar nach dem Treffen mit diesem Glaubscher tot am Gewächshaus? Es konnte doch nicht sein, dieser alte Mann hatte doch bestimmt ihren Lothar ermordet. Denn, dass der in eine

Mistgabel gefallen sein soll, das glaubte sie doch nie. Der Mann war schließlich mit Mistgabeln groß geworden, ihr Gartenbaubetrieb mit all seinen Gerätschaften und Maschinen, das war doch seine Welt. Vor allem fragte sie sich, was er am späten Abend mit der Mistgabel dort wollte. Schließlich hatte er sich doch mit dem Glaubscher treffen wollen, im Gewächshaus, soweit sie wusste. Diese Gedanken gingen der Frau durch den Kopf. Sie wollte wissen, was dort passiert war. Irgendwann war sie in einen unruhigen Schlaf gefallen.

An diesem Morgen war sie dann die Erste, die in die Küche kam. Sie machte Kaffee, schnitt Brot, deckte den Tisch. Sie versuchte, alles so zu machen, wie sie es immer tat. Lothar stand zwar meist vor ihr auf, ging aber meist, eigentlich immer, zuerst hinaus und schaute nach dem Rechten, wie er das immer nannte. Als sie dann doch mehrere Teller auf den Tisch stellte, wurde ihr klar, was sich verändert hatte.

Lothar würde heute nicht nach dem Rechten sehen. Sie betrachtete den Tellerstapel. Ihre Söhne würden bestimmt bald runterkommen. Zwei wohnten mit Kind und ohne noch im Haus, der Älteste, Alfred, war mit seiner Familie ins Dorf gezogen. Im Haus war es zu eng geworden für alle. Er war auch wieder mal der Erste. Sie hörte sein Auto draußen im Hof. Als die Haustüre ging, setzte sie sich an den Tisch. Sie füllte zwei Tassen mit Kaffee. Alfred trank ihn immer schwarz.

»Morga Mutter, wie geht's dir?«, fragte er gleich.

Er legte den Arm um ihre Schulter, sie zog seinen Kopf zu sich und drückte ihn.

»Wie soll's scho gange«, sagte sie leise.

Er setzte sich und schaute seine Mutter an. Sein Gefühl sagte ihm, dass sie mehr wusste, als sie ihnen gestern Abend erzählt hatte. Sein Vater war tot aufgefunden worden mit einer Mistgabel unter sich, die ihn wahrscheinlich getötet hatte. Das passierte doch nicht einfach so. Er war für sein Alter ziemlich gesund gewesen, hatte ja jeden Tag mehr oder weniger voll mitgearbeitet. Da fehlte noch irgendwas, dachte Alfred. Warum war der Vater um diese Zeit am alten Gewächshaus gewesen? Freilich ging er manchmal abends noch mal raus, schaute nach dem Rechten, wie er es auch morgens machte. Aber doch nicht so spät und mit einer Mistgabel! Er hörte Stimmen im Treppenhaus. Seine Brüder kamen herunter. Die wussten auch nicht mehr, da war er sich sicher.

Die Mutter stellte noch zwei Tassen auf den Tisch. Langsam fielen die ersten Sonnenstrahlen in die Küche. Alfred schaute auf die Uhr, es war schon halb zehn. Eigentlich müssten sie jetzt draußen in den Gewächshäusern und auf den Feldern sein. Aber sie hatten gestern Abend beschlossen, heute den Betrieb, soweit es ging, ruhen zu lassen. Er hatte versucht, Jurek zu erreichen, aber der war nicht rangegangen. Da musste er ihm halt den Ausfall zahlen, wenn er kam. Das war dann auch egal. Samstags öffneten sie den Stand später.

Nach einem kurzen Gruß setzten sich Michael und Karlheinz an den Tisch. Die Mutter schenkte ihnen Kaffee ein. Einen Moment war Stille. Als ob sie alle vier warteten, bis der Vater hereinkam und das Tagwerk besprochen wurde. So war das sonst jeden Morgen, allerdings einige Stunden früher.

»Ich begreif des net«, sagte Karlheinz, der jüngste der Brüder.

»I au net«, stimmte ihm Michael zu.

»Was hot dr' Vatter do drauße gmacht, des frog ich mich«, sagte Alfred.

»Mutter, woisch du's wirklich net?«, traute sich nun Karlheinz noch mal nachzufragen. Auch ihm war die Sache suspekt. Da passte einfach zu vieles nicht zusammen. So richtig zum Nachdenken war er noch nicht gekommen. Sie hatten oben in der Wohnung genug zu tun gehabt, die Kinder irgendwie zu beruhigen. Anschließend hatte er seine Frau Silke beruhigt, versucht zu beruhigen. Irgendwann waren sie ins Bett gefallen.

»I woiß bloß, dass er naus isch«, sagte die Mutter.

»Aber warum um die Zeit?«, fragte Michael.

»Des woiß ich doch net. Ihr wisset doch, wie er war, der hot halt gmacht«, versuchte die Mutter zu erklären.

»I versteh des mit der Mistgabel net«, sagte nun Alfred.

»Genau«, stimmte ihm Michael gleich zu.

Karlheinz nickte nur. Die Mistgabel. Das war ihm auch ein Rätsel. Bei ihnen gab es an vielen Stellen Mistgabeln, das war nicht ungewöhnlich. Aber an der Seite des alten Gewächshauses, zu dieser Zeit, das konnte er sich nicht erklären.

»Wann wollt dr' Streich mit denne Kriminaler komme?«, fragte Karlheinz.

»Vormittags«, sagte die Mutter leise, »vormittags«, wiederholte sie.

»Des isch ein weiter Begriff«, meinte Michael, nachdem er auf seine Uhr geschaut hatte.

»Stimmt«, bestätigte Alfred.

Es klopfte an der Haustür.

Die vier Bermaiers sahen sich erstaunt an. Nach so vielen Jahren auf diesem Hof kannten sie alle die Geräusche. Sie hatten keine Autos gehört. Kamen die Polizisten etwa zu Fuß? Karlheinz stand auf, um aufzumachen. Sie hörten, wie er jemanden grüßte. Aber das musste ein einzelner Mensch sein, es gab zu wenig Fußtritte und Geräusche. Als die Küchentür geöffnet wurde, stand Rudolf Glaubscher vor ihnen.

»Rudolf«, sagte die Mutter schnell, »des isch aber nett, dass du so schnell zu Konduliera kommsch. Komm, mir ganget en d' Stub nieber.«

Rudolf Glaubscher war verdutzt. Wieso saßen die an einem Samstag um diese Zeit hier zusammen und wo war Lothar? Aber ihm blieb wenig Zeit zum Überlegen. Berta Bermaier stand auf, dann schob sie ihn zügig hinüber zur Stubentür. Dort hinein ging man eigentlich nur sonntags. Rudolf war dort noch nie hineingebeten worden. Die drei Brüder schauten den beiden alten Leuten hinterher.

»Was war das jetzt?«, fragte Alfred.

Die beiden anderen Brüder schüttelten nur die Köpfe. Es passierten zurzeit Dinge auf diesem Hof, die sie alle nicht verstanden. Der Rudolf Glaubscher. Ein alter Reichenauer, gut, aber kein Freund der Familie und ganz besonders kein Freund ihres verstorbenen Vaters. Der lag eigentlich mit dem alten Mann im Streit, weil der ihm partout den Acker nicht verkaufen wollte. Der hätte ganz gut zu ihrem Anwesen gepasst, aber seit Jahren ließ sich Glaubscher nicht dazu überreden, ihn zu verkaufen.

»Was willscht denn du hier?«, fragte Berta Bermaier drüben in der Stube gleich, nachdem sie die Tür zugemacht hatte.

»Ich hab' mir des überlegt. Damit des koi Aufhebens gibt, verkauf ich euch da Acker. Wo isch denn dr' Lothar, no kennet mir des glei besprecha. I will et viel drfür, aber i will mei Ruah ond no a bar Jährla leba, en Freiheit«, sagte Glaubscher und schaute Berta an.

»Die Freiheit, wieso?«, fragte sie.

»I gang wega so ebbes et ens Gfängnis. I net«, sagte Glaubscher laut.

»Et so laut«, zischte Berta, »dia Buba wisset nex drvo!«

»Wo isch denn dr' Lothar, wieso sitzt der net bei eich en dr' Küch?«

»D'r Lothar isch doch dot«, erklärte Berta trocken.

»Dot? Wie kann denn der dot sei?«

»Am Gwächshaus, geschtern obend, mit einer Mischtgabel«, versuchte Berta eine Erklärung.

»Wieso Mischtgabel, am Gwächshaus? Wann denn?«, fragte Glaubscher.

»Des wisset mer nonet, aber, was woisch denn du?«, sagte die Gemüsebäuerin und sah Glaubscher ernst ins Gesicht.

»I, i weiß gar nix, mir hend gschwätzt, no ben i gange. Des war elles. Do hot dr' Lothar no glebt, glaub's mir. Meh weiß ich nicht«, beteuerte der alte Mann.

»Jetzt gang no. Des mit dem Acker schwätzet mer no, wenn des elles dohanna rom isch. Ich weiß Bescheid, bloß, dass du des auch woisch«, sagte sie ernst.

»Aber…«, begann der alte Mann.

Berta hatte ihn aber schon zur Tür geschoben. Draußen auf dem Gang verabschiedete sie sich mit lauter Stimme.

»Kaum zom Glauba, gell, ich dank dir jedenfalls, Rudolf, dass du glei rüberkomme bisch«, tönte sie.

Die Brüder hörten ihre Stimme draußen. Sie wollten ihren Ohren nicht glauben. Der »Rudolf«, das war immer »dieser Glaubscher« gewesen, der, der den Acker nicht verkaufen wollte, der »alte Depp«. Und jetzt säuselte ihre Mutter da draußen rum, so gut sie es mit ihrer Art konnte. Sie verstanden die Welt nicht mehr.

Der See lag ruhig an diesem Samstagvormittag. Am Ufer waren nur wenige Spaziergänger unterwegs. Kräuselnde Wellenstriemen, geformt von einer leichten Brise, reflektierten die Sonnenstrahlen und warfen ein wechselndes Glitzern über das Land.

Sie saßen auf ihrem Bänkle. Jurek war nicht rangegangen, als ihn Bermaier junior angerufen hatte. Die mussten heute ohne ihn zurechtkommen. Er hatte Leonie alles erzählt, alles, bis ins kleinste Detail. Sie hatte gestern am späten Abend dann gesagt, sie müsse sich Gedanken machen. Jurek war das von ihr schon gewohnt. Sie war kein spontaner Charakter, sie brauchte ihre Zeit. Hinzu kam, dass sie ein Krimifan war, die zwar wenig Fernsehen schaute, aber die Bücher verschlang, wie er die Spätzle mit Soß. Jurek musste lachen, innerlich. Manchmal fielen ihm Vergleiche ein, die ihn selbst überraschten. Das sagte auch Leonie. Jedenfalls war sie natürlich ganz begeistert, über Jurek nun an einem richtigen Fall mitmachen zu können. Jurek hatte sie gleich versucht zu bremsen. Aber er musste feststellen, dass da nichts mehr zu bremsen war.

»Du gehst auf jeden Fall gleich zur Polizei«, sagte sie, »die müssen wissen, wie sich das wirklich abgespielt hat. Wenn er tot ist, und davon gehe ich aus, dann macht das nicht unser Dorfwachtmeister Streich, dann kommen die Kriminaler vom Festland, wahrscheinlich aus Konstanz. Am besten fährst du gleich nachher runter zum Polizeiposten.«

Jurek war sich nicht sicher. Er konnte nicht einschätzen, ob sein Verhalten korrekt gewesen war. Schließlich hatte er erlebt, wie ein Mensch starb. Zwar hatte er nichts mehr machen können, da war er sich relativ sicher, aber so ein Quäntchen Zweifel blieb eben doch. Auch er hatte den einen oder anderen Krimi gelesen. Da gab es doch immer wieder Fälle, wo der Tote eben doch noch nicht tot war. Was, wenn das in seinem Fall auch zutraf. Er erzählte seine Zweifel Leonie. Die beruhigte ihn auch nicht gerade.

»Könnte natürlich schon sein«, meinte sie ganz wichtigtuerisch, »das gibt es ja. Aber in deinem Fall. Du hast doch an die Halsschlagader gefasst?«

»Schon«, antwortete er.

»Und auch gedrückt?«

»Gedrückt? Nicht so richtig«, sagte er.

»Das hättest du natürlich tun sollen. Nur dann kannst du doch feststellen, ob noch ein Puls da ist«, erklärte sie ihm.

»Ja also, gedrückt habe ich nicht«, sagte er.

»Tja.«

»Was heißt da: tja?«

»Dann gehst du vielleicht besser doch nicht zur Polente«, meinte sie, »die könnten dich wegen unterlassener Hilfeleistung und so was drankriegen.«

»Ja aber, was soll ich denn dann machen?«

»Am besten, du hältst dich bedeckt.«

»Bedeckt? Wie geht das denn?«, fragte er.

»Zu verschwindest von der Bildfläche, ganz einfach«, sagte sie.

»Und wie soll ich das machen?«

»Das Bootshaus!«, rief sie aus, »genau! Das ist die Lösung. Du bleibst ein paar Tage in unserem Bootshaus. Dort kommt zurzeit niemand hin. Ich versorge dich mit Lebensmitteln.«

Jurek überlegte. Wie lange konnte das gut gehen? Vielleicht ein paar Tage, über das Wochenende, und dann? Er müsste seinen Eltern was vorlügen, von wegen so viel Arbeit und er bliebe auf der Insel bei Leonie. Sie würden das schon zulassen. Das war zwar so noch nie vorgekommen, aber zumindest für das Wochenende könnte das reichen. Aber Montag? Die Schule? Er konnte sich doch nicht krankmelden und bei Leonie im Bootshaus bleiben. Spätestens am Montag wäre die Sache gelaufen. Seine Mutter würde sich ins Auto setzen und ihn holen wollen. Ganz klar.

»Das geht nur bis zum Montag«, sagte er.

»Wieso?«

»Was denkst du, was bei mir zu Hause los ist, wenn ich nicht spätestens am Sonntagabend heimkomme. Dann brauch ich mir das mit der Polizei gar nicht mehr zu überlegen, dann ruft meine Mutter die an!«

»Jetzt übertreib' nicht«, meinte Leonie.

»Doch, echt, das Wochenende geht, dann muss ich mir was überlegen«, sagte er.

»Verstehe«, sagte Leonie, »aber zumindest hast du dann noch Zeit zum Überlegen.«

»Also gut, dann eben Bootshaus.«

Jurek stand auf, Leonie folgte ihm.

Der Bermaier Hof war schon von Weitem als großes Anwesen zu erkennen. Fast unüberschaubar lagen die großen Gewächshäuser nebeneinander. Sie verdeckten den Blick auf das Haupthaus. Streich fuhr aber an der Einfahrt vorbei, bog in ein schmales Sträßchen ein, das eigentlich hinüber zu den Anbaufeldern führte. Hunderte Salatpflanzen zeichneten ein grünes Streifenmuster, das sich weit hinzog. Der Polizeiwagen hielt am Rande des Gewächshausareals an einem ungewöhnlichen Bau, der aussah wie aus dem Museum der Gewächshäuser. Auf einem hohen, gemauerten Fundament standen hier ältlich trübe Glaswände, die kaum einen Blick in den Innenraum zuließen. Christina parkte hinter dem anderen Fahrzeug. Streich wartete an seinem Wagen. Er führte sie an dem alten Gewächshaus vorbei an die Seite des Gebäudes. Hier war ein etwa zwanzig Quadratmeter großer Bereich mit weiß-rotem Absperrband eingegrenzt. Die drei Männer von der Spurensicherung waren damit beschäftigt, diese Fläche genau unter die Lupe zu nehmen.

Streich ging mit den beiden Kriminalbeamten bis an das Band.

»Hier drüba ischer glega, mit dem Gsicht noch unte, die Mischtgabel onder ihm. Der Doktor Herrlich wird berichta, wie genau er gschtorba isch. Ond dohanna«, Streich zeigte auf die Fläche am Gewächshaus, »send die Fußschpura.«

Christina und Frieder schauten auf die gezeigte Stelle. Einer der Beamten war gerade dabei, von einer Fußspur einen Abdruck zu nehmen, ein anderer fotografierte die Spuren davor. Auf diese Weise hatte man einen plastischen und einen optischen Beweis. Aber Christina wusste genau, dass es selten so lief wie in den berühmten klassischen Krimis, in denen der Täter dann mit seinen Schuhen überführt wurde. Immerhin hatten sie erste Indizien, die ihnen helfen konnten, einen möglichen Täter zu finden.

»Guten Morgen, Männer«, rief Frieder Pflüger ihnen zu, »wie sieht es denn aus?«

»Morga«, grüßte einer der Männer zurück, »es waret auf jeden Fall zwei, so viel isch sicher.«

»Schpura vom Opfer und Schpura von jemand anderem, wahrscheinlich männlich, immerhin Größe vierundvierzig, wahrscheinlich ein Sportschuh«, erklärte ein anderer.

»Aber insgesamt wenig deitliche Abdrück, ein richtiges Durcheinander und viel Gerutsche«, meinte schließlich der Dritte.

»Sie schicken uns dann Ihre Ergebnisse«, sagte Christina, »gute Arbeit. Danke Ihnen.«

Die Männer von der Spurensicherung nickten. Nachdem die drei Polizisten sich verabschiedet hatten, gingen sie wieder zu ihren Autos.

»Herr Streich, haben Sie schon mit der Ehefrau und der Familie gesprochen?«, fragte die Kommissarin.

Der Polizeimeister nickte. Und wie er mit der Ehefrau und der Familie gesprochen hatte! Das war eine seiner schwersten Aufgaben im Dienst gewesen. Schließlich kannte er die Bermaiers, seit er denken konnte. Die drei Söhne hatte er aufwachsen sehen, wie sie sich in den Betrieb hineingearbeitet und Familien gegründet hatten. Es wurde schon darüber geredet, wie der Betrieb für alle genug abwerfen konnte, aber genau wusste niemand was.

»Ich hab' natürlich mit der Berta geschprochen, schließlich hot sie es ja gmeldet«, berichtete er, »die waret halt alle ganz entsetzt. Aber geschtern Obend hot mer ja net meh gwisst, als dass er tot isch.«

Da hatte der Mann recht. Das half aber jetzt nichts. Sie gingen den Weg an den Gewächshäusern vorbei auf den Hof zu. Erst nach ein paar Metern bemerkte Christina, dass der Reichenauer Kollege nicht mit von der Partie war. Sie schaute nach hinten. Er stand an seinem Wagen und schaute ihnen erstaunt nach.

»Wellet Sie etwa laufa?«, rief er.

»Bisschen Bewegung und außerdem lernen wir das Terrain kennen«, erklärte Christina.

Streich ging ein paar Schritte auf die beiden Kriminalbeamten zu.

»Wen lernet Sie kenna?«, fragte er.

»Die Gegend«, erklärte nun Frieder Füger.

»Ach so, Sie meinet den Tatort, Umgebung und so.«

»Genau«, bestätigte Frieder.

»Scho verschtanda. Des send aber a paar Meter!«, meinte der Polizist, aber er folgte ihnen.

Zu laufen war man hier nicht gewohnt. Das verstanden diese Festländer nicht, dachte er. Hier ging es um kurze Wege und Arbeitszeit, da spazierte man nicht zehn Minuten, wenn man den Weg in zwei Minuten mit dem Auto fuhr, selbst mit Ein- und Aussteigen. Außerdem musste man in diesem Fall auch noch den Rückweg rechnen. Aber von ihm aus. Dann eben Laufen.

»So bekommen wir einen Eindruck, welchen Weg das Opfer vom Haus aus genommen hat, verstehen Sie?«, fragte Christina Hahn.

Streich verstand. Obwohl, so richtig eigentlich nicht, denn zumindest er hätte ruhig fahren können, er kannte ja den Weg.

»Das alte Gewächshaus liegt aber ziemlich weit vom Haupthaus entfernt«, stellte Frieder fest.

»Genau. Warum das denn, wenn es so alt ist, wie Sie sagen?«, bestätigte Christina.

»Des hot mol zoma kleina Hof ghert, der hot do henda glega«, sagte Streich und zeigte auf ein Gelände, auf dem noch Spuren eines alten Gemäuers zu sehen waren.

»Wie kam das denn?«, fragte Christina.

»Do hend die Kender nemme weitermacha wella«, meinte Streich nur.

»So etwas kommt auch vor?«, fragte Frieder.

»Selta«, sagte der Polizist.

Vor allem wenn es um seine Insel ging, war der Polizeimeister nicht sehr gesprächig. Eine Plaudertasche konnte man den sowieso nicht nennen. Sie musste andere Quellen finden, um an die Geschichten der Insel zu kommen. So hatte Kim es ihr beigebracht. Einquartieren und ein bisschen reden, hier mal mit der Bedienung, da mal in der Bäckerei oder sich einfach mal an den Stammtisch setzen. Sie setzte ihre Hoffnung auf Miriam Herzer. Die würde sicherlich einiges wissen über die Insel und ihre Menschen. Sie wusste nur nicht so recht, wie das mit Frieder zusammen gehen würde. Aber, wie sie gehört hatte, blieben die Spurensicherer übers Wochenende noch bei ihrem Kollegen. Es stand dessen Geburtstag an und es gab wohl eine Baustelle, an der geholfen werden sollte. Sie würde den Kollegen darauf ansetzen, dann war sie mit Miriam am Abend allein. Die sollte sie allerdings vielleicht vorher noch anrufen. Soweit sie sich erinnerte, hatten sie von »einem« Abend gesprochen. Das wollte sie für den heutigen Abend festmachen. Morgen würde Kim kommen, da freute sie sich drauf, mit der Kollegin allein zu sein.

Sie waren am Bauernhaus angekommen. Über den Hof zog sich ein weit ausladendes Glasdach, das den Eindruck vermittelte, man befinde sich in einem Gewächshaus. Christina staunte über diesen Effekt, sah aber denn Sinn ein. Hier wurden die Gemüse und Salate verladen und durch das Dach war dies auch bei Regen gut zu machen. Vier Gewächshäuser zeigten mit ihren Eingängen in diese Richtung. Bestimmt gab es zwischen den Häusern wiederum Verbindungen, die den Transport in diese Verladezone möglich machten.

Streich ging voraus. Er drückte nicht etwa einen Klingelknopf, nein, er klopfte lediglich relativ leise an der Haustüre.

»Des heret die scho«, erklärte er den Kollegen.

Tatsächlich ging einen Moment später die Türe auf. Ein etwa dreißigjähriger drahtiger Mann begrüßte sie.

»Ah, Martin, mir hend scho gwartet.«

»Morge Alfred, des send die beiden Kriminalkommissare Hahn und Füger. Des dohanna isch d' Frau Hahn, send beide aus Konschtanz komma, wie i geschtern gsagt han«, sagte Streich.

»No kommen Sie no rein«, sagte Alfred und trat zur Seite.

Streich ging voraus, die beiden Kollegen folgten. Sie gingen einen langen Korridor entlang, bis Streich nach links in die Küche abbog. Rechts war wohl die gute Stube, dachte die Kommissarin. Sie wurden »nur« in der Küche empfangen. Am Tisch saßen noch zwei Männer, etwas jünger als der erste vielleicht. Eine ältere Frau stand am Herd und schien zu kochen.

»Grüß Gott«, sagte einer der Männer.

»I stell eich vor«, sagte Streich, »des hier isch dr' Karlheinz ond der do isch dr' Michael. Der ons empfange hot war dr' Alfred. Der isch dr Älteste von denne drei. Ond des do«, Streich zeigte auf die Frau, »isch die Berta, die Frau, also die Witwe vom Lothar Bermaier, dem Opfer.«

»Mutter, jetzt setz de doch na«, sagte Michael, »du brauchscht doch heit et koche, des kennet doch d' Vera oder d' Hiltrud macha.«

»Heit gibt's Maultasche mit Kartoffelsalat. Des hot er so mege. Die Kartoffel miaßet langsam abkühle, hot er emmer gsagt, sonscht wird des nix«, sagte die Witwe Bermaier. Sie goss die Kartoffeln in ein Sieb und stellte sie auf die Ablage an der Spüle.

»Jetzt setz dich halt her«, sagte nun Karlheinz.

Tatsächlich setzte sich die Frau. Sie hob allerdings ihren Blick nicht. Schaute betreten auf die Tischplatte.

Als ob sie etwas verbrochen hätte, ging es Christina durch den Kopf. Für eine Frau, die am gestrigen Abend ihren toten Mann aufgefunden hatte, machte sie einen recht gefassten Eindruck. Vielleicht half ihr auch diese tägliche Routine, das andere zu vergessen oder zumindest nicht dran zu denken. Sie schien damit anzufangen, die Gelegenheiten durchzuspielen, die ihr mit ihrem Mann wichtig oder die typisch für den Verstorbenen gewesen waren. Sie sah auf.

»Grüß Gott«, kam es leise von ihr in ihre Richtung.

»Kommissarin Hahn, das ist Kommissar Füger, beide Kripo Konstanz«, stellte Christina gleich sie beide vor.

»Aha«, sagte die Frau.

»Frau Bermaier, ich weiß, das ist jetzt nicht leicht für Sie, aber können Sie uns erzählen, wie das war gestern Abend?«, fragte die Kommissarin.

»Wie des war? Des war furchtbar, des kann ich Ihnen fei sagen«, begann die Frau, »er isch halt net komme ond no bin ich naus ond han ihn gsucht.«

»Wussten Sie, dass er am alten Gewächshaus war?«

»I han mers halt denkt, weil er drvo gschwätzt hot«, erklärte Berta Bermaier.

»Was wollte er dort?«

»Des hot er mir net gsagt. Er wollt halt noch was gucke«, sagte sie.

»Des hosch uns noch gar nicht verzehlt«, sagte Alfred, »entschuldigen Sie«, wandte er sich an die Polizisten, »mer isch ja ganz durcheinander. Dürfen wir Ihnen was anbieten, einen Kaffee vielleicht?«, fragte er die Polizisten.

»Do kennt ich jetzt a Tass vertrage«, sagte Streich nickend.

Christina wurde die Sache hier etwas zu familiär. Auch Frieder schüttelte nur den Kopf. Dieser Streich schien den Fall inszenieren zu wollen wie eine Familienfeier. Er fragte sich, was dort drunten am alten Gewächshaus tatsächlich geschehen war. Bestimmt würde die gerichtsmedizinische Untersuchung etwas ans Licht bringen. Was ihn wunderte, war der Umgang der alten Frau mit diesem Unglück oder diesem Verbrechen. Hatte sie noch gar nicht realisiert, was passiert war? Ihr Verhalten schien darauf hinzudeuten.

»Und was er gucken wollte, das hat er Ihnen nicht gesagt?«, fragte Christina.

»Nein. So war er halt. Des kennet Sie jetzt net verstande«, antwortete die Frau.

»Ausgerechnet am alte Gwächshaus«, sagte Michael, »do isch doch nix, des isch doch bloß no a Abstellkammer.«

»Mir hot er jedenfalls nicht gsagt, was er dort will, baschta«, sagte Berta Bermaier mit ernstem Ton.

»Wann genau haben Sie ihn denn gefunden?«, fragte Frieder Füger.

»Gega neine. I han denkt, des wird so schpät«, antwortete sie.

Christina wandte sich nun an die Söhne.

»Wann haben Sie denn Ihren Vater zum letzten Mal gesehen?«

»Nach dr' Arbet, mir elle«, beantwortete Alfred die Frage für alle drei.

»Betreiben Sie den Hof allein?«, fragte Christina weiter.

»Fascht«, sagte Karlheinz, »mir hend manchmol Erntehelfer und en junge Mann für da Schtand, der hilft dort aus. Vor ellem en de Ferie.«

»Und wo ist dieser junge Mann jetzt?«

»De Schtand isch heit gschlosse. Der war geschtern Obend noch do, dr' Jurek. Der hot s' Gmüs putzt ond aufgreimt.«

»Gestern Abend?«, fragte Frieder nach.

»Jo, des macht er efter, gibt no a bisle Geld«, antwortete Karlheinz, »aber worom er heit net komme isch, verschtand e net.«

»Wo finden wir denn diesen Jurek?«, fragte Frieder.

»Er wohnt eigentlich auf dr' Höri drüba, Weiser heißt er mit Nachname. Manchmol hot er am Wochenende bei einer Freindin übernachtet.«

»Am Wochenende? Und wo, bei wem?«

»Keine Ahnung. Jedenfalls hier auf dr' Insel«, antwortete Karlheinz.

»Des find ich raus«, sagte Streich und klopfte auf den Tisch.

»Machen Sie das«, meinte Christina, »Sie kommen leichter an diese Informationen heran als wir. Ich denke, hier kommen wir nicht weiter. Alles hängt nun von den Ergebnissen der Gerichtsmedizin ab. Mord oder Unfall, das ist die Frage.«

Die drei Polizisten verabschiedeten sich. Draußen vor der Tür erinnerte sich Streich an den Weg, den sie jetzt noch zu gehen hatten.

»Genau des hettet mir uns schpare könne«, meinte er nur und stapfte los.

In seinem Häuschen ganz in der Nähe hatte sich Rudolf Glaubscher erst einmal in seinen Sessel gesetzt. Vor lauter Aufregung hatte er sogar vergessen, dem Waldi seinen Napf hinzustellen. Der war an ihm hochgesprungen und ihm mit seinem Bellen angezeigt, dass ihm noch was fehlte. Erst als der Napf gefüllt war, gab der Hund Ruhe. Glaubscher saß nun in seinem Sessel. Er hatte den Kopf nach hinten gelegt an das Polster. So fand er meist die richtigen Gedanken. Doch heute funktionierte auch das nicht. Der Bermaier war tot. Er hatte sich ja viel vorstellen können und war auf vieles gefasst gewesen, als er zum Hof hinüber gegangen war, aber jetzt das. Sein Erpresser war zu Tode gekommen. Er hatte nicht genau mitgekriegt, wie das eigentlich passiert war. Als er das Gewächshaus verlassen hatte, war so weit alles klar gewesen. Der Bermaier war zwar etwas überrascht gewesen, dass er nicht gleich klein beigegeben hatte, aber er lebte noch. Was war da geschehen, dass der Gemüsebauer jetzt tot war? Was wollte die Witwe, fragte er sich. Klar, sie wollte seinen Acker wahrscheinlich immer noch, aber wie! Hatte der Lothar ihr alles erzählt? Das wahrscheinlich schon, sie konnte aber doch damit nichts anfangen. Denn dann waren sie wieder an demselben Punkt wie am gestrigen Abend. Er sagte das so und sie sagte das dann anders. Aber sie konnte ja nur erzählen, dass ihr Mann ihr das so erzählt hatte. Da stand seiner Ansicht nach dann zumindest Aussage gegen Aussage. Aber wenn die Frau jetzt zur Polizei ging und ihn anzeigte, war er der Erste, der für den Tod des Gemüsebauern verantwortlich sein könnte. Außerdem musste er dann ja auch den Tod des jungen Mannes erklären.

Rudolf Glaubscher sah nicht mehr drüber hinaus. Am Ende stand er womöglich als zweifacher Mörder da. Er ging hinüber zum Buffet. Das Hochzeitsbild erinnerte ihn an die schönen Zeiten, als seine Frau noch lebte. Jetzt war sie schon mehr als fünf Jahre nicht mehr bei ihm. Er holte das Album heraus. In seinem Sessel sitzend ließ er die Jahre zurücklaufen. Seltsam, dachte er, sonst war dies immer das richtige Mittel, um sich auf bessere Gedanken zu bringen. Heute kreisten seine Gedanken ständig um nur das eine

Thema: War er schuldig? War es ein Fehler gewesen, das mit der Frau dem jungen Mann gegenüber anzusprechen? War es nicht richtig gewesen, sich zu wehren, als der ihn angegriffen hatte? Hätte er vielleicht doch den Bermaier nicht erschlagen sollen. Ach was! Er klopfte sich mit der flachen Hand gegen die Stirn. Wurde er langsam verrückt? Am liebsten hätte er jetzt einen netten Kommissar aufgesucht und dem die ganze Sache in allen Einzelheiten erklärt. Der hätte bestimmt Verständnis für seine Handlungen gehabt. Er überlegte, ob das nicht vielleicht wirklich der richtige Weg war. Einfach hingehen zur Polizei, sich stellen und sagen: Das war ich. Man würde ja sehen, was dabei rauskam. Aber was wurde aus Waldi, wenn er tatsächlich einsitzen musste? Wie hoch war die Wahrscheinlichkeit einer Gefängnisstrafe? Konnte er ein Leben hinter Gittern denn ertragen? Diese Fragen rauschten ihm durch den Kopf wie ein Wirbelsturm.

Um nicht vollends durchzudrehen, stand er auf. Vielleicht war ein langer Spaziergang mit Waldi in einem solchen Moment das Beste. Er würde die lange Route gehen, bis hinunter zum Strandbad. Das war zwar noch geschlossen, aber er könnte trotzdem auf die Bank neben dem Eingangsbereich sitzen und eine Weile auf den See hinausschauen. Das beruhigte ungemein. Als Waldi ihn die Leine nehmen sah, sprang er natürlich auf. Endlich schien wieder alles beim Alten zu sein. Er zog seine dicke Jacke an. Um die Mittagszeit würden wenig Leute unterwegs sein. Außerdem wusste ja niemand von seinen Problemen, noch nicht. Er mochte gar nicht daran denken, wenn die Leute das erfuhren und drüber redeten. So etwas war ihm immer ein Gräuel gewesen, ins Gerede zu kommen, oder etwa ein Thema sein. Er wollte kein Thema sein, daher würde er sich den Schritt hin zur Polizei noch reiflich überlegen, zumindest bis morgen. Um die Stelle, an der es passiert war, machte er einen großen Bogen. Er würde noch früh genug in die Nähe des Sees kommen. Hier im Uferbereich gab es zwar nicht viele Möglichkeiten, aber er kannte schon den einen oder anderen Weg hinter und zwischen den Häusern, um die Touristenpfade zu meiden. Diese Schleichwege nutzte er vor allem im Sommer, um den Menschenmassen auszuweichen, die sich dann am See tummelten. Freilich ging es bei ihnen auf der Reichenau um einiges ruhiger zu als in den Strandbädern und an den Badeplätzen auf dem Festland, dennoch meinte er zu spüren, wie es immer mehr wurde. Wahrscheinlich musste man eines Tages Beschränkungen einführen, damit die Insel nicht überlaufen würde. Es gab schon einige Stimmen, die sich dafür einsetzten, den Tourismus auf die eine oder andere Art einzudämmen, um den Charakter der Reichenau zu erhalten. Die andern hielten dagegen, dass allein die wenigen Straßen und Badeplätze schon dafür sorgten, dass die Insel kaum Ziel massenhafter Badetouristen werden könne.

Mit diesen Gedanken abgelenkt, setzte er sich auf seine Bank. Es war ein klarer Tag. Hinter der hier eher schmalen Wasserfläche konnte man das Festland gut erkennen. War wenig los dort drüben. Für einen Donnerstag sogar sehr wenig. Er schaute auf den Verkehr auf der Uferstraße gegenüber. Hier hatte er schon so oft gesessen, dass ihm sofort auffiel, wenn etwas nicht so war wie sonst.

»Rudolf, des han i mir denkt, dass ich dich hier treff«, tönte es plötzlich hinter ihm.

Er drehte den Kopf zur Seite. Vor ihm stand der Hans Rehm, seines Zeichens pensionierter Hausmeister des Rathauses. Ihn traf er seit dessen Ruhestand immer mal wieder auf seinen Runden. Aber ausgerechnet heute! Er hätte so gerne noch eine Weile seine Ruhe gehabt.

»Ond, wie geht's«, fragte Rehm.

»Wie emmer«, antwortete er.

Rehm setzte sich neben ihn auf die Bank. Er holte seine

alte Pfeife heraus, stopfte ein wenig Tabak hinein und zündete sie an. Das mochte er, wenn ihm die würzigen Rauchschwaden um die Nase wehten. Er hatte früher auch Pfeife geraucht. Schließlich hatte seine Frau ihn so bedrängt, dass er es aufgegeben hatte. Vielleicht sollte er wieder damit anfangen, das beruhigte wirklich ungemein.

»Ond, hosch au scho ghert?«

»Was?«

»Dr' Bermaier, dot, schtell der des vor«, sagte Rehm mit Wichtigkeit in der Stimme.

»Dr' Bermaier, ach was?«

»Doch, geschtern obend hend sen gfunde, am alta Gewächshaus heißt's.«

»Ond? Herzinfarkt?«, fragte er mit gespielter Unwissenheit.

»Ach was, von wege. Erstocha isch er worda, heißt's!«

»Erstocha, her auf!«

»Doch, doch. So saget d' Leit. Dr' Jong vom Merkle isch doch bei dr' Schpurasicherung. Der hot's vrzehlt«, sagte Rehm.

»Wem?«

»Koi Ahnung. I han's vom Anton, der war beim Bäcker«, erklärte Rehm.

»Beim Bäcker?«

»Ja, dort isch es wohl gschwätzt worde«, sagte Rehm.

Wenn der wüsste, was für mich von der Wahrheit dieser Meldung abhängt. Aber wenn das jetzt schon so herumgeredet wurde, dann könnte vielleicht auch was dran sein, dachte er. Immerhin ein Mann von der Spurensicherung.

»Ond, hot mer scho en Verdacht?«

»Ach was, des war doch erscht geschtern am Obend«, meinte Rehm.

»Dr' Bermaier, so was«, sagte er leise.

»Ja, gell«, bestätigte Hans Rehm.

»Worom wohl?«

»En Guater war des net«, meinte Rehm.

»Aber erschtocha«, sagte er.

»Des muaß no au et glei sei«, sagte Rehm lapidar.

»Noi«, bestätigte er.

»Ond, em Hundle goht's gut?«, lenkte Rehm ab, der wohl das Thema Bermaier für ausreichend behandelt hielt.

»Solang er nauskommt, scho«, meinte er.

Die beiden Männer saßen eine ganze Weile nebeneinander. Sie schauten auf den See hinaus. Immer, wenn ein Boot vorbeifuhr, winkten sie artig, wie man es von alten Männern auf einer Bank erwartete.

»Tja, der Bermaier, gell. Also, Rudolf, mach's gut, i gang weiter«, sagte Rehm zum Abschied.

»Mach's besser«, meinte er und hob die Hand zum Gruß.

Seltsam, dachte er, dass der Hans den anderen Toten mit keinem Wort erwähnt hatte. Das war doch eigentlich viel interessanter. Aber das war halt kein alteingesessener Gemüsebauer und vor allem natürlich kein Reichenauer. Überhaupt sollte er sich irgendwo mal erkundigen, was über diesen Fall »geschwätzt« wurde. Sicherlich würde auch die Kriminalpolizei bei der Witwe im Nachbarhaus und schließlich auch bei ihm auftauchen. Die machten das doch immer so, Nachbarschaftsbefragung. Was sollte er denen denn sagen, fragte er sich. Sollte er eine Andeutung machen, dass dieser Wiegand seine Frau geschlagen hat und er die Schreie hörte? Würde das irgendwie in seine Richtung deuten? Schon wieder sah er sich einer ganzen Reihe von Fragen gegenüber. Die wollten erst mal beantwortet sein, bis sie dann klingelten.

Er ging den Weg zurück, warf noch einen Blick ins leere Strandbad, dann schlug er wieder seinen Pfad hinter der Tourismusroute ein. Wen könnte er wohl am besten fragen, wer wusste immer alles? Er musste nicht lange überlegen. Wenn einer hier auf der Insel immer alles irgendwie mitbekam, dann war es der Albert Reiter. Seit der in den Ruhestand versetzt worden war, fuhr er bei Wind und Wetter mit seinem alten Fahrrad auf der Insel herum. Auf diesen Touren hatte er so seine Stationen, wusste er, hier mal an der Touristinformation, dann hinüber zum Rathaus, vorbei an diversen Gasthöfen, dann bei dem einen oder anderen Handwerker nach dem Rechten geschaut. So sammelte er seine Informationen. Der Reiter Albert war immer einer der ersten, die was wussten. Sei es eine anstehende Hochzeit oder Geburt, aber auch Krankheit und Notstand gehörten zu seinem Repertoire.

Wenn er nur wüsste, wo er den jetzt antreffen könnte. Er schaute auf seine Uhr. Inzwischen war es längst nach Mittag. Wirtshaus schied also aus. Das war schade, denn der Albert speiste als gutsituierter Witwer fast jeden Mittag irgendwo in einem der Gasthäuser der Insel. Das Wetter war nicht schlecht, dachte er, da könnte er doch noch den Schlenker an den See machen und vielleicht das Café an der Promenade des Bootshafens probieren. Dort saß der Albert relativ oft, das wusste er von seinen Runden. Wenn er ihn dort nicht antraf, dann musste er in Gottes Namen den Weg durch die Ortsmitte von Mittelzell nehmen und hoffen, jemanden zu treffen, der oder die ihm etwas über den Stand der Dinge erzählen konnte.

Sie hatte schon Dinge erlebt, sagte sich Miriam Herzer, einige Dinge in diesem Metier. Wie hatte sie sich immer wieder geärgert, auf dieser Insel geblieben zu sein. *Reichenau Aktuell* war nun wirklich kein Blatt, für das es ein Journalismusstudium in München gebraucht hätte. Aber, wie es halt so manchmal lief, die liebe Liebe hatte sie wieder heim aufs Eiland geführt. Eigentlich eine tolle Sache, dachte sie so bei sich, da war ich vier Jahre lang in einer tollen Stadt, umgeben von interessanten Menschen, mit jungen Männern darunter noch und noch. Und was mach ich, fahre heim und heirate den Schwarm meiner Jugend! So war das gelaufen. Einmal ein bisschen zu lange hiergeblieben, schon läuteten die Hochzeitsglocken. Anfangs war das ja noch irgendwie lustig, aber mit diversen Ausgaben der *Reichenau Aktuell* wich die Begeisterung langsam; jedenfalls die berufliche. Sie hatte viel Spaß gehabt, über die Feste und Veranstaltungen auf der Insel zu berichten. Dann kam das nächste Jahr und es galt, über dieselben Feste und Veranstaltungen zu berichten. Aus ihrer Sicht wiederholte sich langsam aber sicher alles. Nur ihre Ehe mit Volker ließ sie auf der Insel bleiben. Freilich, mit der Zeit hatte sie sich mit ihrem journalistischen Alltag abgefunden. Es war ja auch ganz angenehm dadurch, dass das Blatt nur zwei Mal in der Woche erschien, ziemlich locker mit ihrer Zeit umgehen zu können. Hier mal eine Bootsfahrt, da mal ein Schwimm, anschließend einen guten Cappuccino im Strandbad. Das ließ sich aushalten. Nur Volker konnte natürlich nicht immer dabei sein. Doch immerhin hatte er sein Architekturbüro auch auf der Insel. So konnten sie relativ viel Zeit miteinander verbringen.

Und dann platzt in diese geordnete Inselidylle ein Mord! Sie hatte ihren Ohren nicht getraut. Ein Mord auf der Reichenau? Das konnte doch nicht wahr sein! Sie wollte jetzt nicht gerade von Glück reden, aber journalistisch war das natürlich mehr als ein Leckerbissen, das war die große Sache, von der sie in Studienjahren immer geträumt hatte. Sie hatten alle davon geträumt. Einmal die große Story finden, schreiben, bekannt werden und dann weiter zu den großen Zeitungen. Der Tod des jungen Mannes würde vielleicht nicht die so große Story werden, aber ihren Namen zumindest bis nach Konstanz und Friedrichshafen bekannt machen. Dann würde frau mal sehen, wie es weiterging.

Sie hatte den ersten Artikel über den Toten am See fertig. Terminlich hatte das gut gepasst, denn für die Wochenendausgabe reichte das noch lustig. Mit einem Redaktionsprogramm und E-Mail ging das heutzutage schon wahnsinnig schnell. Ihr Vater, selbst einmal Zeitungsredakteur, allerdings bei einer überregionalen Zeitung, schüttelte immer nur den Kopf, wenn sie ihm erzählte, wie die heutigen Abläufe waren. Dann geriet er ins Schwärmen. »Als ich in deinem Alter war, gab es noch den Bleisatz. Da wurden die Lettern gegossen. Wir lasen die Artikel auf Fahnenabzügen Korrektur, und wenn dann noch ein Fehler drin war, fanden ihn die Setzer an ihren Maschinen!« Seine größte Story hatte er bei einer kleinen Ortszeitung erlebt, als der Papst gestorben war. Da die Zeitung auch nur zwei Mal die Woche erschien, traf der Todestag auf einen Zeitungstag. Der Papst starb wohl am Morgen und, da die Zeitung erst nachmittags erschien, reichte es noch für eine Meldung auf der Titelseite. Damit war das kleine Blatt wahrscheinlich die erste Zeitung »in Deutschland, womöglich auf der ganzen Welt«, so ihr Vater, die den Tod des Papstes meldete.

Sie schickte ihren Artikel an die Druckerei. Die würden ihn auf die Titelseite setzen: »*Rätselhafter Tod eines jungen Mannes*«, hatte sie geschrieben. Die bisher spärlichen Informationen hatte sie so in die Länge gezogen, dass ein ganz ordentlicher Bericht daraus geworden war. Sie hatte noch ein paar Spekulationen und Vermutungen eingestreut, das lieferte dann Gesprächsstoff in den nächsten Tagen. Sie schickte die Veranstaltungsberichte und eine Ausschau für die kommende Woche hinterher. Die verschiedenen Anzeigen der örtlichen Betriebe und Geschäfte gingen direkt zum

Drucker. Damit war ihre Arbeit für heute im Grunde genommen hier in der Redaktion erledigt.

Draußen sah sie diesen Albert Reiter mit seinem Fahrrad ans Haus fahren. Er stieg ab, nahm sich die Fahrradklammern von den Hosenbeinen und kam auf die Haustür zu. Es klingelte. Sie stand auf, warf ihre langen blonden Haare nach hinten, um sie zu einem Pferdeschwanz zu binden. Dann machte sie die Tür auf.

»Morgen, Frau Herzer!«, sagte Reiter.

Als Informant kannte er das Haus der Herzers mit dem Büro der Reporterin. Er wollte ins Redaktionszimmer abbiegen. Miriam hielt ihn aber auf. Der saß ihr sonst den ganzen restlichen Vormittag vor der Nase und erzählte Geschichten, die keiner hören wollte. Sie musste ihn abwimmeln.

»Guten Morgen, Herr Reiter, was gibt es denn?«

»Hend Sie's denn noch nicht ghert?«

»Was ghert?«

»Dr' Bermaier isch dot. Geschtern obend.«

»Und, mein Beileid, wie alt war er denn?«

»Dr' Bermaier?«

»Sicher.«

»Woiß i net so genau, vielleicht fenfasechzig, so om den Dreh. I glaub, er war a Klass oder zwoi onder mir«, meinte Reiter.

»Kein Alter zum Sterben«, sagte Miriam Herzer.

»Gwiß net. Mit einer Mischtgabel, wer des wohl war?«, fragte sich Reiter mehr selbst als die Redakteurin.

»Wie, mit einer Mistgabel?«

»Erstocha, wahrscheinlich, was Genaues weiß mer noch nicht«, sagte Reiter.

»Er wurde erstochen, mit einer Mistgabel?«, fragte Miriam mit einem spannungsgeladenen Beben in der Stimme.

Das konnte doch nicht wahr sein. Ihre Knie wurden ganz weich. Erst der tote junge Mann und jetzt der alte Gemüsebauer. Zwei Morde auf der Reichenau! Damit würde sie weit über Konstanz und Friedrichhafen hinaus bekannt werden. Mit ein bisschen Glück rief bald die *Bildzeitung* an. Na ja, wenn sie genau überlegte, dann brauchte sie keine *Bildzeitung* auf der Reichenau. Die würden doch nur wieder eine Sensationsstory draus machen mit einer unmöglichen fetten Schlagzeile. Sie musste überlegen, wie sie diese Sache richtig anging. Gut, dass diese Frau Hahn angerufen hatte. Sie würden sich heute Abend im *Hasen* treffen. Das passte ja ganz ausgezeichnet. So kam sie ganz zufällig an die beste Quelle für Informationen.

»Frau Herzer?«, unterbrach Albert Reiter ihre Überlegungen.

»Ja, was? Ach so«, stotterte sie fast, »Tschuldigung, ich war in Gedanken. Danke für die Information. Ich werde Sie in meinem Bericht erwähnen. Ich muss dann weitermachen, vielen Dank noch mal, dann auf Wiedersehen.«

Sie schob den alten Mann zur Tür. Der war etwas überrascht, so unvermittelt nach draußen geschoben zu werden. Aber bitte, wenn die Frau Journalistin keine weiteren Informationen brauchte, sollte sie halt sehen. Er freute sich schon auf weitere interessante Gespräche im Ort. Vielleicht würde er noch nach Niederzell rüberfahren. So einen Glücksfall galt es auszunutzen. Auch für ihn, als die radelnde Informationsquelle der Insel, waren die beiden Todesfälle Stoff im Überfluss. Was waren all die anderen Gespräche über Familienzuwachs, Krankheiten oder Garagenanbauten gegen eine solche Meldung!

Froh gestimmt setzte er sich auf sein Rad. Also dann, weiter.

Miriam Herzer schaute dem alten Mann durchs Fenster hinterher. Der hatte heute bestimmt alle »Münder« voll zu tun, diese Meldungen unter die Leute zu bringen. Schließlich war es für ihn wie auch für sie dasselbe. Sie lebten letztendlich von solchen Vorfällen und Meldungen. Dieser Albert Reiter vielleicht noch mehr als sie.

Was war zu tun? Sie musste nach dem offiziellen Polizeibericht schauen. Natürlich würden wieder nur knappe Informationen per E-Mail zu erhalten sein. Bestimmt wussten die Ermittler im Moment noch nicht sehr viel mehr als sie. Mit der Witwe hatte sie gestern Nachmittag sprechen können. Die war völlig am Boden und konnte sich überhaupt nicht vorstellen, wer ihrem Erik ans Leben hätte wollen. Dieser Besuch war nicht einfach gewesen, musste sie sich eingestehen. Die Verhältnisse waren beengt. In den zweieinhalb Zimmern hatten sie ständig die beiden Kinder, zwei und drei Jahre alt, um die Beine. Die Mutter schien die Sache nicht so richtig im Griff zu haben. Sie wollte sich als bisher kinderlos zwar kein Urteil erlauben, aber das ging auch anders, soviel wusste selbst sie. Aber viel konnte ihr die junge Witwe nicht erzählen. Ihr Mann war hauptsächlich auf der Insel als Handwerker unterwegs gewesen, oft in den Ferienhäusern und -wohnungen. Manchmal ging es auch hinüber aufs Festland, aber nicht weit, hatte sie erzählt, meist nur bis zur Waldsiedlung.

»Wissen Sie, mein Erik wollte abends gerne zu Hause sein«, hatte Sabine Wiegand gesagt.

Und Miriam hatte ihr kein Wort geglaubt. Irgendwie schien diese Frau von einem Leben zu erzählen, das sie sich so vorstellte, das sich aber in Wirklichkeit ganz anders abgespielt hatte. Sie musste unbedingt noch mit den Nachbarn sprechen. Gestern war niemand zu Hause gewesen. Gut, es waren auch nur drei Häuser, die unmittelbar an das Zweifamilienhaus mit der Wohnung der Familie Wiegand angrenzten. Da war dieser alte Postmann, Glaubscher hieß der, glaubte sie, dann ein Ferienhaus, das zurzeit nicht bewohnt war und schließlich das Ferienhaus einer Familie aus Konstanz. Ob die gerade auf der Insel waren, musste sie noch herausfinden.

Inzwischen hatte Christina Hahn die Arbeit eingeteilt. Sie hatten sich besprochen, Frieder würde den Gerichtsmediziner Herrlich aufsuchen, auch wenn es Christina schwerfiel, ihm diese Aufgabe zu übertragen. Dieser Heiko Herrlich ging ihr irgendwie nicht aus dem Sinn. Ein fescher Bursche, das musste sie zugeben. Aber es würde sich sicherlich noch eine Gelegenheit ihn zu treffen, ergeben, solange sie auf der Insel war. Polizeimeister Streich sollte einfach viele Gespräche führen. Vor allem die Situation der Familie Bermaier war wichtig. Hatte dieser Bermaier vielleicht Feinde, die berühmte Frage, vielleicht sogar Feinde, die ihm nach dem Leben trachteten? Das hielt sie zwar für mehr als unwahrscheinlich, aber Streich sollte ruhig mal rumfragen.

»Und dann versuchen Sie auch nochmals herauszufinden, wo dieser Jurek Weiser ist, beziehungsweise wo er nächtigt, wenn er auf der Insel bleibt. Das sollte für Sie doch kein Problem sein«, beauftragte sie ihn.

Als Streich sich schließlich auf den Weg gemacht hatte, überlegte sich Christina ihre eigene To-do-Liste. Sie wollte auf jeden Fall mit dem Bürgermeister der Gemeinde auf der Insel Reichenau sprechen. Das hatte ihr Kim empfohlen, die damit immer gute Erfahrungen gemacht hatte. »Man bekommt einen Einblick ins örtliche Leben, wie geht es den Menschen dort, was arbeiten sie, wo könnten mögliche Motive liegen, all solche Sachen«, hatte sie ihr eingeschärft, »das gibt dir eine Grundlage, du lernst, mit den Menschen umzugehen und weißt schon ein wenig Bescheid, was sie vielleicht umtreibt.« Anschließend wollte sie sich nochmals den Fundort der ersten Leiche in Ruhe anschauen. Vielleicht entdeckte sie noch etwas oder sie fand doch noch jemanden, der etwas bemerkt hatte. Sie packte ihre Sachen zusammen, steckte ihr Handy ein, dann ging sie zum Wagen. Mit diesem Polizeifahrzeug musste sie eigentlich nirgends vorher anrufen. Sobald sie vorfuhr, wusste jeder Bescheid, wer da kam.

Sie parkte direkt vor dem Rathaus, das in einem Gebäude untergebracht war, dessen Architektur an ein kleines Schlösschen erinnerte. Folglich ging sie in einem recht schmalen Türmchen die alten Steintreppen hinauf, bis sie schließlich vor der Tür des Sekretariats stand. Sie klopfte. Auf das schnell folgende »Herein« öffnete sie die Tür.

Das Innere überraschte. Hier war alles mehr oder weniger auf dem neuesten Stand. Das helle Vorzimmer des Bürgermeisters war für einen Amtsraum gemütlich eingerichtet. Die Gemeindesekretärin begrüßte sie. Nachdem es noch einen Moment dauern würde, bis der Bürgermeister Zeit für sie haben würde, kam sie sogar in den Genuss eines feinen Espressos.

Der Bürgermeister erhob sich, als sie schließlich sein Büro betrat. Er bat sie, in einer kleinen Sitzgruppe in einer Ecke des Büros Platz zu nehmen.

»Gut, dass Sie da sind«, begann er nach der Begrüßung, »ich weiß schon gar nicht mehr, wo mir der Kopf steht. Zwei Tote auf der Reichenau, wer glaubt denn sowas! Wir sind eine ruhige Gemeinde mit den üblichen kleineren und größeren Problemen. Bei uns ist das Wetter wichtiger als vieles andere. Sie haben es ja gesehen, die vielen Felder und auch die Weinberge.«

»Die Weinlagen haben mich tatsächlich überrascht«, gab Christina zu.

»Tja, das ist nicht so bekannt. Die meisten kennen die Gemüse und den Salat von der Reichenau«, erklärte der Bürgermeister, »übrigens eine geschützte Herkunftsangabe, das ist uns wichtig.«

»Und nun hat jemand diese Gemüseidylle gestört«, versuchte Christina den Bürgermeister zum Thema zurückzubringen.

»Ja, so kann man das sagen«, meinte der Bürgermeister.

»Herr Nadler, konkret, können Sie sich Gründe vorstellen, warum jemand auf der Reichenau einen Mord begehen sollte?«

»Das Übliche eben, man sieht das ja im Fernsehen: Neid, Eifersucht, Rache, all diese Motive kann es sicherlich auch auf der Reichenau geben. Wir sind auch bloß Menschen, um es mal einfach auszudrücken. Aber, wenn es ein Motiv geben könnte, dann Land.«

»Land?«

»Das ist hier auf der Reichenau Mangelware. Die paar Quadratkilometer sind belegt mit Anbauflächen, Gewächshäusern und Siedlungen. Neubaugebiete sind auf der Reichenau ein heikles Thema, denn es gibt nicht mehr so viel freie Fläche. Die einen wollen bauen, die andern wollen den Charakter ihrer Insel erhalten. Diese beiden Seiten gibt es und dazwischen stehen mein Gemeinderat und ich.«

»Sie meinen, da könnte ein Motiv zu finden sein?«

»Wenn, dann das«, antwortete Bürgermeister Nadler.

»Kannten Sie den Gemüsebauern Bermaier?«

»Sicher. Er war für zwei Legislaturperioden im Gemeinderat«, sagte der Bürgermeister.

»Und?«

»Was und? Nun, er war nicht der einfachste meiner Gemeinderäte. Hatte immer einen eigenen Kopf und eine Meinung. Von der er übrigens selten abzubringen war. Das war nicht eben leicht. Da brauchte es manch lange Diskussion, manchmal auch den einen oder anderen Schoppen Wein«, erklärte der Bürgermeister.

»Und Erik Wiegand?«

»Heißt so der erste Tote?«, fragte der Bürgermeister.

»Ja, seine Familie wohnt hier in Mittelzell, dort drüben«, Christina zeigte zum Fenster hinaus, »bei den beiden kleinen Häusern, in dem Zweifamilienhaus daneben.«

»Die Familie kenne ich nicht. Kann es sein, dass sie noch nicht lange auf der Insel wohnt?«, fragte Herr Nadler.

»Könnte sein. Eine junge Familie, ich glaube, die Ehefrau ist hier auf der Insel aufgewachsen. Sie hat ihren Mann in Leipzig kennengelernt. Sie hat Hotelfachfrau gelernt und dort zwei Jahre gearbeitet. Er ist dann mit ihr hierher zurück auf die Insel. Er arbeitete als Handwerker, Flaschner, glaube ich, bei Schrieter in Oberzell.«

»Ah, den Schrieter, denn kenne ich. Ein traditionsreicher Handwerksbetrieb, schon in der vierten Generation. Beim Schrieter, soso. Und, haben Sie schon eine Spur, einen Verdacht?«, fragte der Bürgermeister.

»In beiden Fällen tappen wir noch im Dunkeln«, erzählte die Kommissarin.

»Na, dann machen Sie sich mal an die Arbeit. Wenn Sie irgendwelche Unterstützung brauchen, melden Sie sich ruhig bei mir. Ich helfe, wo ich kann. Sie werden verstehen, dass eine Ausflugs- und Ferieninsel wie die Reichenau auf ihren Ruf achten muss. Zwei Tote sind keine gute Werbung für unsere ansonsten so friedliche Insel«, erklärte der Bürgermeister der Kommissarin.

»Das verstehe ich. Aber zwei Tote innerhalb von zwei Tagen sind auch für mich keine alltägliche Sache. Wir werden die Täter finden, wenn es denn welche gibt«, versicherte die Kommissarin dem Bürgermeister.

»Glauben Sie denn nicht an Mord?«, fragte der Bürgermeister.

»Nicht von vorneherein. Bei beiden Toten gibt es wohl Anzeichen, dass sie nicht unbedingt im klassischen Sinne ermordet worden sind«, meinte Christina Hahn.

»Aha. Dann wollen wir mal hoffen, dass hier kein Serienmörder sein Unwesen treibt«, sagte der Bürgermeister lächelnd.

»Das hoffe ich auch. Vielen Dank, dass Sie Zeit für mich hatten«, antwortete Christina Hahn und stand auf.

Der Bürgermeister brachte sie zur Tür.

Als die Kommissarin wieder in ihrem VW-Käfer saß, gingen ihr verschiedene Aspekte dieses Besuches durch den Kopf. War es möglich, dass tatsächlich in beiden Fällen kein Mörder zu suchen war, fragte sie sich. Der zweite Gedanke war dieses Motiv *Land*. Könnte zumindest beim Gemüsebauern so etwas dahinterstecken. Denkbar wäre das. Sie musste unbedingt Streich dahin gehend noch mal instruieren.

Sie fuhr die schmale Straße Richtung Seeufer. Sich zu verfahren war auf dieser Insel im Grunde genommen nicht möglich. Sie hatte gestern Abend gegoogelt und wusste nun, dass die Insel maximal 1,6 Kilometer breit und 4,5 Kilometer lang war. Man musste also nur wenige Minuten fahren, dann war man an einem Ufer. Mit den drei größeren Ortschaften, am einen Ende Oberzell, am anderen Ende Niederzell und dann Mittelzell dazwischen war es fast unmöglich, vom See weg nicht in einem dieser Orte zu landen.

Sie parkte auf dem kleinen Parkplatz, den sie bei der gestrigen Besichtigung bemerkt hatte. Außerdem war ihr eine öffentliche Toilette aufgefallen, die sie jetzt unbedingt aufsuchen musste.

Peter hatte die beiden Racker ins Bett gebracht. Auch das wollte er sich nicht nehmen lassen. Wobei das Einschlafen bei ihren Zwillingen nun wirklich kein Problem war. Wie auch beim Mittagsschlaf legte man sie in ihre Stubenwagen, summte eine Weile oder sang ein Schlaflied, und schon waren die beiden eingeschlafen.

Wenn sie an die vielen Erzählungen und Berichte dachte, die sie im Vorfeld der Geburt gehört oder gelesen hatte, dann war das Problem des Einschlafens vielleicht eher ein Thema des einzelnen Kindes. Die beiden waren eben nicht allein. Man hörte ja auch oft von einer Art besonderer Bindung zwischen Zwillingen, die bis ins Erwachsenenalter anhalten soll. Sie konnte sich das gut vorstellen. Schon in ihrem Wärmebettchen waren die beiden beieinandergelegen. Immer wieder hatte sie gesehen, wie eines der Kinder sein kleines Händchen zum andern hinübergestreckt hatte.

Peter kam aus dem Kinderzimmer.

»Sie schlafen wohlig«, sagte er.

»Gut«, antwortete sie.

»Möchtest du etwas trinken?«

»Trinken wir zusammen eine Flasche Bier. Eine ganze schaff ich nicht«, fragte Kim.

»Können wir machen. Ich hol eins«, sagte Peter.

Er ging in die Küche. Sie hörte den Kühlschrank. Als er zurückkam, stellte er eine Flasche Bier und zwei Gläser auf den Couchtisch. Er schenkte ein. Als beide Gläser mit einer schönen Schaumkrone eingeschenkt waren, gab er ihr eines.

»Zum Wohl, mein Schatz, auf deinen Ausflug in deinen Beruf«, meinte er lächelnd.

»Prost«, sagte sie.

»Wir werden das schon gut hinkriegen, wir drei«, sagte er.

»Das glaube ich auch. Scheue dich nicht, Julia anzurufen, wenn du mich schon in Ruhe lassen willst, wie du gesagt hast. Aber auch ich bin erreichbar im Notfall«, meinte sie.

»Das weiß ich doch«, sagte er.

Sie nippte an ihrem Bierglas, dann schaute sie ihm in die Augen. Es gab wahrscheinlich nicht viele Männer, die auf diese Art auf ihr Gespräch reagiert hätten. Er hatte seine Fehler erkannt, sie hatte ihre Meinung gesagt, Verständnis und Einfühlungsvermögen gezeigt und schon war er auf einem guten Weg. Sie waren noch nicht an einem Ziel oder so, das wusste sie wohl. Vielleicht gab es auch kein Ziel, vielleicht war allein die beiderseitige Bemühung hin zu einem Ziel das eigentlich Wichtigste.

Sie freute sich jedenfalls. Zwar konnte sie sich ein Leben ohne die Zwillinge fast nicht mehr vorstellen, aber sie war sich sicher, wenn sie erst mal auf der Reichenau war, dann würde sie das genießen. Raus, Zeit haben, Kraft tanken, darum ging es jetzt.

»Was glaubst du, wie sich Christina bei ihrem ersten Fall anstellt?«, unterbrach Peter ihre guten Gedanken.

»Ich habe ihr viel beigebracht, sie hat viel von mir angenommen. Ich denke, das wird sie schon schaffen«, antwortete Kim.

»Aber gleich zwei Fälle, das ist ein schwerer Anfang, denke ich«, meinte Peter.

»Schon, aber wenn du dich erinnerst, Tettnang begann auch mit ›nur‹ einem Mord, am Ende waren drei Tote zu beklagen«, sagte Kim.

»Wie das klingt, *beklagen*, eines war ein Unfall, einer hat sich aufgehängt und den eigentlichen Mord konntest du eigentlich nicht vollständig klären«, meinte Peter.

»Jetzt aber! Der Herr Krimiautor wird so langsam kritisch. Was heißt hier *eigentlich*? Die Sache war kompliziert, das war ein bisschen wie der *Mord im Orientexpress* von Agatha Christie, mehrere Täter wahrscheinlich, die alle zum Tode des Hopfenbauern beigetragen haben. Was lässt sich da aufklären, frage ich dich!«, Kim redete sich in Rage. Sie konnte es nicht ausstehen, wenn Peter so von oben herab ihre Fälle beurteilte. In den Krimis las sich das oft so leicht: Ein Toter, drei Verdächtige, ein Zeuge, paar Beweise und schon war die Sache erledigt. In der Realität sah das meist ganz anders aus.

»Hast ja schon recht. Die Wirklichkeit sieht eben oft anders aus«, meinte Peter beschwichtigend. Er wusste genau, wie empfindlich Kim bei ihren Fällen war. Zu Recht wahrscheinlich, dachte er, denn es gab eben nicht diesen einfachen, geraden Weg zur Täterin oder zum Täter. Und der berühmte Tatzeuge war meist nicht vorhanden. Außer im Ravensburger Fall, erinnerte er sich, aber da wurde der Zeuge eben auch noch ermordet. Vorbei mit dem Tatzeugen.

»Beim Ravensburger Fall hättest du einen Zeugen gehabt, wenn du früher dran gewesen wärst«, sagte Peter.

»Früher dran? Du hast vielleicht Nerven, das war ein alter, sogenannter kalter Fall, den ich aus dem Archiv gekramt habe, da waren schon fünf Jahre seit der eigentlichen Tat vergangen!«, empörte sich Kim.

»Ist ja gut, jetzt beruhig dich mal. Klar, da konntest du nichts mehr machen«, sagte Peter beschwichtigend.

»Ich habe immerhin im Ameisenhaufen so lange gestochert, bis die Mörderin vom Sohn des ermordeten Zeugen gestellt wurde«, meinte Kim.

»Stimmt, und die fiel dann die Treppe im Mehlsack hinunter und erstach sich mit ihrer eigenen Mordwaffe«, sagte Peter lächelnd.

»Immerhin wurde sie sozusagen ihrer gerechten Strafe zugeführt«, meinte Kim.

»Wollen wir hoffen, dass die Reichenau einen, beziehungsweise zwei gute Fälle bietet«, meinte Peter.

»Das hoffe ich auch«, sagte Kim.

In meinem nächsten Leben werde ich Gerichtsmediziner«, sagte Frieder Füger zur Begrüßung, als er am frühen Abend im *Hasen* eintraf.

Christina Hahn hatte sich schon eine Portion Kaffee kommen lassen. Sie saß an dem Ecktisch, den sie auch am Morgen belegt hatten. Das war jetzt sozusagen die Einsatzzentrale. Das schien ihr praktischer als in dem eher bescheidenen Polizeiposten. Streich war zwar ein bisschen einge-schnappt gewesen, als sie ihn hierher zitierte, aber sie war schließlich diejenige, die hier Anweisungen gab.

»Wieso?«, fragte Christina, nachdem sie sich begrüßt hat-ten.

»Na, so wie dieser Doktor Herrlich lässt es sich wohnen. Ein Häuschen wie aus dem Bilderbuch, zwar nicht direkt am See, das gibt es hier ziemlich wenige, aber doch mit herrli-chem Blick auf den See und kaum fünfzig Meter zum Was-ser. Wahnsinn!«, Frieder war ganz begeistert.

»So, so, der Heiko, Haus am See«, sagte Christina leise vor sich hin.

»Wie bitte?«, fragte Frieder nach, der seine Chefin nicht verstanden hatte.

»Ach nichts. Ich denke nur laut. Aber von seinem Gehalt als Gerichtsmediziner lässt sich das nicht finanzieren, glaub mir«, sagte Christina.

»Klar. Er hat es auch geerbt und dann renoviert«, erklärte Frieder.

»Aha. Dann ist das ein anderer Fall. Jetzt zu unserem Fall, beziehungsweise zu unseren Fällen«, begann Christina mit dem Dienstlichen, »was hat Doktor Herrlich herausge-funden? Moment, warte mal, da kommt auch unser Polizei-meister.«

Streich steuerte zielsicher den »Einsatztisch« an. Er be-stellte sich ein Bier und setzte sich zu den beiden Kriminal-beamten. Christina wiederholte ihre Frage, Frieder berich-tete.

»Es ist etwas kompliziert. Zwar gibt es einen deutlichen Einstich eines Zinkens der Mistgabel, aber der allein wäre nicht tödlich gewesen. Allerdings ging er so nahe ans Herz des alten Mannes, dass dieser einen Herzinfarkt erlitt. Das kann in einer solchen Stresssituation anscheinend passieren. Vielleicht, aber das müssen genauere Untersuchungen ergeben, traf der Zinken genau auf einen Nerv, was dann den Infarkt auslöste und damit zum Tode führte. Wir sollen in der Familie nachfragen, inwieweit eine gewisse Disposition, so hat er gesagt, in der Familie bestünde, dass zwar nicht eine Herzschwäche, aber eine Häufigkeit von Infarkten vorgekommen sei. Das gäbe es bei Menschen, die nichts anderes als Arbeit kennen, hat Doktor Herrlich gemeint«, erzählte Frieder Füger.

»Wir können also Fremdeinwirkung noch nicht ausschließen«, fasste Christina Hahn zusammen.

»Genau.«

»Wieso denn?«, fragte nun Streich dazwischen.

»Wissen Sie denn mehr? Sie haben doch mit der Spurensicherung gesprochen«, wandte sich Christina an den Beamten.

»Freilich hanne, zahlreiche Fingerabdrück auf der Mischtgabel au vom Opfer. Mir brauchet Fingerabdrück von der ganze Familie, damit mer die ausschließe ka«, meinte der Polizist.

»Das machen Sie gleich morgen früh. Übrigens kommt morgen gegen zehn meine frühere Chefin Hauptkommissarin Kim Lorenz, die ist zwar noch im Urlaub, möchte uns aber gern ein wenig helfen. Sie wird uns also bei den Ermittlungen unterstützen. Frieder, ich glaube, du kennst sie?«, fragte die Kommissarin den Kollegen.

»Die mit den Zwillingen, aber ich hatte noch nicht das Vergnügen«, meinte Frieder.

»Gut, also, deswegen morgen früh Besprechung erst gegen zehn, wenn meine Kollegin hier ist, damit wir alle auf demselben Stand sind. Wir besprechen dann, wie es morgen weitergeht. Ich fasse jetzt mal zusammen: Erster Toter Erik Wiegand, Kopfwunde von einem Schlag, aber ertrunken. Frage: Suche nach weiteren Zeugen. Streich, wie sieht es da bisher aus? Ich war heute Nachmittag noch mal am Tatort und bin ein wenig herumgeschlendert. Es hat sich das eine oder andere Gespräch ergeben, aber anscheinend ist an dieser Stelle so früh morgens wenig los. Herr Streich, was ist eigentlich mit der Bootsspur am Ufer?«, wandte sich Christina an den Ortspolizisten.

»Schwierig, solche Boot gibt's einige auf dr' Insel. So einfach isch des net«, meinte Streich.

»Die Bermaiers haben doch auch ein Boot, oder?«, fragte die Kommissarin.

»Scho«, sagte Streich.

»Dann überprüfen Sie doch mal das Boot der Bermaiers und vergleichen den Abdruck mit dem Kiel, das ist zwar jetzt wirklich ein Schuss ins Blaue, aber schaden kann es ja nicht«, sagte Christina Hahn.

»Stimmt«, bestätigte Frieder Füger, »womöglich gibt es einen Zusammenhang zwischen den beiden Toten. Guter Gedanke!«

»Danke, danke, jetzt nur keine Vorschusslorbeeren«, meinte die Kommissarin, »aber wenn dem so wäre, dann müssen wir klären, was der Bermaier mit dem Wiegand zu tun hatte.«

»Stimmt«, sagte Frieder, »ich werde mal bei Bermaiers und der Witwe Wiegand nachfragen.«

»Gut. Das verfolgen wir auf alle Fälle, auch wenn sich wahrscheinlich mit dem Bootsabdruck noch nichts beweisen lässt«, meinte die Kommissarin.

»Also, dann schau ich mir des Boot amol an«, sagte Streich.

»Am besten holen Sie sich einen der Spurensicherer, die sind ja noch auf der Insel, wie wir wissen. Der soll einen Abdruck machen, den wir dann vergleichen können«, sagte Christina.

»Gut, wird gemacht«, fast wollte Streich salutieren. Endlich kam mal Bewegung in die Ermittlungen. Das Herumgefrage hatte den Mann ziemlich genervt. Seine Reichenauer waren es nicht gewohnt, so von ihm ausgefragt zu werden. Jeder und jedem musste er immer wieder erklären, dass jede Kleinigkeit von Bedeutung sein konnte. Das hatte ihm die Kommissarin eingeschärft. Also hatte er wirklich nicht locker gelassen, mit dem Ergebnis, dass die meisten der Befragten nun nicht mehr so gut auf ihn zu sprechen waren. Aber, das war ihm egal, er war stolz, bei einer solchen Ermittlung dabei sein zu können, das war doch der Höhepunkt seiner Laufbahn, dessen war er sich wohl bewusst.

»Ich denke, damit sind für heute alle auf dem neuesten Stand. Die Obduktionsberichte werde ich wohl einen heute noch, den von Bermaier dann morgen bekommen. Ich lasse meine E-Mails weiterleiten, habe mein Laptop dabei. Vielleicht wissen wir bei unserer Besprechung morgen um zehn schon mehr. Ich treffe mich heute Abend mit der örtlichen Journalistin…«

»Mit dr' Miriam Herzer?«, unterbrach sie Streich.

»…genau mit der. Ich will von ihr mal ein bisschen hören, wie hier auf der Reichenau die Uhren ticken. Frieder, es wäre mir recht, wenn ich das allein machen könnte«, wandte sich die Kommissarin an ihren Kollegen.

»Dann ganget mir mitnander a Bier trenka, ha?«, sagte Streich und stieß dem Kollegen den Ellenbogen in die Seite.

Frieder war zwar nicht sehr scharf drauf. Andererseits konnte der Streich sicher die eine oder andere Story erzählen. Es war ein langer Tag gewesen. So ein Bierchen zum Abschluss konnte nicht schaden. Allzu lange würde dieser Abend sowieso nicht für ihn werden.

»Ich habe mich mit Frau Herzer hier zum Abendessen verabredet. Sie wird in einer Stunde kommen. Ich möchte mich noch frisch machen und meine Mails checken. Also dann, bis morgen früh«, verabschiedete sich die Kommissarin.

»Also, ich heiß Martin«, wandte sich Streich an seinen Kollegen.

»Frieder«, sagte Frieder Füger.

»Am beschta, ich hol dich um siebene ab, oder?«

»Gut, ich steh' um sieben draußen. Wo gehen wir denn hin?«

»Magsch du Fisch?«

»Ja.«

»Dann woiß ich was, wo mir nakönntet. Ich reservier uns gleich en Tisch. Also bis um siebene no«, sagte Streich und machte sich auf den Weg nach draußen.

»Bis dann«, sagte Frieder Füger.

Er schaute dem Polizeimeister nach, der seelenruhig auf den Ausgang zutrottete. Irgendwie herrschte neben aller Geschäftigkeit und Arbeit doch eine gewisse Ruhe als Grundeinstellung des Insellebens. Ob das wohl das viele Wasser rund um die Insel ist, fragte sich der Kommissar. Er schaute auf seine Uhr. Viel Zeit blieb ihm nicht bis sieben.

Er hatte es gerade so noch geschafft. Ein Rätsel, wie der Polizeimeister nach so kurzer Zeit pünktlich wieder vor der Tür stehen konnte. Frieder Füger stieg ein.

»Heit kenntet mer eigentlich au per Du weitermache, was meinsch?«, fragte der Polizeimeister.

»Von mir aus gerne. No kann ich jo au a bissle so schwätze, wie mr d'r Schnabel gwachse isch«, meinte der junge Kommissar.

Martin Streich schaute ihn überrascht an. Er hatte gedacht, dieser junge Kommissar war sicherlich aus irgendeiner Großstadt im Norden an den Bodensee nach Konstanz versetzt worden. Er hatte aber auch keine Spur von Dialekt in seinem Hochdeutsch.

»Wo bisch denn her?«, fragte Martin Streich.

»Von Stockach gebürtig, aber mei Mutter war aus Hamburg. I ben sozusage zweisprachig aufgwachse«, erklärte Frieder, »zu Hause Hochdeutsch, draußen Schwäbisch oder Badensisch eben.«

»Des liegt an d'r Grenze von de Dialekt. Aber so gnau nemmet mir des eh nemme. Au wenn oiner von dr ›Alb ra‹ kommt, verschtandet mir den gut ond der verschtoht uns gut. Bloß dr Hannoveraner, der verschtoht halt gar nex«, sagte Martin Streich lachend.

»Wo fahret mer hin?«, fragte Frieder.

»Zum *Riebels*, des isch eine unserer beschten Fischgaststätten. Do gibt es alles, was der See hergibt. Du magsch doch Fisch, gell?«, fragte Streich noch mal nach.

»Hab e doch gsagt«, bestätigte Frieder.

Es war irgendwie kein schöner Abend. Jurek konnte an nichts anderes mehr denken als an den Tod des alten Gemüsebauern. Was sollte er machen, fragte er sich. Leonie versuchte ihn hinzuhalten. Aber die Situation im Bootshaus war nun auch nicht gerade gemütlich. Zwar gab es einen kleinen abgetrennten Raum, in dem allerlei Bootszubehör gelagert wurde, aber hier einige Tage zu verbringen, das schien Jurek doch eine Zumutung, die er gerne vermieden hätte. Vor allem, was sollte das alles bringen? Er konnte sich vor der Polizei nicht verstecken, das war Fakt.

Warum Leonie ihn hier einquartiert hatte, war ihm, ehrlich gesagt, schleierhaft. Irgendwie war sie plötzlich in eine Rolle hineingerutscht, die sie anders denken ließ, als dies ihm hier angebracht schien. Sie wollte einfach Zeit schinden, um diesen, ihren Fall, auszukosten. Sie führte sich auf, als ob all dies geschehen war, damit sie endlich ihre kriminalistischen Fähigkeiten beweisen konnte.

Was es hier zu beweisen gab, fragte sich Jurek. Auch er hatte von diesem toten jungen Mann gehört, der am gestrigen Tag am See gefunden worden war. Offensichtlich wollte Leonie nun einen Zusammenhang zwischen der Szene im alten Gewächshaus und dem Tod des jungen Mannes herstellen.

»Da gibt es bestimmt einen Zusammenhang. Gut, du hast nicht alles genau verstanden. Aber es ging doch um einen Vorgang am See, oder?«, fragte Leonie nach.

»Ja, schon. Aber, wie ich schon gesagt hab', genau gehört habe ich das nicht«, meinte Jurek.

»Aber was soll es denn sonst sein? Es kann doch nur um diesen Toten am See gegangen sein. Überleg doch mal, offensichtlich wollte der Bermaier den anderen Mann doch erpressen. Das hast du doch verstanden, oder?«, fragte Leonie nach.

»Schon, aber ich weiß nicht mehr so genau, was ich gehört habe. Das Ganze danach mit dem Gemüsebauern hat mich so durcheinandergebracht, dass ich so langsam nicht mehr weiß, was ich gehört habe und was nicht«, sagte Jurek mit leiser Stimme.

»Aber das mit der Erpressung hast du doch verstanden, oder nicht?«

»Schon, aber ich habe den Teil mit der Begründung verpasst. Ich konnte dort schlecht stehen, es war rutschig. An dieser Stelle ist ja auch der Bermaier hingefallen. Von dem Toten habe ich nichts gehört. Aber ich muss zugeben, es ist vielleicht wahrscheinlich, dass es darum ging«, erklärte Jurek.

Sie hatte ihm ein paar Scheiben Brot, etwas Käse und Wurst gebracht. Mit einem warmen Abendessen nach so einem Tag nicht zu vergleichen, dachte Jurek. Dieses Verstecken hatte auch seinen Preis, musste er feststellen. Von den sanitären Möglichkeiten ganz zu schweigen. Lange würde er es hier nicht aushalten, das war sicher.

»Ich melde mich bei der Polizei«, sagte er mit Überzeugung in der Stimme.

»Ich weiß nicht, ob das richtig ist«, meinte Leonie.

»Was soll ich denn sonst tun? Hier bei Brot, Wurst und Käse meine Tage verbringen? Spätestens am Montag ist die Sache sowieso vorbei. Ich kann in der Schule nicht fehlen. Das fällt auf«, sagte Jurek, »und hier ist es verdammt langweilig!«

Leonie nickte verständnisvoll. Natürlich war es hier langweilig. Was sollte der Jurek auch tun? Hier dem vor sich hindümpelnden Boot zuschauen? Das konnte keinen Tag hier unten im Bootshaus ausfüllen.

»Verstehe ich schon. Soll ich dir vielleicht meinen DVD-Player bringen, oder mein Notebook?«, fragte sie.

»Damit ich den Tag mit *Friends* oder *How I Met Your Mother* verbringe? Ich könnte mir auch per Netflix auch ein paar Krimis reinziehen«, sagte Jurek.

»Immerhin geht die Zeit rum«, meinte Leonie.

»Das ist aber auch alles. Was soll das mit der Zeit? Noch mal, Leonie, was soll in zwei Tagen anders sein als jetzt? Sie werden ohne mich womöglich nicht weiterkommen bei den Ermittlungen. Ich muss der Polizei wenigstens das sagen, was ich weiß. Und ich muss ihnen erzählen, wie das genau mit dem Bermaier war. Was soll es bringen, wenn ich jetzt noch warte?«, sagte er und sah Leonie fragend an.

Sie überlegte. Vielleicht hatte Jurek doch recht. Sie hatte gedacht, dass es für ihn leichter würde, seine Unschuld am Tod des Gemüsegärtners zu beweisen, wenn der Fall schon besser untersucht worden war. Andererseits wussten sie natürlich nicht, wie die Kriminalpolizei vorankam. Sie hatte sich den Kopf zerbrochen, wie sie irgendwie in die Nähe dieser Kommissarin kommen könnte. Das war aber nicht so einfach. Sie hatte nur erfahren, dass die sich mit ihrem Kollegen im *Hasen* einquartiert hatte. Mehr aber auch nicht.

»Vielleicht hast du doch recht«, sagte sie, »aber lass mich morgen früh noch einen Versuch machen, mehr herauszufinden. Ich werde mal im *Hasen* vorbeischauen. Vielleicht kann ich was aufschnappen.«

Jurek stimmte dem zu. Das machte zumindest ein wenig Sinn. Leonie versprach, ihm noch ein paar Bücher und eine Lampe zu besorgen. So konnte er wenigstens den Abend noch gut unterhalten hinter sich bringen.

Sie war pünktlich. Vielleicht war das bei Journalisten wichtig. Sie musste zugeben, dass sie selbst es schätzte oder wenigstens ernst nahm, ob jemand pünktlich war oder nicht. Christina begrüßte die Reporterin.

»Schön, dass es geklappt hat.«

»Danke, dass Sie sich Zeit für mich nehmen«, sagte Miriam Herzer.

»Da brauchen Sie sich nicht bedanken. Ein wenig Eigennutz ist schon dabei«, meinte Christina, »Sie sind schließlich jemand, die Bescheid weiß, was auf der Insel wie läuft. Das ist manchmal bei solchen Fällen verdammt wichtig.«

Miriam setzte sich der Kommissarin gegenüber. Christina schob ihr die Speisekarte zu.

»Darf ich Sie einladen?«

»Gerne. Das Essen hier ist nicht die Haute Cousine, aber gutbürgerlich und fein zubereitet, kann ich sagen. Ich mag dieses bodenständige Kochen mit ein wenig Fantasie«, sagte Miriam.

»Das schmeckt mir auch. Nur nicht zu überkandidelt. Das geht meist in Richtung kleine Portionen.«

»Genau. Und ich habe festgestellt, dass, je mehr es einem schmeckt, desto weniger schlägt es an«, sagte Miriam.

Christina lachte. Eine Frau ganz nach ihrem Gusto. Sie musste zugeben, dass sie das genau so sah. Auch sie hatte, wie diese Miriam, keine Probleme mit ihrer Figur. Es schmeckte ihr und es schmeckte ihr meist gut. Vielleicht war es das gute Gewissen beim Essen, das weniger Pfunde auf den Hüften enden ließ. Sie hatte zwar noch keine medizinische Begründung dafür gelesen, konnte sich aber gut vorstellen, dass da was dran war.

»Da haben Sie sicher recht«, meinte Christina, »ich glaube, es hat mit dem guten Gewissen beim Essen zu tun, und damit, dass frau es sich auch richtig schmecken lassen kann.«

»Genau. Ein gutes Gewissen. Dann wollen wir mal sehen«, sagte Miriam und schlug die Speisekarte auf.

»Die Spätzle hier sind besonders empfehlenswert«, sagte sie über die Karte hinweg zur Kommissarin hinüber.

»Spätzle sind doch Spätzle, oder? Freilich, da gibt es Knöpfle, handgeschabte Spätzle und welche aus der Presse, aber alles in allem?«

»Es kommt auf den Teig an, die Konsistenz. Spätzle sind eben nicht gleich Spätzle. Zu einer feinen Rahmsoße gibt es hier eher die weichen, handgeschabten Spätzle. Wenn Sie einen Gaisburger Marsch bestellen, dann gibt es darin die etwas festeren Knöpfle. So ist das«, erklärte Miriam Herzer.

Christina schaute sie bewundernd an. Sie hatte hinter diesen einfachen Spätzle keine Philosophie vermutet. Aber die Frau hatte recht. Es machte schon Sinn, die Spätzle je nach dem Hauptgericht zu variieren. Das musste sie unbedingt ausprobieren, wenn sie wieder zu Hause war.

Sie bestellten auch prompt zwei verschiedene Spätzlevarianten. Miriam Herzer die Kässpätzle mit Salat und Christina ein Rahmgeschnetzeltes mit Rahmsoße und Spätzle.

»Jetzt wird es interessant, welche Spätzle wir serviert bekommen«, meinte Miriam Herzer.

»Das stimmt«, sagte Christina, »aber jetzt erzählen Sie mir mal was über die Reichenau, oder sollen wir per Du machen, wir sind schließlich fast gleich alt, glaube ich.«

»Sehr gerne. Ich bin die Miriam«, sagte die Reporterin. Vielleicht könnte diese Vertrautheit dazu führen, dass die Kommissarin ein wenig freizügiger mit ihren Informationen umgehen würde. Aber allzu viel erhoffte sie sich da nicht.

»Wie können auf dieser ruhigen Gemüse- und Salatinsel zwei Todesfälle innerhalb von zwei Tagen passieren?«, fragte Christina.

»Da fragst du mich was«, antwortete Miriam, »ich kann es selbst kaum glauben. Hier passiert sonst eigentlich nicht viel, für mich gibt es wenig zu berichten. In der Regel beschränkt sich das auf die regelmäßigen Feste, vielleicht mal ein Konzert oder eine Theateraufführung. Damit hat sich das aber auch.«

»Hast du irgendeine Ahnung, was hinter diesen Todesfällen stecken könnte? Gibt es Konflikte hier auf der Insel?«, fragte Christina.

Miriam schaute nachdenklich an die Decke. Was sollte sie der Kommissarin sagen? Konflikte, vielleicht, aber doch eher versteckte, unterschwellige Meinungsverschiedenheiten. Auf dieser kleinen Insel lebte man in der Regel friedlich zusammen. Man war schließlich aufeinander angewiesen.

»Konflikte«, begann sie mit der Antwort, »Konflikte gibt es vielleicht schon. Aber die sind meist klein und eher unbedeutend. Da geht es um Anbaumethoden und vielleicht die Politik in Sachen neuer Wohngebiete. Da gibt es schon unterschiedliche Meinungen, aber deswegen jemanden womöglich umzubringen, das ist eigentlich undenkbar. Ich denke, du solltest bei deinen Ermittlungen die Hintergründe der beiden Toten beleuchten. Ich habe zum Beispiel mal was gehört, dass dieser Wiegand so seine Probleme in der Ehe hatte. Da soll es manchmal ziemlich laut zugegangen sein.

Du könntest den Glaubscher Rudolf mal fragen, ein Nachbar der Wiegands. Ich glaube, der hat da mal was drüber erzählt. Beim Bermaier fällt mir nichts ein. Gut, es ist eine große Familie, zwei Söhne wohnen noch im Haus, einer in Miete in Mittelzell. Es leben also drei Familien und die beiden Senioren von dem Hof. Es wird schon drüber geredet, wie das gehen soll. Aber das ist auch alles. Also von wegen Motiv eher Fehlanzeige.«

Christina überlegte. Sie wusste noch nicht einmal genau, ob sie zwei Mörderinnen oder Mörder suchte. Sie würden morgen früh noch einmal miteinander die Berichte durchgehen. Vielleicht war Doktor Herrlich in Sachen Bermaier weitergekommen. Dieser Sache mit der Ehe von Wiegand würde sie morgen mit Kim nachgehen. Sie hatte bisher nur kurz mit der Witwe reden können. Die Frau war völlig am Boden gewesen, daher hatte sie die Befragung um zwei Tage verschoben. Wenn sie ehrlich war, wollte sie damit warten, bis Kim da war. Die hatte in diesen Dingen ein viel besseres Gespür als sie und natürlich auch die entsprechende Erfahrung.

»Das ist doch schon mal was«, sagte die Kommissarin, »genau solche Geschichten und Hintergründe brauchen wir. Was ist denn dieser Glaubscher für ein Typ?«

»Ein alter Mann, seine Frau ist vor einigen Jahren gestorben. Er hat lange Jahre die Poststelle in Mittelzell geleitet. Man sieht ihn oft mit seinem Dackel über die Insel spazieren. Den triffst du sicher zu Hause an, wenn du mit ihm sprechen willst«, meinte Miriam.

»Das werde ich bestimmt machen«, sagte Christina, »das könnte doch immerhin ein Hintergrund sein. Ich werde mit Kim drüber sprechen.«

»Kim?«, fragte Miriam.

»Ach so, meine Chefin, die kommt morgen. Sie hat sich eigentlich beurlauben lassen. Hat Zwillinge bekommen im Dezember. Die will mal ein wenig raus«, erklärte Christina.

»Mordluft schnuppern?«, fragte Miriam mit einem kurzen Lachen.

»So ähnlich.«

»Mit der würde ich gerne mal sprechen. Die hat doch bestimmt einiges zu erzählen. Meinst du, sie spricht mit mir?«, fragte Miriam.

»Über frühere Fälle redet sie bestimmt mit dir. Soweit ich weiß, sind die alle mehr oder weniger am Bodensee oder im Hinterland passiert. Am bekanntesten wurde, glaube ich, der Tettnanger Fall.«

»Vor ein paar Jahren? Der tote Hopfenbauer im Hopfen?«, fragte Miriam, »gibt es da nicht auch einen Krimi?«

»Doch, genau, den hat der Freund von Kim, Peter Lang, geschrieben«, erzählte Christina.

»Das kam doch auch im Fernsehen! Bei dieser Krimiserie *Die Toten vom Bodensee*, das habe ich mir angeschaut. War nur schlecht. Ein furchtbarer Plot und Schauspieler, die sich nur schwertun«, meinte Miriam.

»Stimmt. Ich habe mir das auch angeschaut. Peter hat sogar überlegt, den Drehbuchautor zu verklagen. Aber der hat alles so rumgedreht, dass wohl nichts zu machen war«, sagte Christina.

Sie wurden von der Bedienung unterbrochen, die das Essen brachte. Sie ließen sich ihre Spätzlevarianten schmecken. Christina versprach Miriam, ihr am morgigen Nachmittag ein Treffen mit Kim Lorenz auszumachen.

Der Ecktisch lag zwar etwas abseits in dem Gasthof, aber inzwischen ernteten sie neugierige Blicke vom Stammtisch herüber. Heute Abend wollte Christina dort nicht mehr dazusitzen. Vielleicht morgen, dachte sie bei sich. Sie würde Kim überreden, sich mit ihr zu den Einheimischen zu setzen. Plötzlich stand einer dieser Einheimischen an ihrem Tisch.

»Maier, Theo«, stellte er sich vor, »send Sie scho weiter?«

Christina und Miriam schauten sich verwundert an.

»Wie weiter? Mit was?«, fragte die Kommissarin.

»Ha, mit denne Tote! Des gibt es doch nicht! Zwoi Tote auf d'r Reichenau, unglaublich«, meinte der Mann.

»Da haben Sie zwar recht, aber so schnell geht das eben auch nicht«, sagte Christina, »wir ermitteln. Zu gegebener Zeit werden wir der Öffentlichkeit unsere Ergebnisse mitteilen.«

»Aha. Mir hend ons halt gfrogt, wie lang des wohl dauert«, sagte Theo Maier.

»Das kann schon noch ein paar Tage dauern«, erklärte Christina, »so einfach sind die Fälle nicht. Wir warten noch auf die Ergebnisse der Gerichtsmedizin.«

»Aha. Gut. Dann wartet mer halt no«, meinte Herr Maier.

»Das machen Sie mal. Schönen Abend noch«, verabschiedete die Kommissarin den neugierigen Einheimischen.

Herr Maier setzte sich wieder an den Stammtisch und erzählte seinen Stammtischleuten natürlich gleich brühwarm, was er von der Kommissarin erfahren hatte. Allgemeines Gemurmel war das Ergebnis. Jetzt wurde spekuliert und vermutet, dachte Christina. Lauter Hobbykommissare, die alles besser wussten als sie.

»Passiert sowas oft?«, fragte Miriam Herzer.

»Kommt schon mal vor. Die Leute sind halt neugierig«, antwortete Christina.

»Oder betroffen«, meinte Miriam.

»Das auch«, sagte Christina, »aber oft ist es gar nicht schlecht, dem Volk ein wenig aufs Maul zu schauen. Das werde ich morgen mit meiner Kollegin Lorenz machen, heute nicht.«

»Wieso erst morgen?«

»Weil Kim das besser kann als ich, deshalb«, antwortete Christina.

Er war dann doch noch ins Dorf gegangen. Irgendwie wollte er wissen, was geschwätzt wurde. Niemand wusste ja, dass er das alles zu verantworten hatte. Den Tod dieses Wiegand auf jeden Fall, mit der Bermaier-Sache hatte er nichts zu tun, aber das wusste auch niemand. Wenn ihn dort jemand gesehen hatte, dann könnte das auch an ihm hängen bleiben. Also, hatte er gedacht, wenn ihm dann schon Gefängnis drohte, dann konnte er sich auch noch was gönnen.

Er war in die Metzgerei gegangen, Waldi dabei, natürlich. Der kriegte immer einen Wurstzipfel. Er würde sich Kutteln kaufen. Die machte er sich gerne nach dem Rezept seiner Frau. Viel zu hören gab es dann nicht. Natürlich fragten sich alle, was mit diesem Wiegand passiert war und wer den wohl um die Ecke bringen wollte. Beim Bermaier wussten sie gar nichts. Er hatte sogar nachgefragt, weil er es wissen wollte.

»Der Bermaier?«, hatte der Metzger gefragt, »koi Ahnung, wer dem nochem Leba trachtet hot. Des war doch einer von uns, der war doch sogar Gemeinderat!«

»Schtimmt«, hatte er gesagt, »einer von uns. Wer des wohl war?«, hatte er gesagt.

»Wenn de mi frogsch, dann war des ein Auswärtiger, vielleicht Eifersucht«, meinte der Metzger.

»Eifersucht, Franz, du gucksch zviel Film! Was wird denn der Bermaier mit Eifersucht zom doa han?«, hatte er gefragt.

»Do hosch au wieder recht«, meinte der Metzger. Damit war für ihn das Gespräch erledigt.

So ging das. Keiner hatte eine Ahnung, aber jeder spekulierte nach seinen Fähigkeiten rum. Eifersucht! Beim Bermaier! Alles, aber das doch nicht, dachte er bei sich. Wenn er ehrlich war, dann konnte er richtig gespannt sein, wie die Kriminalpolizei in diesem Fall ermitteln würde. Die hatten so wenig Anhaltspunkte, dass er sich kaum vorstellen konnte, wie die ihm auf die Schliche kommen wollten. Er hatte seine Kutteln gekauft, den Waldi nach seinem Wurstzipfelgenuss geschnappt und war nach Hause gegangen.

Das kochte er immer gerne. Einmal die Woche gab es das meistens. Kutteln waren nicht so beliebt, das wusste er wohl. Aber er mochte dieses magere Magenfleisch. So, wie es seine Frau gemacht hatte und wie er es auch zubereitete, war das auch ein recht gesundes Essen. Er schwitzte eine klein geschnittene Zwiebel an, gab eine ebenfalls klein geschnittene Karotte dazu und ließ das eine Weile brutzeln. Dann kam ein wenig Mehl dazu. Nach einer Weile löschte er mit einem Schuss Rotwein ab. Auch jetzt musste das ein wenig köcheln. Nebenher hatte er sich ein paar Kartoffeln geschält und in Scheiben geschnitten. Kutteln gingen nur mit Bratkartoffeln, da ging nichts anderes. Die waren dann schön braun, als er die Kutteln abgeschmeckt hatte. Er gab gerne noch einen Schuss Worcestersoße dazu, das rundete den Geschmack ab.

Wenn nur auch etwas sein Leben abrunden würde, dachte er dann beim Essen, das wäre schön. Die großen Erfüllungen hatte es für ihn nicht gegeben. Das mit Kindern hatte nicht geklappt. Sie hatten sich beide nicht getraut, rauszufinden, an wem es lag. Ein unerfüllter Wunsch, Traum. Das war dann halt so gewesen.

Familie gab es nicht viel. Er wusste gar nicht, wer ihn denn einmal beerben würde. Warum hatte er sich bei dem Acker so angestellt, fragte er sich. Es gab doch wirklich niemanden, den oder die er kannte, die von diesem Acker mal profitieren könnten. Wenn er einfach ja gesagt hätte, würde der Bermaier noch leben. Da war er sich sicher. Aber er hatte nicht ja gesagt. Das war es.

Die Mutter hatte sie herbestellt. Die Mutter, das war neu. Sonst hatte immer der Vater am Ende des Arbeitstages gesagt: »Heut müsset mer no was schwätze, no kommet nochem Veschper!« Das war dann ein Befehl gewesen. Sie hatten gewusst, das war wichtig, dem Vater wichtig, damit auch für sie. Aber die Mutter. Was hatte sie denn zu besprechen, fragten sich alle drei Brüder.

Alfred war der Erste, wie immer. Er umarmte seine Mutter und setzte sich. Karlheinz und Michael kamen nur ein paar Minuten später. Da hatte Alfred schon ein Glas Wein vor sich stehen. Er prostete ihnen zu.

»Jetzt sind wir aber gschpannt, was mir zum Besprechen hend«, sagte er.

»Sei schtill, Alfred. Des isch ernscht«, meinte die Mutter nur.

Die beiden Brüder setzten sich dazu. Die Mutter schenkte auch ihnen ein Glas Wein ein. Dann nahm auch sie Platz auf der Eckbank.

»Es isch net so einfach«, begann sie, »dr' Vatter hot do was gmacht. Des war vielleicht et richtig. Es kennt sei, deshalb isch er dot.«

»Wie: gmacht?«, fragte Michael.

»Was genau?«, sagte Alfred.

»Er hot was gseah. Des mit dem Wiegand«, sagte die Mutter.

»Den Täter?«, fragte Karlheinz.

»So ähnlich«, meinte die Mutter.

»Wie: so ähnlich?«, fragte Michael nach.

»Er war's halt eigentlich net«, sagte die Mutter.

»Wer war's net?«, fragte Alfred.

»Des will ich net sage«, sagte die Mutter.

»Warum willsch des nicht sage?«, fragte Michael.

»Weil ich net weiß, ob des richtig ischt«, sagte die Mutter.

»Wie: richtig?«, fragte Alfred.

»Weil er's net war, deshalb«, sagte die Mutter.

»Aber, wenn er's net war, dann kannschs doch sage«, meinte Karlheinz.

»I weiß au net. Vielleicht...«, sagte die Mutter kleinlaut.

»Also, komm, Mutter, sag's doch«, ermunterte sie Michael.

»Vielleicht isch's besser«, sagte Alfred.

»Wer weiß«, sagte die Mutter.

»Ich fend, des solltescht uns sage«, ermunterte sie Karlheinz.

»Des isch halt et so leicht«, begann die Mutter, »also, so, wie des euer Vatter verzehlt hat, hat er da Glaubscher gsehe, der dem Wiegand mit seim Stock auf da Kopf ghaue hot!«

Sie sagte das schnell und laut. Wartete, wie ihre Söhne reagieren würden. Sie wusste nicht so recht, was genau sie ihnen erzählen sollte. Aber es war ihr auch klar, dass sie nicht verschweigen würde, was Lothar ihr auch gesagt hatte. Nämlich, dass er im Grunde genommen den Tod des jungen Mannes in Kauf genommen hatte, damit er den Glaubscher erpressen konnte.

»D'r Glaubscher? Unglaublich«, sagte Michael.

»Wer denkt denn sowas?«, fragte Alfred.

»Des kann doch net sei«, sagte Karlheinz.

»Doch, deshalb war der doch heut morga do«, sagte die Mutter, »der wollt ons den Acker verkaufe!«

»Sein Acker, die Wies?«, fragte Michael.

»Die, wo mir scho lang wellet?«, fragte auch Alfred.

»Genau die«, antwortete die Mutter, »euer Vatter hot da Glaubscher erpresst, hot gsagt, er hett ihn gseah ond dass er zur Polizei geht.«

Drei entsetzte Gesichter sahen Frau Bermaier an. Die Söhne wollten nicht glauben, was ihr Vater vorgehabt hatte.

»Aber er hat ihn doch gsehn, oder?«, fragte Alfred.

»Genau«, meinte Michael.

»Aber er hat ihn erpresst«, sagte die Mutter.

»Dann hett er gschwiege«, sagte Alfred.

»Trotzdem isch des Erpressung«, sagte die Mutter, »außerdem hat der Mann noch glebt!«

»Was?«, fragte Alfred aufgeregt.

»Gelebt?«, fragte Michael.

»So hot euer Vatter gsagt. Der junge Mann sei nonet dot gewesen«, sagte die Mutter.

»Du willsch sage, d'r Vatter hot den sterbe lasse?«, fragte Alfred nach.

Die drei Brüder schauten sich mit zweifelnden Blicken an. Konnten sie das ihrem Vater zutrauen? War er tatsächlich so weit gegangen, um an den Acker des alten Mannes zu kommen? Fast konnten sie es nicht glauben. Ihr Vater war zwar kein einfacher Mensch gewesen, das wussten sie wohl, aber er war doch immer gradlinig und ehrlich mit ihnen und auch mit ihren Geschäftspartnern umgegangen. Daher überraschte es die Brüder, dass er, im Grunde genommen für sie, diesen Schritt getan hatte. Er hatte also den alten Mann so unter Druck gesetzt, dass dieser heute Morgen den Acker verkaufen wollte.

Sie sahen die Mutter an.

»So hat er mir's verzehlt. Der junge Mann hot noch glebt. Deshalb war er sich auch erscht net sicher, ob er den Rudolf erpresse kann«, erklärte die Mutter.

»Aber, der hett dem doch helfe müsse«, sagte Alfred aufgebracht.

»Genau«, bestätigte Michael.

»No isch er oifach drvon gfahre mitem Boot?«, fragte Karlheinz.

»So hat er's erzehlt«, bestätigte die Mutter.

»Ond was machet mir jetzt?«, fragte Alfred in die Runde.

»Vor allem, wer hot den Vatter aufem Gwissa?«, setzte Michael nach.

Es folgte eine seltsame Stille. Alle am Tisch schienen darüber nachzudenken, was wohl am gestrigen Abend im alten Gewächshaus passiert war. Dem alten Mann trauten sie es alle nicht zu, auf ihren Vater mit der Mistgabel losgegangen zu sein.

»D'r Glaubscher war's auf jeden Fall net«, sagte die Mutter mit einem überzeugenden Ton in der Stimme.

»Schtemmt«, meinte Alfred, »sonst wär der net heut Vormittag hier auftaucht. Der hot au von nichts gwusst!«

»Genau«, stimmten ihm seine Brüder zu.

»Aber wer könnt geschtern Obend au en dem Gwächshaus gewese sei?«, fragte Alfred, »hoisch du da Jurek erreicht?«

Michael schüttelte verneinend den Kopf.

»I weiß net, wo der sich rumtreibt. Er isch sonscht doch immer so zuverlässig«, meinte er.

»Der isch doch scho a paar Mal hierbliebe auf d'r Insel. Bei wem hot er denn da übernachtet?«, fragte Karlheinz.

»Keine Ahnung«, antwortete Michael.

»Mir müsset den Jurek finde. Vielleicht war der au no em Gwächshaus. Der hot doch dort emmer sei Fahrrad stande«, sagte Alfred.

»Du glaubsch doch net, dass des d'r Jurek war?«, fragte Michael entsetzt.

»Mir müsset elles en Betracht ziehe. Irgendjemand muss des ja gwese sei«, sagte Karlheinz.

»I ruf den Jurek noch mal an«, sagte Michael und zog sein Handy aus der Tasche.

Ond, wie ischs glaufe?«, fragte Fred.

Dieter saß ihnen im Keller gegenüber. Eigentlich war die Frage völlig unsinnig, denn so, wie Dieter aussah, war es klar, dass es nicht gut gelaufen war. Er hatte eine große Schramme an der Stirn, seine Kleider waren schmutzig und er hatte beim Hereinkommen gehinkt.

»Du kannsch dann froge«, meinte er nur.

»Hosch was rausgfunde?«, fragte Manfred.

»Nix, gar nix. Ich kann eich sage, des Konstanz, furchtbar.«

»Wieso?«, fragte Fred, naiv, wie er war.

»I hab halt denkt, ich geh mol an da Bahnhof ond guck mer dort um. Do war aber nichts von wega dunkle Geschtalte. Dann bin e end Altstadt nei, en die Gass mit dene Imbiss. Do hab e dann a bar Type gseah, wo i denkt han, die kenntets sei. Do hab ich dann oin agschproche«, erzählte Dieter.

»Ond?«, fragte Fred.

»Der hot mir gar net lang zughert ond glei oine neighaut«, meinte Dieter und hielt sich dabei die Magengegend.

»Ond dann?«, fragte Manfred.

»Bene halt weiter. Was willsch au mache. Schließlich hanne an so einem Gebrauchtwagenhandel a bar Type zsammaschtande seah. Do bene na ond han nochem Boris gfrogt«, sagte Dieter.

»Und?«, fragten die beiden anderen.

»Vielleicht hend die den Boris kennt. Mi hend se erscht hin und her gschuppst, ond dann en einen Schrotthaufe neigschmisse«, erzählte Dieter und fuhr sich über die Stirn, »mehr isch mir net passiert.«

Die beiden Kumpane klopften ihm anerkennend auf die Schulter. Manfred holte drei Flaschen Bier aus dem Keller nebenan, öffnete sie und stellte eine vor Dieter auf den kleinen Tisch.

»Alle Achtung«, meinte Manfred, »dass du dich des traut hasch!«

»Ond jetzt?«, fragte Fred.

»Jetzt send mer genau so schlau wie vorher«, meinte Dieter.

»Mir brauchet des Handy vom Erik. Anders kommet mir net weiter«, sagte Manfred, »der muss doch die Nummer von dem Boris han. I gang morga zu ihr ond frog se.«

»Aber Vorsicht«, sagte Dieter gleich, »die Sabine weiß von der ganze Sache hier fei nix!«

»Und was denkt die, woher des ganze Geld kommt?«, fragte Manfred.

»Die hat halt denkt, er verdient gut«, antwortete Dieter.

»Mer kann sich's au eifach mache«, sagte Fred.

Es war bei ihnen nicht einfach. Der Keller von Fred war voll mit Diebesgut. Eigentlich war in dieser Woche ein Transport nach Konstanz geplant gewesen. Doch durch den fehlenden Kontakt zu diesem Boris wussten sie nicht, wohin. Außerdem fehlte der Transporter von Erik. Der stand immer noch vor dem Haus der Wiegands, das hatten sie gesehen. Viel hatten sie bisher über den Tod ihres Freundes nicht erfahren. Tot am See, hieß es, anscheinend war noch nicht klar, wie genau er gestorben war. Sie konnten sich einfach nicht richtig vorstellen, dass jemand aus Konstanz auf die Reichenau fuhr und hier den Erik um die Ecke brachte. Freilich war ihnen schon klar, mit wem sie sich da eingelassen hatten. Vor allem Dieter wusste da jetzt genau Bescheid.

»Also, so machen wir es. Wir treffen uns morgen Abend wieder hier. Bis dahin werde ich hoffentlich das Handy von Erik haben. Ich weiß zwar noch nicht, wie ich das machen soll, aber ich werde mir was einfallen lassen«, sagte Manfred.

Er ging mit den beiden anderen hinauf. An der Haustüre verabschiedeten sie sich. Er hatte ein ungutes Gefühl. Die Sache wurde langsam brenzlig. Wenn die Polizei den Tod von Erik untersuchte, konnte es leicht sein, dass die zwei und zwei zusammenzählten. Die Fahrten von Erik mit seinem Lieferwagen waren zwar bisher nicht weiter aufgefallen, aber wenn die Kriminaler da genauer hinsahen, dann würden auch sie bald in den Fokus geraten. Dann war es vorbei mit der lockeren Kohle nebenher. Dann drohten ihnen ein paar Jahre Haft, das war ihm klar. Verhindern ließ sich das höchstens noch, wenn sie sich absolut still verhielten. Er würde zwar versuchen, das Handy von Erik irgendwie an sich zu nehmen, aber er würde diesen Boris höchstens einmal anrufen, um zu sagen, dass die Sache vorbei war. Wie das dann ankommen würde, konnte er sich nicht ausmalen. Die würden sicherlich nicht so weit gehen und hier auf der Insel nach ihnen suchen. Bestimmt nicht. Die hatten ja keinen Anhaltspunkt, wo sie überhaupt suchen sollten.

Auf was hatten sie sich da bloß eingelassen! Anfangs schien das ein leichtes Geld. Erik hatte die Häuser ausspioniert, sie hatten beobachtet und im richtigen Moment, meist unter der Woche, die Ferienhäuser aufgesucht. Es war unglaublich, was für Werte Menschen in ihren Ferienhäusern hatten. Natürlich weniger Schmuck und solche Werte, aber Geräte noch und nöcher. Fernsehanlagen, Computer, Notebooks, feine Möbel, zum Teil hatten sie sogar Küchengeräte ausgebaut, weil es sich lohnte. Aber jetzt war das alles vorbei. Wenn sie Glück hatten, kam ihnen niemand auf die Schliche. Aber der Keller von Fred war voll. Er hatte keine Idee, wie sie die Sachen wieder loswerden konnten. Das war dann zu klären, dachte er. Er drückte ihnen erst mal die Daumen, dass das gut gehen würde.

Es war ein sonniger Frühlingsmorgen. Christina wartete vor dem Gasthof auf ihre Kollegin Kim Lorenz. Sie war gespannt auf die Hauptkommissarin, denn sie wollte ganz genau beobachten, wie sie an den Fall, beziehungsweise die Fälle, rangehen würde. Inzwischen hatten sie die notwendigen Informationen erhalten. Das würde sie Kim dann anschließend berichten. Polizeimeister Streich und Frieder Füger warteten schon am Stammtisch auf sie mit einem späten Frühstück.

Pünktlich wie die Uhr fuhr Kim Lorenz mit ihrer Familienkarosse vor. Offensichtlich kam Peter dieses verlängerte Wochenende ohne das Auto aus. Kim parkte, stieg aus und holte ihre Tasche vom Rücksitz.

»Hallo, Kollegin. Hauptkommissarin Lorenz steht zu Diensten!«, rief sie schon von Weitem.

»Grüß dich, Kim, schön, dass du da bist«, sagte Christina.

»Ich freu' mich echt, dass das geklappt hat. Erst dachte ich, da kommt sicherlich noch was dazwischen. Aber, hier bin ich«, sagte Kim freudestrahlend.

Sie gingen in den Gasthof hinein. Kim meldete sich an. Anschließend gingen sie in den Gastraum hinüber. Christina stellte die Kollegen vor. Nachdem man sich bekannt gemacht hatte, tranken sie erst mal in Ruhe eine Tasse Kaffee. Streich hatte extra frische Brezeln vom örtlichen Bäcker mitgebracht. Die schmierten sie sich nun dick mit Butter.

»Und Sie sind eigentlich im Urlaub?«, fragte Frieder Füger.

»Kim«, sagte Kim, »ich bin gerne per Du mit Kollegen. Das würde mich auch bei Ihnen freuen, Herr Streich.«

»Gerne, Kim, ich bin der Martin«, sagte Streich mit ein wenig Stolz in der Stimme. Das hatte er jetzt nicht erwartet. Diese Frau Hahn hatte er von Anfang an ein wenig unterschätzt, das musste er zugeben. Daher war es bei ihnen halt beim Sie geblieben. Aber diese Hauptkommissarin schien ein Gespür für Menschen zu haben. Das war, dachte er, gut in diesem Beruf. Er fühlte sich gut, spürte sich ernst genommen.

Christina war überrascht. So kannte sie Kim gar nicht. Sicher, sie war auch mit ihr gleich per Du gewesen, aber jetzt, hier und heute, gleich so? Sie schaute in die Runde. Eine gute Stimmung war das gleich. Vielleicht doch genau das Richtige, musste sie denken.

»Also, ich fasse das jetzt mal zusammen«, begann sie, »Erik Wiegand wurde zwar mit einem stumpfen, glatten Gegenstand auf den Kopf geschlagen, ist aber ganz sicher daran nicht gestorben, sondern allmählich ertrunken.«

»Was heißt allmählich?«, fragte Kim Lorenz.

»Er lag wohl im Wasser und war bewusstlos. So erklärt es die Gerichtsmedizin«, antwortete Christina.

»Aha«, sagte Kim.

»Wir fanden keine maßgeblichen Spuren. Keinerlei Anzeichen für einen anderen Menschen am Tatort. Herr Streich, wir können gerne auch Du sagen. Also, Martin, bist du bei dem Boot weitergekommen?«

»Nein, nicht wirklich. Das ist ein undeutlicher Abdruck, der zu einigen Booten passen kann. Aber ich kann eines sagen, das Boot vom Bermaier könnte es auch gewesen sein«, sagte der Polizeimeister.

»Vom Bermaier?«, fragte Christina nach.

»Mensch!«, rief Frieder Füger aus, »der Bermaier. Das wäre ja eine Verbindung!«

»Jetzt mal langsam«, unterbrach Kim Lorenz, »Bermaier ist der zweite Fall?«

»Genau«, bestätigte Christina, »der Gemüsebauer Bermaier ist der zweite Tote. Die Todesursache ist ebenfalls etwas komplizierter. Er hat auf jeden Fall einen Stich mit einer Mistgabel erhalten. Der war allerdings nicht tödlich. Der Tod ist, so die Gerichtsmedizin, auf plötzliches Herzversagen zurückzuführen. Der Mann hat wohl einen solchen Schreck gekriegt, dass ihm das Herz stehenblieb. So erkläre ich mir das!«

»Herzschlag, ganz einfach«, sagte Frieder Füger.

»Ganz so einfach ist das nicht«, meinte Kim Lorenz, »Frieder, in solchen Fällen muss man genau hinschauen. Was sagt der Gerichtsmediziner?«

»Ein Stich beziehungsweise zwei Stiche mit der Gabel in Richtung Herz. Allerdings haben sie das Herz nicht verletzt. Sie könnten aber auf Nerven getroffen sein und dadurch den Infarkt ausgelöst haben«, erklärte er.

»Das heißt, die Fremdeinwirkung, wenn es denn eine gab, war nicht tödlich?«, fragte Christina nach.

»Nein. Der Stich mit der Mistgabel war nicht direkt tödlich«, beantwortete Frieder Füger die Frage.

»Gut. Dann geht es jetzt um die Spuren am Tatort«, sagte Kim Lorenz, »was haben wir da?«

»Wir haben die Fußabdrücke auf dem Boden. Teilweise ist das ein recht fester Schlamm, der durchaus etwas konserviert hat«, erzählte nun Martin Streich, »abgesehen von Fußabdrücken des Toten haben wir noch Abdrücke von Sportschuhen Größe 44.«

»Beachtliche Schuhgröße«, meinte Frieder Füger, »das deutet einwandfrei auf einen Mann hin, denke ich.«

»Können wir annehmen«, bestätigte Christina.

»Gibt es eine Person, die für diese Fußabdrücke infrage kommen könnte?«, fragte Kim Lorenz.

»Es gibt einen 17-jährigen Schüler, der am Gemüsestand aushilft, ein gewisser Jurek Weiser«, antwortete Streich.

»Und wo ist dieser Jurek?«

»Bisher nicht auffindbar. Er hat wohl auf der Insel übernachtet, wohnt eigentlich auf der Höri«, erklärte Streich.

»Den müssen wir auf jeden Fall finden«, sagte die Hauptkommissarin jetzt eher in einem dienstlichen Ton.

Streich schüttelte den Kopf. Er hatte bei so vielen Leuten herumgefragt, aber keine Spur von diesem Jurek entdeckt. Anscheinend war der nicht bei einer einheimischen Familie untergekommen. Zu den Zugezogenen war der Kontakt meist eher locker und distanzierter. Da konnte man in der Metzgerei oder beim Bäcker kaum etwas erfahren. Der einzige Informant, den er noch auf seiner Liste hatte, war der Albert Reiter. Den hatte er noch nicht getroffen, obwohl er wirklich die Insel mehrfach umrundet und gequert hatte. Wahrscheinlich saß der irgendwo bei einem Kaffee oder einem Weinchen. Aber er konnte doch nicht alle Kneipen und Gasthöfe nach ihm absuchen. Vielleicht würde ihm nichts anderes übrig bleiben.

»Ich werde mich wieder auf meine Runde machen«, sagte er zu den Kriminalern, »irgendjemand muss doch wissen, wo dieser Jurek immer übernachtet, wenn er auf der Insel bleibt.«

»Gut«, sagte Christina mit einem Blick auf ihre Uhr, »dann gehen Kim und ich noch mal zur Familie Bermaier. Ich möchte die alte Frau allein antreffen, ohne ihre Söhne, die sind sicherlich bei der Arbeit um diese Zeit. Anschließend gehen wir dann zu der jungen Witwe. Am frühen Nachmittag schlafen die beiden kleinen Kinder vielleicht. Dann haben wir unsere Ruhe. Okay, Kim?«

Sie redete nur mit ihrer Kollegin. Frieder Füger hatte nichts gegen die Hauptkommissarin. Sie hatte einen guten Ruf in ihren Kreisen, weil sie zum einen kollegial war, zum andern auch eine sehr gute Ermittlerin. Das hatte er von einigen Kollegen gehört. Aber im Moment fühlte er sich ein wenig ausgebootet.

»Und was mach ich?«, fragte er Christina.

»Du schaust dir das Boot von dem Bermaier genauer an. Wenn der Abdruck am Ufer wenigstens mit dem Boot übereinstimmen könnte, wären wir schon einen Schritt weiter. Die Spurensicherer sind noch auf der Insel, soweit ich weiß. Die sollen sich die Uferstelle noch mal genau ansehen. Ein kleines Lackstückchen oder sowas, das mit Bermaiers Boot übereinstimmt, das wär was. Kein Beweis, sicherlich, aber ein Hinweis darauf, dass er am Tatort gewesen sein kann. Dann hätten wir hier schon mal eine mögliche Verbindung, oder, was meint ihr?«, fragte Christina in die Runde.

»Vielleicht hat der Gemüsehändler ja etwas gesehen«, meinte Kim Lorenz, »das werden wir nachher seine Frau fragen. Sie stand auf.

Christina wollte ebenfalls aufstehen. Frieder Füger hielt sie am Arm zurück.

»Warte mal, Christina«, sagte er, »ich versteh' ja, dass du gerne mit deiner Ex-Chefin zusammenarbeitest, aber ich bin auch noch da!«

Christina schaute ihn erstaunt an. Der fühlte sich deutlich ins zweite Glied versetzt, dachte sie. Sie konnte ihn hier nicht mit kleinen Aufgaben abspeisen, nur weil nun Kim da war.

»Du hast ja recht, Frieder«, sagte sie, »ich wollte dich jetzt nicht übergehen. Weißt du was, am besten, wir treffen uns vor dem Besuch bei der Witwe Wiegand. Dann können wir anschließend miteinander noch mal den Tatort genau unter die Lupe nehmen!«

Martin Streich hatte sich schon auf den Weg gemacht. Als die Kommissarinnen den Gasthof verließen, sahen sie seinen Passat nur noch von Weitem.

Kim Lorenz staunte nicht schlecht, als sie mit Christina ihr Dienstfahrzeug erreichte. Zuerst wollte sie ihren Augen nicht trauen. Gab es denn in der Polizei sowas noch, fragte sie sich. Vielleicht hatten sich die Kollegen mit Christina einen dummen Scherz erlaubt. Sie konnte sich nicht vorstellen, dass dieser VW-Käfer aus den Siebzigerjahren noch tatsächlich im Dienst war. Sie ging einmal um das Fahrzeug herum, schaute ins Innere, dann wandte sie sich ihrer jungen Kollegin zu.

»Das es das noch gibt, hätte ich nicht gedacht«, sagte sie

lachend, »da haben sich die Kollegen sozusagen zum Ein-
stand, zu deinem ersten Fall, bestimmt einen Scherz mit dir
gemacht!«

Christina versuchte, mitzulachen.

»Du meinst, die haben mich auf den Arm genommen?«,
fragte sie.

»Aber ganz sicher«, antwortete Kim, »du glaubst doch
nicht im Ernst, dass ein solcher Oldtimer noch aktiv im
Dienst ist, oder?«

Christina wurde nun einiges klar. Deshalb hatte der Kollege bei der Übergabe so hämisch gelächelt. Das war ihr
zwar damals merkwürdig vorgekommen, aber sie hatte sich
keine Gedanken gemacht. Nun gut, hatten die Kollegen eben
einen Spaß mit ihr gemacht. Was soll's, dachte sie, sie konnte
damit leben und war damit wohl in die Gemeinschaft aufge-
nommen, oder so.

»Mach dir nichts draus«, meinte Kim, »das ist eigentlich
ein gutes Zeichen. Sie haben dich akzeptiert. Du bist ihnen
sogar einen solchen Scherz wert. Ich möchte nicht wissen,
wo sie dieses Gefährt aufgetrieben haben. Das hat viel Über-
redung und vielleicht auch eine kleine Stange Geld gekostet,
diesen Käfer für die Aktion mit dir zu besorgen.«

»Da hast du auch wieder recht«, sagte Christina.

Kim Lorenz öffnete die Beifahrertür und stieg ein. Als
Christina ebenfalls Platz genommen hatte, startete sie den
Motor. Kim lachte.

»Das ist auch noch sowas wie ein Motorgeräusch!«, rief
sie aus.

Christina sah sie erschrocken an.

»Er fährt eigentlich ganz gut. Man muss sich halt an das
Geschnettere gewöhnen«, sagte sie entschuldigend.

»Nein, nein«, beschwichtigte sie Kim, »ich finde das doch
toll! Zwei Todesfälle und dann noch so ein Dienstfahrzeug,
besser hätte ich es gar nicht erwischen können!«

Christina lächelte befreit. Sie hatte schon gedacht, Kim wolle sie auf den Arm nehmen oder dass sie es doof fände, mit diesem Auto auf der Insel herumzufahren. Sie drückte aufs Gas und fuhr auf die Hauptstraße zu.

»Verdeckte Ermittlungen können wir damit natürlich nicht machen«, sagte sie süffisant.

Christina fuhr in Richtung Niederzell. Inzwischen kannte sie sich einigermaßen auf der Insel aus. Sie hatte das Gefühl, eigentlich jede Straße auf der Reichenau schon gefahren zu sein. So schwierig war das bei der geringen Größe der Insel und den wenigen Straßen nicht. Mit ihrem Polizeiauto konnte sie natürlich auch die vielen für den öffentlichen Verkehr gesperrten Straßen benutzen. Allerdings war sie bei ihren wenigen Erkundungsfahrten auch oft plötzlich vor einem Bauernhof gelandet. Dann hieß es, neugierige Blicke und Kopfschütteln zu ertragen.

»Du scheinst dich schon gut auszukennen«, sagte Kim Lorenz anerkennend.

»So viele Straßen gibt es auf der Insel gar nicht. Am ersten Tag bin ich mal rund rumgefahren, so gut das eben geht, dann noch zwei oder drei Mal quer und schon hatte ich das meiste gesehen. Aber jetzt erzähl mal, wie kam es denn zu diesem überraschenden Besuch?«

»Es war tatsächlich Peters Idee. Ich will mal hoffen, dass da kein zweiter Gedanke im Spiel war, diesen Fall für einen Krimi zu nutzen«, erzählte Kim, »das habe ich dir ja noch gar nicht erzählt. Peter hatte sich die Reichenau für seinen nächsten Krimi als Schauplatz ausgesucht. Er wollte mal einen schreiben, der eben nicht auf einem meiner Fälle basiert. Dann kam dein Anruf, und das war dann das.«

»Und jetzt?«, fragte Christina.

»Jetzt ist er erst einmal mit den beiden Kindern beschäftigt, nehme ich an«, antwortete Kim, »da hat er genug zu tun. Ich glaube kaum, dass er dann abends noch groß zum

Schreiben kommt.« Sie lächelte bei ihrer Antwort in sich hinein. Sie würde was dafür geben, heute hin und wieder einen Blick nach Horn werfen zu können. So ein bisschen Mäuschen sein, wie es denn lief. Sie überlegte, am Abend Julia anzurufen, das war eine gute Idee.

»Meinst du, er kommt zurecht?«

»Ich denke schon. Unsere Freunde Julia und Max werden ihm ein bisschen zur Hand gehen, dann klappt das schon. Wenn er will, kann er das schon, aber er wollte halt nicht so recht. Ich denke, wir sind in dieser Sache jetzt einen Schritt weiter… Was ist das für eine Kirche da hinten?«, fragte Kim.

»Das ist St. Peter und Paul, da kommen wir nachher noch näher vorbei. Sie steht auch auf meiner kleinen Liste mit Sehenswürdigkeiten, die wir zwei unbedingt noch miteinander besichtigen sollten. Wenn wir die Fälle schnell gelöst kriegen, bleibt vielleicht noch ein wenig Zeit für uns, noch was zusammen zu unternehmen, was hältst du von diesem Vorschlag?«

»Prima Idee. Dann lass uns mal ermitteln. Hast du schon mit der jungen Witwe gesprochen?«, fragte Kim.

»Nur relativ kurz. Die war völlig am Boden«, erzählte Christina.

»Konnte sie überhaupt eine Aussage machen, wer ihren Mann umgebracht haben könnte?«

»Überhaupt nicht. Wenn du mich fragst, wusste sie sehr wenig darüber, was ihr Mann außerhalb des Familienlebens gemacht hat. Sie war wohl viel mit den beiden kleinen Kindern allein. Der Mann bei der Arbeit und auch abends oft unterwegs«, antwortete Christina.

»Abends? Seltsam, dass du das sagst. Wir haben erst vor Kurzem darüber gesprochen, dass man gerade mit kleinen Kindern eigentlich viel zu wenig allein oder zu zweit am Abend macht. Peter war immer weniger mal mit Max unterwegs. Bei mir hat es kaum zu ein oder zwei Abenden mit

Julia gereicht. Zusammen waren wir, seit die Kinder da sind, abends nicht mehr aus. Und das, obwohl sich Julia und Max mehrfach angeboten haben.«

»Aber wieso denn?«, fragte Christina.

»Ich weiß es eigentlich auch nicht wirklich. Vielleicht aus Verantwortungsbewusstsein, vielleicht will man es anderen nicht zumuten«, versuchte Kim zu erklären.

»Wir sind da«, sagte Christina.

Sie stellten den Wagen direkt vor dem eher bescheidenen Zweifamilienhaus ab. Christina schaute hinüber zu dem kleinen Häuschen des alten Mannes. Dem wollte sie zusammen mit Kim Lorenz später einen Besuch abstatten. Sie gingen zur Haustüre. Christina drückte die Klingel von Wiegands. Aus dem ersten Stock war Kindergeschrei zu hören. Als der Türöffner surrte, drückte Christina die Tür auf. Sie stiegen die Stufen zur Wohnung hoch. In der Wohnungstür stand Sabine Wiegand und blickte die beiden Kommissarinnen kritisch an.

»Was wollen Sie denn noch?«, fragte sie, nachdem die beiden Frauen ihren Dienstausweis gezeigt und sich vorgestellt hatten.

»Wir haben noch ein paar Fragen«, erklärte Christina Hahn.

»Na, dann kommen Sie halt rei«, sagte Frau Wiegand.

Kim und Christina folgten der jungen Frau durch den Korridor Richtung Wohnzimmer. Als sie am Kinderzimmer vorbeikamen, hielt Sabine Wiegand kurz an.

»Seid jetzt mal ruhig, die Polizei ist da«, sagte sie zu einem Mädchen von vielleicht drei Jahren und einem Jungen, der etwa ein Jahr jünger war. Die beiden Kinder schauten verängstigt auf.

Die Kommissarinnen kamen damit überhaupt nicht zurecht. Sie fühlten die Blicke der Kinder auf sich. Es war ein Vorwurf darin zu sehen, dass sie dafür verantwortlich waren, dass ihr Vater nicht mehr wiederkommen würde. Schnell gingen sie Frau Wiegand hinterher ins Wohnzimmer. Überall lagen Sachen herum. Der Haushalt und die Kinder schienen die junge Mutter zu überfordern. Wahrscheinlich hatte ihr Mann Erik wenig zur Haushaltsarbeit und Kinderbetreuung beigetragen. Kim Lorenz schob ein paar Spielsachen zur Seite, dann konnten sich die Polizistinnen auf das alte Sofa setzen. Vor ihnen an der Wand hing ein gigantischer Fernseher mit großen Lautsprechern daneben. Der Ton war ausgeschaltet, das Bild flimmerte. Frau kam sich vor wie im Kino. Christina hatte so einen großen Bildschirm noch nie gesehen. Und da überlegte sie sich, einen etwas größeren Fernseher anzuschaffen, als ihr kleines tragbares Gerät. Anscheinend war da eine Entwicklung an ihr vorbeigegangen. Auch Kim Lorenz beäugte den riesigen Bildschirm, der das Wohnzimmer dominierte.

Sabine Wiegand verfolgte die Blicke der beiden Frauen.

»Den hat Erik uns besorgt«, erklärte sie.

»Kostet bestimmt eine Menge Geld«, meinte Christina.

»Der Erik hat ganz gut verdient«, sagte Frau Wiegand.

Die beiden Kommissarinnen schauten sich fragend an. Man musste schon sehr gut verdienen in einer Mietwohnung und zwei Kindern, dass man sich so ein Gerät leisten konnte. Christina machte sich eine geistige Notiz, diesem Aspekt noch genauer nachzugehen. Woher hatte dieser Erik Wiegand das Geld?

Kim Lorenz wartete, bis Christina die Befragung begann.

»Ist Ihnen noch was eingefallen, Frau Wiegand? Hatte Ihr Mann Feinde? Gibt es irgendjemanden, dem Sie einen Angriff auf Ihren Mann zutrauen würden?«, fragte Christina.

»Nein, Erik hatte keine Feinde. Er hatte gute Freunde. Mit denen traf er sich fast jeden Abend«, antwortete Sabine Wiegand.

»Wo hat er die denn getroffen?«

»Das weiß ich nicht. Aber er hat immer den Wagen genommen. Das kann ich sagen«, antwortete Frau Wiegand.

»Und was hat er mit seinen Freunden gemacht, Sport oder Kneipe?«, fragte Kim Lorenz.

»Das weiß ich nicht. Aber keinen Sport, das kann ich Ihnen sagen«, meinte die junge Frau.

»Ihr Mann verlässt fast jeden Abend das Haus und Sie haben keine Ahnung, was er macht?«, hakte Christina nach.

»Nicht jeden Abend, sonntags und montags nicht«, antwortete Frau Wiegand.

»Wieso gerade am Sonntag und am Montag?«, fragte Kim Lorenz.

»Das weiß ich auch nicht. Er hat es mir nicht gesagt.«

»Und damit haben Sie sich zufriedengegeben?«, fragte Kim.

»Wenn er es mir doch nicht gesagt hat«, versuchte Sabine Wiegand zu erklären.

»Kennen Sie den alten Mann, der dort drüben in dem kleinen Häuschen wohnt?«, fragte Christina und zeigte zum Fenster hinaus.

»Den Glaubscher? Den kenn ich seit meiner Kindheit. Der hat hier mal die Poschtstation gehabt«, sagte Frau Wiegand.

Sie versuchte zwar, Hochdeutsch zu reden, aber ihr Bodenseedialekt schimmerte immer wieder durch. Christina erinnerte sich, dass die junge Frau ihren Mann irgendwo im Osten Deutschlands kennengelernt hatte, Leipzig, glaubte sie. Da hatte sie sich wohl dieses Hochdeutsch beigebracht. Mit einem badischen oder schwäbischen Akzent, geschweige denn Dialekt, kam man dort wahrscheinlich nicht weit. Vor allem nicht im Hotelgewerbe. Wie die wohl ihren Mann dort getroffen hatte?

»Kannte ihn der Erik, Ihr Mann, auch?«, fragte Kim.

»Vom Sehen, denke ich. Aber geredet hat der mit dem nie!«

»Mit wem hat er denn geredet, Ihr Mann?«, fragte Christina.

»Mit wenigen«, meinte Frau Wiegand, »mit ganz wenigen.«

Christina stand auf. Sie wollte vom Fenster aus auf die Straße hinunterschauen, ob Frieder schon auf sie wartete. Bei einem eher zufälligen Blick in die Küche sah sie einen dieser amerikanischen Kühlschränke mit Eiscrusher und Kaffeemaschine. So, so, dachte sie, der Erik. Der konnte sich was leisten. Aber sie schwieg, wollte Frau Wiegand darauf jetzt nicht ansprechen.

Unten an der Straße saß Frieder im Passat von Streich. Der hatte ja gar kein Auto dabei, ging es Christina durch den Kopf. Und sie schickte ihn auf Ermittlungen! Prima, Christina, dachte sie, jetzt musste sie sich erst einmal bei Füger entschuldigen, denn in diesem Fall hatte sie sich wirklich nichts gedacht.

Sie ging zurück zum Sofa. Kim Lorenz hatte noch ein paar eher unbedeutende Fragen gestellt. Die junge Frau hatte sie brav beantwortet, aber, wie immer, nichts gewusst. Christina setzte sich nicht, nickte der Kollegin zu. Kim verstand.

»Vielen Dank für Ihre Zeit, Frau Wiegand«, sagte die Kommissarin zum Abschied, »wir melden uns, wenn wir noch Fragen haben.«

Kim folgte ihrer Kollegin zur Wohnungstür.

Als sie aus dem Haus kamen, stieg Frieder Füger aus. Er ging auf die beiden Frauen zu. Schmunzelnd sah er Christina an. Sie nickte.

»Ich weiß, ich weiß. Das war Käse!«, rief sie ihm entgegen.

»Dann mach mal, hast du gesagt. Und ich habe auch keinen Moment nachgedacht. Erst als ich aus dem Gasthof auf die Straße kam, fiel mir was auf«, sagte er.

»Das schöne Wetter?«, sagte Kim lachend.

»Nein. Oder das auch, aber, dass ich gar kein Fahrzeug hatte«, sagte Frieder.

»Stimmt«, sagte Christina, »das ist mir aber erst eingefallen, als ich dich hier mit dem Streifenwagen von Streich stehen sah.«

»Reichlich spät«, meinte Kim mit einem Lächeln.

Frieder freute sich, dass die Hauptkommissarin anscheinend zu ihm hielt. Christina fixierte Kim mit einem kritischen Blick. Was sollte das jetzt? Fiel ihr die Kollegin in den Rücken oder machte sie sich nur einen Spaß?

»Nimm's leicht«, meinte Kim, »es gibt nun wirklich andere Dinge, die wir nicht falsch machen sollten. Außerdem habe ich ja unser Auto dabei. Wenn ich gewusst hätte, dass ihr zusammen gekommen seid, dann hätte ich gleich heute Morgen gesagt, dass wir meinen Wagen nehmen.«

»Und wie machen wir das jetzt?«, fragte Christina.

»Ich fahre euch voraus. Streich kommt auch zum Tatort. Ich habe ihn angerufen, als ihr aus dem Haus gekommen seid«, antwortete Frieder Füger.

»Gut, dann lasst uns fahren. Es gibt doch dort diese Bänke mit Tisch. Da können wir dann unsere Lagebesprechung machen«, meinte Christina.

Sie fuhr hinter Frieder im Streifenwagen her. Kim betrachtete interessiert die vielen Gewächshäuser und die Anbauflächen. Sie hatte schon gewusst, dass die Reichenau eine Gemüse- und Salatinsel ist, aber die Ausmaße waren dann doch beeindruckend. Peter hatte ihr von seinen Recherchen berichtet. Inzwischen bauten die Reichenauer auch auf dem Festland Gemüse und Salat an. Ob das dann allerdings als Reichenauer Ernte verkauft werden durfte, wusste sie nicht. Nachdem aber die Nachfrage immer größer wurde und auch große Einkaufsketten Reichenauer Produkte verkauften, fragte sie sich, ob das alles tatsächlich von dieser kleinen Insel kommen konnte.

»Es ist unglaublich, oder?«, sagte sie zu Christina, »eine Gewächshausreihe nach der anderen. Und dann auch noch diese Anbauflächen!«

»Stimmt. Das beeindruckt uns, die wir das nicht gewohnt sind«, meinte Christina, »aber ich denke, wenn du das einem Holländer oder einem Spanier zeigst, dann lächeln die nur.«

»Bestimmt. Das ist wie mit unseren Erdbeerfeldern und Obstplantagen auf der Höri. Für uns ist das was, und der Großanbauer lächelt auch nur. Aber wir sind stolz darauf«, sagte Kim.

Christina parkte direkt hinter Frieder Füger ganz in der Nähe des Seeufers. Frieder stieg mit einem Korb in der Hand aus. Er ging ihnen voraus zu der Sitzgruppe mit zwei Holzbänken und einem Tisch. Darauf stellte er seinen Korb ab. Bis Christina und Kim das Ufer erreicht hatten, standen schon drei Becher, eine Thermoskanne und eine Tüte mit Backwerk auf dem Tisch.

»Ich dachte, wir könnten ein zweites Frühstück zu uns nehmen«, sagte Frieder und lud die Damen zum Sitzen ein.

»Gute Idee«, sagte Christina.

»Eine sehr gute Idee«, lobte auch Kim.

Sie ließen sich nicht zweimal bitten und griffen zu.

»Und, was hast du zu berichten?«, fragte Christina ihren Kollegen.

Der musste erst mal schlucken, bevor er antworten konnte.

»Es sieht nicht schlecht aus«, erzählte er, »das Boot vom Bermaier hat einen verstärkten Bug mit einer Metallschiene. Das unterscheidet es schon mal von vielen der anderen Boote. Weitere Spuren, wie etwa Lackabsplitterungen, waren nicht zu finden. Aber wir können mit einiger Wahrscheinlichkeit davon ausgehen, dass es Bermaiers Boot gewesen sein kann.«

»Das ist doch schon mal was. Dann gehen wir doch mal davon aus, dass Bermaier am Tatort war. Der Täter war er

wahrscheinlich nicht, würde ich mal annehmen«, spekulierte Kim.

»Vielleicht ein Beobachter«, meinte Frieder.

»Gut gedacht«, lobte Christina, »er hat vielleicht was gesehen und deshalb musste er sterben!«

»Wobei die Sache mit der Fremdeinwirkung noch nicht
geklärt ist«, meinte Frieder Füger. Ich habe heute Morgen
mit Herrn Herrlich telefoniert. Er hat den Toten heute auf
dem Tisch, meint aber, allein vom äußeren Eindruck und
der Lage des Toten, könne man kaum auf Fremdeinwirkung
schließen. Wie schon gesagt, Fingerabdrücke haufenweise,
aber keine deutlichen. Wie es halt auf Werkzeugen ist, die
von vielen Menschen benutzt werden. Für mich scheidet
Fremdeinwirkung daher aus.«

»Langsam, langsam, junger Freund«, meinte Kim lächelnd, »ich gebe zu, die Fremdeinwirkung ist unwahrscheinlich, aber zum Ausschließen bleibt uns noch Zeit.
Wir müssen herausfinden, warum der Großbauer ins alte
Gewächshaus gegangen ist und wen er dort vielleicht getroffen hat. Und wir müssen endlich diesen jungen Mann, wie
hieß er noch …«

»Jurek Weiser«, half Christina.

»… genau, diesen Jurek Weiser finden.«

Frieder Füger nickte. Hoffentlich kam der Kollege Streich
da weiter.

»Wie war es denn bei der Witwe Wiegand?«, fragte er die
beiden Kolleginnen.

»Nicht sehr ergiebig, würde ich sagen«, meinte Kim.

»Stimmt, aber immerhin habe ich den Eindruck gewonnen, dass dieser Erik Wiegand aus irgendeiner Quelle an
Geld gekommen ist. Großer teurer Fernseher, Riesenkühl-
schrank, das passt irgendwie nicht zu einem Handwer-
kerhaushalt mit zwei kleinen Kindern, oder, Kim?«, fragte
Christina ihre Kollegin.

»Das könnte sein. Dann diese ständige Aushäusigkeit«, meinte Kim.

»Aushäusigkeit?«, fragte Frieder.

»Der Mann war ja kaum zu Hause. Tagsüber bei der Arbeit, abends mit seinen Freunden unterwegs«, erklärte Christina.

»Und wo unterwegs?«

»Das wusste die junge Witwe nicht«, antwortete Christina.

»Haben wir eigentlich das Handy des Toten?«, fragte Kim.

»Verdammt! Danach wollte ich doch noch fragen«, fiel es Christina ein, »der hatte es nämlich nicht bei sich!«

»Da fahr' ich nachher noch mal vorbei«, meinte Frieder Füger.

»Gut, danke«, sagte Christina.

Gut, dass die Polizisten in ihrem Streifenwagen gekommen waren. Ein Zivilfahrzeug hätte er vielleicht nicht gleich erkannt. Manfred hatte vorsichtshalber ein Stück weit entfernt geparkt. Der Wagen stand hinter einem Schuppen, hinter dem sich auch Manfred versteckt hatte, um die Situation zu beobachten.

Als die beiden Kriminalbeamtinnen herauskamen, fuhr ihr Kollege im Wagen von Streich vor. Sie unterhielten sich nur kurz, dann fuhren beide Wagen weg. Manfred wartete noch ein paar Minuten, dann ging er zum Haus hinüber. Er hatte sich genau überlegt, was er zu Sabine sagen würde. Sie öffnete nach dem ersten Klingeln.

»Manfred, du?«, sagte sie zur Begrüßung.

»Ja, ich. Wollte mal sehen, wie es dir geht«, sagte er.

»Musst du nicht zur Arbeit?«

»Hab' mir heut freignommen. Muss oms Haus no einiges mache«, erklärte er.

Sie ging voraus ins Wohnzimmer. Die Kinder schienen in ihrem Zimmer zu spielen. Manfred setzte sich.

»Willsch en Kaffee?«

»Nein, danke. Toller Fernseher, gell«, sagte er.

»Woher weisch du denn von dem Fernseher?«

»I war drbei, als er ihn kauft hot, weisch«, erklärte Manfred, »ond, wie geht's eich?«

»Wie solls uns gange. D'r Erik isch dot. So geht's uns. Ich weiß net, wie des weitergehe soll«, sagte Sabine mit Tränen in den Augen.

Manfred rutschte unruhig auf dem Sofa hin und her. Er kannte Sabine von klein auf. Sie waren zusammen hier auf der Insel aufgewachsen. Er war ein paar Jahre älter als sie. Er hatte bald ein Auge auf das hübsche Mädchen geworfen, die da in seiner Nähe zur Frau wurde. Aber ehe er auch nur einen Versuch machen konnte, mit ihr richtig bekannt zu werden, war sie von einem Tag auf den andern plötzlich weg. Hotelfachschule hieß es, irgendwo in den neuen Ländern. Sie war erst vor etwa vier Jahren mit Erik zurückgekommen. Dann schnell Hochzeit und die Kinder. Damit war das Kapitel Sabine für ihn erledigt. Immerhin hatte er sich mit Erik gut verstanden. So gut, dass sie dann bald gute Geschäfte miteinander machten.

Den Fernseher hatten sie in einem Wochenend-Bungalow mitgehen lassen. Sie hatten ihn an einem Abend unter der Woche einfach aus dem Haus getragen. Zusammen mit anderer Beute. Er konnte sich heute noch nicht erklären, warum sie nicht schon längst aufgeflogen waren. Aber Erik schwörte auf das Prinzip »normal«. Einfach so tun, als mache man etwas Bestelltes. Es war nie zu der Situation gekommen, dass sie hätten erklären müssen, was sie da machten. Sie arbeiteten ruhig, meist nach Mitternacht und immer mit einem Sicherheitsabstand zu anderen Häusern, und natürlich ohne Licht. Erik machte es Spaß, die einfachen Sicherheitsanlagen auszuschalten, mit den Schlössern hatte er überhaupt keine Probleme. Das war einfach zu leicht gewesen, dachte Manfred.

»Kann ich dir helfen?«, fragte er.

»Ich weiß noch nicht, was alles zu tun ist«, sagte Sabine, »die Polizisten haben gesagt, es dauere noch ein paar Tage, bis die Leiche freigegeben wird oder wie das heißt.«

»Das ist, glaube ich, immer so«, erklärte Manfred, »habe ich im Fernsehen auch schon gesehen. Du musst natürlich die Beerdigung vorbereiten. Hast du es den Kindern schon gesagt?«

»Nein. Ich habe ihnen gesagt, der Papa ist eine Weile weg«, antwortete sie, »damit haben sie sich zufrieden gegeben. Sie haben Erik sowieso kaum gesehen. Entweder war er unterwegs oder er hat ferngesehen.«

»Hast du eigentlich Eriks Handy?«, fragte er.

»Wieso?«

»Ich mein nur. Das könnte ich dir abnehmen, dass ich alle seine Freunde von seinem Tod benachrichtige«, versuchte er eine Erklärung.

»Das würdest du machen?«

»Für dich doch immer«, sagte er.

»Warte, ich glaube, es liegt noch im Schlafzimmer. Er wollte sich nach dem Joggen ja noch umziehen für die Arbeit«, sagte sie.

Nach wenigen Augenblicken kam sie zurück. Sie gab Manfred das Handy ihres Mannes. Manfred hätte nicht gedacht, dass es so leicht werden würde. Er nahm das Handy an sich. Nach dem Versprechen, sich bald zu melden, verabschiedete er sich von Sabine.

Als er in seinem Wagen saß, schaltete er gleich das Handy ein. Natürlich fand er keinen Boris in der Nummernliste. Erik hatte ihm sein tolles System mal erklärt: »keine Klarnamen, Manfred, immer rückwärts!« Der Mann war so stolz auf seine Verschlüsselung gewesen, dass es sich Manfred verkniffen hatte, ihn darauf hinzuweisen, dass jeder Idiot merken würde, dass das keine echten Namen sein konnten, die da gespeichert waren. Also fand er schnell den Eintrag: Sirob. Er drückte die Taste. Nun wollte er mal hören, wie sich das Boris nun vorstellte und wann sie mit dem Geld für die letzte Lieferung rechnen konnten. Er hatte keine Ahnung, wie Erik das bisher gemanagt hatte. War er nach Konstanz gefahren, hatte man sich irgendwo getroffen? Das würde ihm Boris dann schon sagen.

Martin Streich war fast mit seinem Latein am Ende. Diesen Albert Reiter hatte er bisher noch nicht ausfindig gemacht. In seiner Verzweiflung war er bei den meisten Höfen vorbeigefahren, hatte in Wohngebieten gefragt und schließlich auch noch den Campingplatz besucht. Nirgends eine Spur von dem Mann. Schließlich entschied er sich, noch mal beim Strandbad vorbeizufahren. Vielleicht hatte sich der Reiter inzwischen dort zu einem Kaffee eingefunden.

Er fuhr am Münster vorbei Richtung Jachthafen, um dann nach links zum Strandbad abzubiegen. Seine Augen suchten nach einem Fahrradfahrer. Wenn er sonst über die Insel fuhr, dann traf er den Albert Reiter meist mehrmals am Tag irgendwo. Aber heute, unglaublich, dachte der Polizeimeister.

Als er am Strandbad ankam, erkannte er das E-Bike von Reiter. Ordnungsgemäß stand es angekettet in einem der Fahrradständer. Endlich, dachte Martin Streich. Er ging an der Kasse vorbei zum Café des Strandbads. Da saß seine Informationsquelle in der vormittäglichen Sonne und ließ sich ein Weizenbier schmecken. Martin Streich schaute auf seine Uhr. Es war kurz vor elf. Bisschen früh für ein Bierchen, dachte er. Aber der Albert hielt das eben so. Der ließ sich hier ein Bierchen schmecken, dann radelte er nach Hause und legte sich ab. Rentner sollte man sein, ging es dem Polizeimeister durch den Kopf.

»Servus, Albert!«, sagte er zur Begrüßung.

»Ach, d'r Martin!«, rief Albert Reiter aus, »bisch du net auf Mördersuche?«

»Doch, grad«, sagte Martin Streich.

Er setzte sich zu dem alten Mann. Als Enrico kam, bestellte er einen Cappuccino. Albert Reiter sah ihn erwartungsvoll an.

»Wenn du auf Mördersuche bisch, was willsch dann bei mir?«

»Du woisch doch emmer elles«, sagte Martin Streich.

»Viel, elles et«, meinte Reiter.

»Die Bermaiers hend doch so en jonge Helfer …«, begann Streich.

»Jo, jo, den Jurek Weiser. Des hab ich domols vermittelt. Der macht es prima, die send sehr zfriede mit ihm«, unterbrach ihn Reiter.

»Om den Jurek goht's. Woisch du, wo der emmer ibrnachtet, wenn er auf d'r Insel bleibt?«, fragte Streich.

»Ha, freilich, drauße em neie Wohngebiet, bei Lettners. Die send vor drei oder vier Johr hgerzoge, von d'r Höri rom. Der Jurek kennt die Leonie, also d' Tochter, no von d'r Schul!«, erzählte Albert Reiter.

Martin Streich kannte zwar das neue Wohngebiet mit den zahlreichen Einfamilienhäusern, der Name der Familie sagte ihm allerdings nichts. Zugezogen, kein Wunder, dachte er. Vielleicht hätte er darauf auch kommen können. Die Reichenauer kannte er ja alle. Er war in zwei Vereinen aktiv, half in der Kirche oft mit und ging zum einen oder anderen Stammtisch. Da entging ihm als Inselpolizist eigentlich nichts. Gerade deshalb hatte es ihn so gewundert, dass er diesen Jurek, beziehungsweise dessen Aufenthalt, nicht ausfindig machen konnte.

»Kein Wunder fend ich den net«, sagte er mehr zu sich selbst.

»Wieso suchsch den denn?«, fragte Albert.

»Der schafft doch bei de Bermaiers«, erklärte Streich.

»Scho«, kam es zurück.

»Ond d'r Bermaier isch doch dot«, fuhr Streich fort.

»I hab's ghert, jo, der Bermaier, wer hett au des denkt, gell«, meinte Albert.

»Ond dieser Jurek hot ihn vielleicht no gseah, an dem Obend.«

»D'r Jurek? Ja, war ders?«, fragte Albert neugierig.

»Do wisset mer no gar nichts Genaues«, wiegelte Streich ab. Jetzt auf keinen Fall Gerüchte streuen. Erzählte er jetzt Albert Reiter irgendwas Falsches, dann konnte das alles Mögliche auslösen. Andererseits konnte es auch nicht schaden, wenn etwas Bewegung in diese Ermittlungen kommen würde. Mit Albert Reiter hatte er den perfekten Brandbeschleuniger, sagte er sich, aber er musste sehr vorsichtig mit dem Zündeln sein.

»Es könnt halt sei, er hot was beobachtet, soviel kann ich sage«, meinte er.

»Aha, bloß beobachtet, ha dann. Warom soll der Bua au den Lothar umbringe, gell!«

Albert Reiter hatte eine Art über Tötungsdelikte zu reden, die brachte den Polizeimeister auf die Palme. Da zerbrachen sie sich die Köpfe über Spurenlagen, gerichtsmedizinische Befunde und Motive, und dieses fahrradfahrende Informationszentrum tat ihre Bemühungen mit einer kleinen Bemerkung einfach so ab. Was ihn fuchste, war, dass der Mann ja recht hatte. Warum sollte dieser junge Mann den Bermaier umbringen? Das war einfach nicht vorstellbar. Hoffentlich ergab die genauere Untersuchung des Vorfalls, dass ein Unfalltod vorlag. Es wäre besser für sie alle hier auf der Insel. In dieser Sache hatte er dem Albert genug erzählt, beschloss Streich, aber eines wollte er den Mann noch fragen.

»Hosch du am Mittwochmorge wie emmer die Tour gmacht?«, fragte er Albert Reiter.

»Jeden Morge, außer sonn- und feiertags, des weisch doch!«

»Isch dir am Mittwoch irgendwas aufgfalle? Du fährsch doch emmer vorne am See auf dem Spazierweg, verbotenerweise«, sagte Streich. Er kannte seine Pappenheimer. Die Radfahrer auf den Fußwegen waren besonders an den Wochenenden ein echtes Problem. Ihre Uferwege hier auf der Insel waren meistens zu schmal, als dass Fußgänger und Radfahrer gut aneinander vorbei kamen. So passierten immer wieder mehr oder weniger ernsthafte Unfälle. Vor allem, seit diese E-Bikes immer mehr Verbreitung fanden. Die fuhren zum einen deutlich flotter, zum andern saßen auf ihnen oft Menschen, die schon lange kein Fahrrad mehr gesteuert hatten. Das musste zwangsläufig zu Kollisionen führen.

»I woiß scho«, meinte Albert, »aber, wenn i onderwegs bin, isch doch do keiner. Am Mittwoch, sagsch du. Doch scho, oder au net. Des war wie emmer. Obwohl, der Bermaier hot so schnell g'rudert.«

»Der Bermaier? G'rudert?«

»Ha, der isch doch jede Mittwoch aufem See. Angelt sich a bar Fisch. Do isch, oder war, er emmer ganz schtolz«, erzählte Albert.

»Und den hosch du gseah?«

»Freilich, mit seim Boot, do droba, onderhalb Peter ond Paul, des isch doch mei Runde«, erklärte Albert.

»Ond wieso isch dir des uffgfalle?«

»Weil der sonscht immer ganz gmütlich onderwegs isch, deshalb«, sagte Albert Reiter.

»Ond do war's andersch?«

»Ha, freilich, der hot g'rudert, als ob einer hender ihm her wär.«

»Also schneller? Welche Richtung?«

»Ha, nom, Richtung Strandbad. Am Jachthafe hot er sein Kahn doch liege, der Herr Gemüsegroßbauer!«

Streich lächelte in sich hinein. Das waren diese Kleinigkeiten, die hier auf der Insel Gesprächsstoff und Unterhaltung boten. Die meisten Bootseigner hatten ihren eigenen Liegeplatz, meist in der Nähe des Hauses des Bootseigners. Außerdem gab es einige Liegeplätze, die gut mit dem Auto anfahrbar waren. Soweit er wusste, war der Bermaier einer der ganz wenigen gewesen, die sich einen Liegeplatz im Jachthafen leisteten. Das kostete übers Jahr eine Stange Geld.

»Ond dann halt d'r Glaubscher.«

»Was?«

»Ha, da Glaubscher hanne au gseah. I sitz doch emmer auf des Benkle mit dem Tisch und guck a bissle auf da See naus. Aber der hot bloß sein Hut gholt«, erzählte Albert Reiter.

Martin Streich wollte seinen Ohren nicht glauben. Da ermittelten sie mit mehreren Leuten, befragten die Bevölkerung, die Nachbarn und so weiter, und hier saß einer, der nicht nur den Bermaier zur Tatzeit dort am See gesehen hatte, sondern auch noch den Rudolf Glaubscher. Das konnte doch nun wirklich nicht wahr sein!

»Wie, sein Hut gholt?«, fragte Streich.

»Ha, so wie mer halt en Hut holt. Keine Ahnung, wie er

den verliere hot kenne. Er hat mi au net gseah, denk ich«, meinte der alte Mann.

»Und wo hat der sein Hut gholt?«

»Ha, am Ufer ischer glege. Do hot er ihn aufglaubt«, sagte Albert.

»So, so, sein Hut. Aha«, meinte Streich nur.

Er trank den letzten Schluck seines Cappuccinos und verabschiedete sich. Er hatte nun wirklich genug erfahren. Der Bermaier war in der Nähe des Tatorts gewesen und der Glaubscher auch. Na also. Nun mussten sie nur noch klären, wie das alles abgelaufen war. Wer hatte den jungen Mann auf dem Gewissen und mit wem hatte sich Bermaier im alten Gewächshaus getroffen? Wenn sie diese beiden Fragen beantworten konnten, dann waren die beiden Fälle endlich gelöst.

Als er in seinem Auto saß, holte er sein Handy aus der Tasche und rief Christina an.

»Ich bin's, Martin Streich. Ich habe Neuigkeiten. Der Jurek übernachtet immer bei den Lettners. Da fahre ich jetzt hin, wenn das okay ist«, sagte er ins Telefon.

»Gut, wenn dieser Jurek da ist, bringen Sie ihn in den *Hasen*. Da fahren wir demnächst auch hin. Wir treffen uns dort«, antwortete Christina.

»Ich habe noch ein paar Sachen erfahren«, fuhr Streich fort, »der Bermaier war tatsächlich mit seinem Boot in der Nähe des Tatorts und außerdem hat der Glaubscher sein Hut verlore.«

»Seinen Hut?«

»Genau, sein Hut«, sagte Streich.

»Sie meinen, er hat am Tatort seinen Hut verloren?«

»Genau.«

»Dann müssen wir uns nun endlich mal diesen alten Mann vornehmen«, meinte Christina.

»Des würd ich auch so sehe«, sagte Streich, »also, bis nachher im *Hasen*.«

Er legte auf. Seine Armbanduhr zeigte zwölf Uhr dreißig. Wenn er sich ein wenig beeilte, konnte er noch schnell im *Ritter* ein Tagesessen zu sich nehmen. Anschließend würde er diesen Jurek bei den Lettners abholen und in den *Hasen* bringen. Die Aussicht, zum einen diese vermaledeiten Todesfälle aufzuklären und jetzt endlich gemütlich Mittag machen zu können, verschaffte ihm ein inneres Wohlgefühl. Es würde alles wieder so werden wie vorher. Nur die Einbrüche musste er noch aufklären, fiel ihm ein.

Waldi war unruhig. Der spürte genau, dass irgendwas nicht in Ordnung war. Der Hund reagierte immer so. Er konnte sich noch sehr gut erinnern, wie das gewesen war, als seine Frau starb. Sie hatte am Nachmittag die Augen geschlossen. Waldi war schon am Morgen völlig daneben gewesen. Er hatte nichts gefressen und wollte auch nicht nach draußen, als er pflichtbewusst die Leine nahm, denn der Hund musste schließlich raus. Seine Frau hatte noch gesagt, er solle ruhig gehen. Der Doktor wollte erst später wieder vorbeischauen. Er war zu Hause geblieben, hatte seiner Frau einen Tee gekocht. Dann saß er mit dem Hund an ihrem Bett, der Hund zu seinen Füßen. Waldi hatte es wohl gespürt, hatte immer wieder aufgeseufzt. Er selbst wollte das alles nicht wahrhaben. Dann hatte sie noch mal seine Hand gedrückt. Als ihre Hand erschlaffte, wusste er, was nun geschehen war. Er strich ihr zärtlich über die Stirn. Seine Lippen trafen auf ihre kühlen. Die Erinnerung an diesen Moment ließ ihn eine Träne zerdrücken. Es war ein schöner Abschied gewesen. Sie hatten sich noch einmal tief in die Augen geschaut. Ein schönes Leben lag hinter ihnen, aber sie ging halt viel zu früh. Im Fotoalbum hatte er den ganzen restlichen Vormittag geblättert. Die Bilder formten wieder Bilder in seinem Kopf, manchmal liefen kleine Filme, Szenen in seiner Erinnerung ab. Die Urlaube, die Geburtstage, sie beide rund ums Haus. Er erinnerte sich gar nicht, so viele Bilder gemacht zu haben. Aber sie hatte ihn immer gedrängt, hatte genau gewusst, wie viel Spaß ihm das machte. So war sie gewesen, sie hatte immer nur an ihn gedacht oder an andere, aber nie an sich. Eine gute Frau war da von ihm gegangen. Er nickte sich zu. Deshalb war sein Entschluss richtig, sagte er sich.

»Waldi, machs guat. I gang dann. Du wirsch no a schees Lebe han. I muss jetzt fort, des geht net anders«, sagte er zu seinem Hund.

Er hatte alles vorbereitet. Auf dem Tisch lag das Blatt. Es war alles aufgeschrieben, glaubte er. Sie würde das Haus und den Acker kriegen. Konnte dann entscheiden, was sie damit machen wollte. Er hoffte, sie würde in sein Häuschen einziehen, mit den Kindern. Die konnten dann hier im Garten spielen, sowie sie sich es immer gewünscht hatten. So erfüllten sich auch Träume, dachte er und musste lächeln. Er konnte sich das so gut vorstellen. Vielleicht fand sie auch noch einen Mann zu den Kindern, das wäre schön. Er hoffte nur, dass seine Aufstellung Gültigkeit hatte. Aber er hatte keine Erben, da konnte ihr niemand das Erbe streitig machen.

Dem Hund hatte er noch den Napf gefüllt. Waldi mochte Kinder. Vielleicht durfte er hier bei der Familie bleiben. Das wäre schön, das würde dem Hund gefallen. Ansonsten würde sich sicherlich jemand um den kleinen Kerl kümmern. Er war pflegeleicht und brav. Der würde auch ein anderes neues Zuhause finden.

»Also, mach's gut, kleiner Kerle. Mir hend a scheene Zeit miteinander ghet«, sagte er zu Waldi.

Der schaute ihn mit seinem typischen traurigen Blick an. Wieder mal war ihm der Hund voraus. Das Tier spürte genau, dass etwas anstand. Es rieb seine Schnauze an seinen Beinen, wollte hochspringen. Er ließ das geschehen, eigentlich durfte der Hund das nicht. Er drückte einen trockenen Kuss auf die kleine spitze Schnauze. Zum Abschied ging das schon mal.

Er stand auf, legte den Hund in sein Körbchen, das er erst wieder verlassen würde, wenn er wiederkam. Aber er würde heute nicht wiederkommen. Es war alles wohlüberlegt. Er hatte keinen Ausweg gefunden. Das würde für ihn mit Gefängnis enden. Er hatte den Schlag geführt, der junge Mann war gestorben. Niemand konnte ihn entlasten, niemand wusste, dass der Mann noch nicht tot war, als er gegangen war. Vielleicht hätte er nur ein paar Jahre gekriegt, hatte er überlegt, aber wie sollte er im Gefängnis überleben, ohne den See, das Wasser und die Reichenau. Das konnte er sich beim besten Willen nicht vorstellen. Da war es besser, seinen Weg zu wählen. Er war nie besonders gläubig gewesen, aber ganz in sich drin, in diesem tiefsten Inneren, wollte er gerne daran glauben, dass es da oben wirklich so einen Himmel als Treffpunkt gab. Dort würde sie auf ihn warten. Ihre erste Frage, da war er sich sicher, würde sein, wo er denn den Hund gelassen habe. Der käme schon noch, würde er ihr sagen, er habe ihn noch bei den Kindern in ihrem Häuschen gelassen.

Er schloss die Haustür hinter sich nicht ab. Das machte er sowieso nur, wenn er mal mehrere Tage weg war. Selten war dies der Fall gewesen, dachte er. Die Tabletten hatte er schon vor einer halben Stunde genommen. Seine Frau hatte immer eine halbe am Abend genommen. Das Päckchen war fast noch voll gewesen, das würde reichen. Ob das Wasser wohl sehr kalt war? Die wenigen guten Sonnentage hatten es bestimmt nicht viel wärmer gemacht. Er ging auf seiner üblichen Runde. Das würde ihn auch an der Stelle vorbeiführen. Das wollte er auch. Er musste den Tatort noch mal sehen.

Nach zehn Minuten war die Stelle erreicht. Hier war es passiert, dachte er, hier hatte er zu dem jungen Mann lediglich sagen wollen, er solle seine Frau und seine Kinder anständig behandeln. Das war alles gewesen. Diese Menschen, dieses schlechte Gewissen. Denn dieser junge Mann hatte doch genau gewusst, dass er das nicht machen durfte. Nur deshalb war der gleich so auf ihn losgegangen.

Er fand keine Spuren. Am Ufer waren viele Fußabdrücke, dort, wo wahrscheinlich der Bermaier in seinem Boot gesessen hatte. Der Bermaier. Jetzt war er auch tot. Es interessierte ihn nicht mehr, wer den vielleicht auf dem Gewissen hatte. Er war es jedenfalls nicht gewesen, auch das hatte er auf das Blatt geschrieben. Da mussten sie dann einen anderen Schuldigen finden. Hinten an der Mauer, direkt am Wasser, war ein kleiner Durchschlupf. Dort hatten sie schon als Kinder gebadet. Den Touristen war das zu umständlich, durchs seichte Wasser zu waten, um den kleinen Strand zu erreichen. Dabei war dort sogar ein wenig Sand, wie am Meer. Er drückte sich ganz eng um die Mauer, damit seine Füße nicht so nass wurden. Quatsch eigentlich, dachte er sich. Bald würde er ganz nass sein. Er ging an den Strand, schaute noch einmal hinüber aufs Festland. Abgesehen von ein paar Häusern war der Ausblick fast der gleiche wie für sie damals als Kinder. Den Hut und den Mantel ließ er an der felsigen Kante liegen. Nun musste er nur noch Schritt für Schritt ins Wasser hineingehen. Der See war hier flach. Es würde ein wenig dauern, bis er tiefes Wasser erreichte. Er spürte schon die Wirkung der Tabletten. Entschlossen schritt er voran. Jetzt nur nicht vor dem tiefen Wasser einschlafen.

Sie hatten zum ersten Mal einen richtigen Streit gehabt. So empfand es Jurek. Leonie meinte, es sei eine Diskussion gewesen. Er sah das nicht so. Sie hatte ihn aus eigenen Motiven überredet, nicht zur Polizei zu gehen. Er wäre wahrscheinlich gleich gegangen oder zumindest am nächsten Tag. So hatte er jetzt fast zwei Tage verstreichen lassen. Erst als er auf seinem Fahrrad saß, überlegte er, wohin er fahren sollte. Der Polizeiposten war an der Touristinfo, das wusste er. Aber ob er dort jemanden antreffen würde, war ziemlich fraglich. Vielleicht sollte er einfach die 110 anrufen. Die würden ihn dann schon irgendwie mit jemandem verbinden, der zuständig war. Er musste das noch ein wenig überlegen. Daher beschloss er, einen kleinen Umweg zu machen. Wenn er den Außenweg am Ufer fuhr, blieb ihm noch ein wenig mehr Zeit. Der bog zwar vor der Anlage vor dem Tagungszentrum ab, aber er wusste, dass man nur ein bisschen durchs seichte Wasser musste, um am anderen Ende auf die Fortsetzung des Uferwegs zu treffen.

Als er die ummauerte Anlage erreichte, schob er sein Fahrrad am sandigen Ufer entlang. Um diese Zeit war hier niemand, das wusste er. Er hatte oft mit Leonie hier gebadet. Den Touristen war es zu umständlich, sich um die Mauerecken zu drücken. Eigentlich verstand er auch nicht, warum dieses Tagungszentrum mit diesen hohen Mauern so dicht ans Wasser gebaut worden war, ohne Zugang zum See. Er sah dem Spiel der sanften Wellen zu. Hier war der See ziemlich flach. Sie mussten immer recht weit ins Wasser laufen, bis sie schwimmen konnten.

Er sah auf. Zwar hingen noch Nebelschwaden über dem Wasser, aber die Sonne drang auch hier langsam durch. Da war doch jemand. Jurek schaute genauer. Vielleicht dreißig Meter vom Ufer entfernt stand jemand im Wasser. Soweit er erkennen konnte, war es ein Mann, der einen Anzug anhatte. Der ging immer weiter ins Wasser hinein. Der will nicht schwimmen, dachte Jurek, der will untergehen. Er legte sein Fahrrad ans Ufer, zog sich schnell die Jacke aus und rannte ins Wasser hinein.

»Hallo! Hallo! Bleiben Sie stehen!«, rief er dem Mann zu.

Der ging immer weiter. Hatte er ihn nicht rufen hören? Der Mann schien nun das tiefere Wasser erreicht zu haben. Er begann zu schwimmen, wollte offensichtlich noch weiter hinaus. Jurek versuchte, sich zu beeilen, aber das Wasser hatte inzwischen Kniehöhe erreicht, da ging es nicht schneller. Er überlegte kurz, ob er schwimmend schneller vorankommen würde.

»Hallo, hallo! Hier bin ich, ich kann nicht schwimmen!«, rief Jurek dem Mann zu.

Er hoffte, der würde vielleicht reagieren, wenn er begriff, dass Jurek ihm nicht ins tiefe Wasser folgen konnte. Der Mann zögerte auch einen Moment, sah zu ihm herüber. Dann wendete er sich wieder ab und schwamm weiter.

»Hallo! Bleiben Sie doch stehen!«, rief Jurek. Blödsinn, dachte er, der Mann stand doch längst nicht mehr. Aber was sollte er rufen? »Hören Sie auf zu schwimmen?« Er kam dem Mann jetzt schneller näher. Der Mann schien nur sehr langsam schwimmen zu können. Irgendwie hatte Jurek den Eindruck, der Mann könnte betrunken oder unter Drogen sein, denn er schwamm so langsam, dass Jurek ihm bei jedem Schwimmzug drei Schritte näher kam. Dann hörte der Mann auf zu schwimmen.

Jurek hatte nun auch das tiefe Wasser erreicht. Mit wenigen Schwimmzügen erreichte er den Mann, der, Gesicht nach unten, im Wasser trieb. Er griff ihn unter den Armen. Jetzt nicht wieder einen Fehler machen, ging es ihm durch den Kopf. Sein Handy war in seiner Jacke. Er würde den Mann ans Ufer bringen und sofort die Rettung und die Polizei anrufen. Der Mann atmete noch, aber sehr flach. Das spürte Jurek durch den nassen Anzugsstoff hindurch.

»Hallo, hierbleiben! Hier ist das Leben! Hier geht es weiter!«, schrie er dem Mann ins Ohr.

Es war mühsam, ihn durchs seichte Wasser ans Ufer zu schleppen. Jurek achtete auf die Atmung. Die war zwar immer noch flach, aber regelmäßig. Er legte den Mann am Ufer ab. Dann ging er hinüber zu seiner Jacke. Soweit er wusste, galt auch beim Handy der Notruf 110. Er wählte. Hoffentlich kamen die bald.

Martin Streich erreichte der Notruf, als er vor dem Haus der Lettners ins Auto stieg. Als ihm der Name des Anrufers mitgeteilt wurde, wunderte ihn gar nichts mehr. Er hatte nur Leonie und ihre Mutter, Frau Lettner, im Haus angetroffen. Der Jurek sei auf dem Weg zur Polizei, hatten sie gesagt. Offensichtlich hatte Frau Lettner dafür gesorgt, dass der junge Mann sich endlich bei ihnen melden sollte. Leonie hatte noch neugierig gefragt, wie die Ermittlungen denn laufen würden. Aber er konnte darüber natürlich nichts erzählen. Er fragte sich, was den jungen Mann bewogen hatte, sich dort bei den Lettners zu verstecken. Das würde er ihn dann fragen.

Als er den Wagen parkte, sah er den Wagen der Rettung am Ufer stehen. Sie hatten den Mann wohl schon geborgen. Auf einer der Bänke saß ein junger Mann, der einen ziemlich verzweifelten Eindruck machte.

Streich ging zu ihm hin.

»Bisch du der Jurek?«, fragte er ihn.

»Ja.«

»Oins mecht i jetzt glei wisse, warum hosch du dich net glei gmeldet?«

»Weil ich Angscht ghabt hab«, sagte Jurek.

»Aber wieso denn?«

»D'r Herr Bermaier isch doch dot.«

»Ja und? Hosch du ihn umbrocht?«, fragte Martin Streich.

»Nein. Aber geschtorben ischer, des weiß ich«, sagte Jurek.

»Ond woher weisch du des?«

»Weil er keinen Puls mehr ghabt hat«, sagte Jurek.

»Aha.«

Was sollte Jurek dem Polizisten jetzt erzählen? Dass er etwas gehört hatte am alten Gewächshaus? Dass der Bermaier diesen anderen Mann erpressen wollte wahrscheinlich? Dass er meinte, gehört zu haben, wie Bermaier sagte, der junge Mann habe noch gelebt?

Und vor allem musste er ihm erzählen, dass der andere Mann der Mann im Krankenwagen war. Gesehen hatte er ihn zwar nicht richtig, aber als er den Mann ans Ufer gezogen und seinen Kopf auf seine Jacke gelegt hatte, sagte der alte Mann: »D'r Bermaier hot gsagt, er hot noch glebt.« Jurek hatte die Stimme gleich erkannt. Das war der andere Mann im Gewächshaus gewesen, da war er sich ganz sicher. All das musste er der Polizei erzählen.

»Das ist der Mann aus dem alten Gewächshaus«, begann er, »mit dem hat der Bermaier geredet. Der hat ihn, glaube ich, erpresst. Der alte Mann hat noch gesagt, dass der Bermaier gesagt hat, der Mann habe noch gelebt.«

»Jetzt mol langsam, junger Mann«, sprach Streich beruhigend auf Jurek ein, »des verzehlsch ons nochher aufem Revier oder im *Hasen*, gell.«

Er klopfte Jurek aufmunternd auf die Schulter. Der schien ja einiges mitgemacht zu haben in den letzten zwei Tagen. Er schien ganz durcheinander zu sein. Aber wenn das stimmte, was er da erzählte, dann hatte der Bermaier den Erik Wiegand umgebracht. Unterlassene Hilfeleistung und das mit voller Absicht, den alten Mann für den Tod des jungen Mannes verantwortlich zu machen. Er führte den Jungen zu seinem Wagen.

»Jetzt hock dich do mol nei«, sagte er.

Jurek setzte sich auf den Rücksitz. Er wunderte sich noch, dass der Polizeibeamte ihm den Kopf nicht mit der Hand nach unten drückte. Das machten sie in den Filmen immer so. Dann fiel ihm aber ein, dass er ja noch keine Handschellen trug, noch nicht. Wieso hatte er nicht gleich den Weg zur Polizei gewählt, fragte er sich jetzt. Wenn er diesen Kriminalbeamten erklären musste, warum er vom alten Gewächshaus davongelaufen war und sich dann versteckt hatte, würde er sich lächerlich machen. Ihm fiel kein rationaler Grund ein, er konnte sich nur erinnern, eine Heidenangst gehabt zu haben, dass man ihn für schuldig am Tod des alten Gemüsebauern halten würde. Und dann noch das Geschwätz von Hilfsdetektivin Leonie, die ihren ersten Fall zu haben glaubte. Da war wirklich einiges zusammengekommen. Er musste sich jetzt genau überlegen, was er der Polizei erzählen würde und was nicht.

Streich war zum Rettungswagen hinübergegangen. Dem alten Mann ging es den Umständen entsprechend gut. Die beiden Sanitäter hatten den Notarzt abbestellt. Sie würden den Patienten ins Krankenhaus nach Konstanz bringen.

»In ein paar Tagen ist der wieder auf dem Damm«, meinte einer der beiden.

»Des Wasser isch halt noch ziemlich kalt«, sagte der andere.

Streich dankte ihnen für die schnelle Hilfe und verabschiedete sich. Sie würden den Glaubscher wohl frühestens morgen im Krankenhaus vernehmen können. Aber so wie er die Sache sah, waren die meisten Fakten zusammen. Unklar war nur noch, warum der Glaubscher den Erik Wiegand angegriffen und geschlagen hatte. Denn das lag für den erfahrenen Polizisten auf der Hand, dass es der Stock des alten Mannes gewesen war, der den jungen Wiegand am Kopf getroffen hatte.

Er stieg in sein Auto ein. Die Kriminaler hatte er schon auf seinem Weg zum Unfallort informiert. Allerdings hatte er zu der Zeit noch nicht gewusst, dass es sich um Rudolf Glaubscher handelte. Sie hatten vereinbart, dass er sich bei ihnen melden würde. Die drei Kommissare waren jetzt aber bei den Bermaiers beziehungsweise bei der Witwe Bermaier, da wollte er nicht stören. Er würde sich stattdessen auf den Weg zum *Hasen* machen. Dieser Jurek brauchte jetzt erst mal was Warmes zu trinken. Dann sollte der mal seine Eltern anrufen, damit die auch Bescheid wussten. Er stieg ein. Als der Motor brummte, legte er den Gang ein.

»Mir fahret jetzt in Hase, no trenket mer erscht mol en scheene Kaffee«, sagte er nach hinten.

»Eine heiße Schokolade wäre mir lieber«, meinte Jurek.

»Au des«, sagte Streich. Er fuhr los.

Diese Frau verschwieg ihnen was. Christina hatte bei den beiden letzten Fragen von Kim Lorenz genau zugehört. Berta Bermaier war bei der ersten Frage wieder ausgewichen. Sie hatte erneut behauptet, nicht zu wissen, warum ihr Mann am Abend noch zum alten Gewächshaus hinausgegangen war. Zwar hatte Kim nachgefragt, weil sie der alten Frau auch nicht glaubte, aber es war nichts mehr gekommen. Auch die Frage, wen ihr Mann dort vielleicht getroffen haben könnte, konnte oder wollte sie nicht beantworten.

Aber sie hatten jetzt Jurek, wusste Christina. Frieder hatte den Anruf von Streich draußen am Eingang noch angenommen. Er war noch ein paar Minuten im Hof geblieben. Die SMS an seine beiden Kolleginnen hatten diese dann nebenbei unbemerkt gelesen. Dieser Jurek würde ihnen vielleicht sagen können, mit wem der Bermaier sich im alten Gewächshaus getroffen hatte. Dann würden sie Frau Bermaier halt später damit konfrontieren.

»Sie bleiben also dabei, nicht zu wissen, was Ihr Mann an diesem Abend dort draußen machte und wen er vielleicht getroffen hat oder treffen wollte?«, fragte Christina Hahn noch mal.

»Ich weiß nichts«, sagte Frau Bermaier.

»Das glauben wir Ihnen zwar nicht, aber solange wir nichts anderes beweisen können, müssen wir das so stehen lassen«, resümierte Kim Lorenz.

Frieder Füger schüttelte nur beiläufig den Kopf. Was wollte die alte Frau mit ihrem Schweigen denn erreichen? Ihr Mann war tot, wer auch immer ihn womöglich auf dem Gewissen hatte. Er musste dringend diesen Gerichtsmediziner noch mal anrufen. Vielleicht wusste der jetzt mehr.

»Ich warte draußen«, sagte er zu seinen beiden Kolleginnen. In der Tür stieß er fast mit Alfred zusammen, der gerade hereinkam.

»Grüß Gott«, sagte der zur Begrüßung. Er schaute kurz Frieder Füger hinterher, der flotten Schrittes auf die Haustür zuging.

»Send ihr scho fertig?«, fragte Alfred.

»Ziemlich«, meinte Christina, »und keinen Schritt weiter.«

Alfred schaute die beiden Beamtinnen, dann seine Mutter an. Er überlegte nur kurz.

»Du mussch's ihne sage«, sagte er zu seiner Mutter.

»Ich weiß doch nichts«, meinte die nur.

»Dann sag ichs«, sagte Alfred.

»Du kannsch doch net! ... D'r Vatter!«

»D'r Vatter isch dot ond mir müsset sage, wie des gange isch, was mir, was du weisch!«

»Vielleicht hasch recht, Bua. Aber em Vatter wär's net recht, wenn e des verzehl«, sagte Frau Bermaier leise.

»Des mag sei«, beruhigte Alfred seine Mutter, »aber mir send em Reine!«

»Des isch wahr. No sag i's halt. Also, mein Mann, der Alfred, hot den Rudolf Glaubscher gseah, wie er dem junge Wiegand auf de Kopf ghaue het. Der Wiegand war aber no et dot, des hot mein Mann gseah, aber …«

»… aber er hot ihm net gholfe. Er isch drvo! Sag's ruhig«, sagte Alfred laut.

»Jo, er isch mit seim Boot weitergfahre. Dann hot er dem Glaubscher en Zettel gschribe, dass er ihn treffe will, wege dem Acker ond so.«

»Welcher Acker?«, fragte Kim.

»Den wolltet mir scho lang, damit mer vergrößre kennet«, erklärte Alfred, »aber d'r Glaubscher wollt ihn ja oms Verrecke net hergebe!«

»Ums Verrecken?«, fragte Christina.

»Na jo, eben et«, sagte Alfred.

»Ond dann?«, fragte Kim.

»Hend se sich troffe am Obend, em alte Gewächshaus. I weiß net, was dann passiert isch. Dann war d'r Lothar dot«, erzählte die alte Frau. Tränen standen ihr in den Augen.

»Haben Sie diesen Glaubscher an diesem Abend denn gesehen?«, fragte Kim die alte Frau.

»Ich, noi, i han gar nix gseah. I han auf da Lothar gwartet«, sagte Frau Bermaier.

»Und dieser Jurek?«, fragte nun Christina.

»Des könnt sei, dass der dort war. Der hot do unte emmer sei Rad abgschtellt. Und er hot an dem Obend no a bissle aufgeräumt«, sagte Alfred.

»Das haben Sie uns ja schon erzählt. Inzwischen ist der Jurek aufgetaucht«, erzählte Christina.

»Wo war er denn?«, fragte Alfred.

»Das wissen wir noch nicht, aber er hat wohl einen Mann gerettet, der ins Wasser gehen wollte«, sagte Christina.

»Wie, ens Wasser, so richtig, endgültig?«

»Genau«, bestätigte Christina. Sie schaute durchs Fenster hinaus auf den Hof.

Dort stand Frieder Füger mit dem Telefon am Ohr. Sie erinnerte sich, dass er den Doktor Herrlich noch mal anrufen wollte. Hoffentlich kam dabei was Vernünftiges raus. Sie hatten so wenige Fakten. Alles war irgendwie Hörensagen oder Wissen von Dritten.

Frieder hatte den Gerichtsmediziner gleich erreicht. Er war mit seiner Untersuchung fertig.

»Also, Herr Füger«, berichtete Herrlich, »Stich mit der Mistgabel, eindeutig. Aber Stoß, das kann ich nicht unterschreiben. Für mich zeigen die Stichkanäle deutliche Knicke, das würde auf einen Sturz hindeuten. Meiner Ansicht nach ist der Mann auf die Gabel gefallen und hat sie sich sozusagen selbst ins Herz gestoßen. Eindeutig ist das allerdings nicht. Aber ein richtiger Stich sieht anders aus. Das hatte ich auch schon. Das sind dann geradlinige Stichkanäle, die …«

»Danke, Herr Herrlich. Ich lese den Rest dann in Ihrem Bericht«, hatte Frieder den Arzt unterbrochen und aufgelegt.

Als er aufschaute, sah er Christina und Kim aus dem Haus kommen. Alfred Bermaier stand in der Tür. Er nickte nur zum Abschied.

Irgendwie machten die beiden Frauen einen etwas niedergeschlagenen Eindruck. Er ging auf sie zu. Immerhin hatte er ein Ergebnis zu berichten.

»Und, wie lief's noch?«, fragte er.

»Sie hat gestanden, könnte man sagen«, erzählte Kim, »ihr Mann hat an dem Abend den Glaubscher im alten Gewächshaus getroffen. Er wollte ihn erpressen. Es ging wohl um einen Acker, den die Bermaiers schon lange wollten. Aber was an dem Abend genau passiert ist, konnte uns Frau Bermaier auch nicht sagen. Wir müssen jetzt hoffen, dass dieser Jurek was gesehen oder gehört hat. Und, bei dir? Doktor Herrlich?«

»Er vermutet eher einen Unfall. Für eine Fremdeinwirkung seien die Stichkanäle zu wackelig, zu unterbrochen. Für ihn ist der Mann in seine eigene Mistgabel gefallen«, erzählte Frieder Füger.

Christinas Handy klingelte. Sie nahm den Anruf an.

»Miriam? Ach, du!«, sagte sie, »jetzt ist grade schlecht. Aber, pass auf, komm doch in einer Stunde in den *Hasen*. – Genau. Dann kriegst du alle deine Informationen. – Keine Ursache ...« Sie legte auf.

Kim Lorenz schaute die junge Kollegin kritisch an. Was sollte das jetzt, fragte sie sich. Waren sie jetzt schon per Du mit der Presse? Christina hatte ihr zwar von der Reporterin, von der netten Reporterin, erzählt, aber dass die jetzt gleich im *Hasen* dabei sein sollte, überraschte sie dann doch.

»Hast du eben diese Miriam Herzer in den *Hasen* zitiert?«, fragte sie Christina.

»Richtig. Mit Absicht. Wir sprechen jetzt gleich mit diesem Jurek. Dann erfahren wir vielleicht, was tatsächlich im Gewächshaus geschehen ist. Miriam kann das dann zu einem Artikel verarbeiten«, erklärte Christina.

»Und was soll das bringen?«, fragte Frieder.

»Vielleicht meldet sich noch jemand, der auch etwas gesehen oder gehört hat. Vielleicht hat auch jemand diesen Erik Wiegand gesehen. Ich habe da so ein Gefühl, dass wir verschiedenen Lösungen recht nahe sind«, sagte die Kommissarin grinsend.

Kim und Frieder schauten sich verdutzt an. Flippte die Kollegin jetzt aus? Gut, sie waren der Lösung ihrer beiden Fälle recht nahe, das stimmte, aber verschiedene Lösungen, was sollte das denn bedeuten? Beide beschlossen aber, die Sache erst mal so stehen zu lassen. Schließlich hatte Christina die Leitung in diesen Fällen. Sie waren gespannt, wie sich das entwickeln würde. Also machten sie sich ohne weitere Diskussion auf den Weg in den *Hasen.*

Manfred hatte diesen Boris schließlich erreicht. Er hatte noch niemals so eine Fluchtirade gehört. Diese gesammelten Kraftausdrücke schlimmster Art wollte er nicht einmal im Geiste wiederholen. Der hatte ihm was erzählt, dieser Boris, in flüssigem Deutsch mit leichtem Akzent. Sie sollten sich mit ihrem Scheiß zum Teufel scheren, das hatte der Mann ihm in kurzen Worten dann erklärt. Außer mit dem Erik wollte er sowieso mit niemandem reden!

Manfred hatte versucht, ihm schonend beizubringen, dass der Erik nicht mehr unter den Lebenden weilte. Aber dieser Boris schien es an den Ohren zu haben oder er hörte ihm einfach nicht zu. Manfred fragte immer wieder, was sie mit der Beute denn machen sollten. Boris aber war wirklich nicht interessiert.

Schließlich hatte Manfred aufgelegt. So kamen sie nicht weiter. Er rief die beiden anderen an. Sie verabredeten sich am Nachmittag bei Fred. Es war Wochenende, da ging das schon mal und fiel auch nicht weiter auf.

»Und was machen wir jetzt?«, fragte Fred. Er ging die ganze Zeit hin und her wie ein eingesperrter Tiger.

Dieter saß entspannt in einem Sessel, eine Bierflasche in der Hand. Sie schauten beide auf Manfred.

Die konnten ihn ruhig angucken. Was sollte er jetzt sagen? War er der neue Erik?

»Keine Ahnung. Bei diesem Boris kommen wir jedenfalls

nicht weiter. Ich fahre auch nicht nach Konstanz und treffe den! Der hat mir am Telefon schon gereicht, den will ich gar nicht näher kennenlernen. Ich weiß nicht, wie Erik mit dem klarkommen konnte«, sagte er zu seinen beiden Kumpanen.

»Offensichtlich hat er's irgendwie hingekriegt«, meinte Dieter.

»Der Erik konnte das«, sagte Fred.

»Schön, der Erik konnte das. Und jetzt? Der Erik ist tot. Bei diesem Boris kommen wir nicht weiter, also, was machen wir?«, fragte Manfred.

»Am besten, wir lassen das Zeug, wo es ist«, meinte Dieter.

»Hier?«, fragte Fred.

»Wo sonst?«, sagte Dieter.

»Das geht auf Dauer nicht«, meinte Fred.

»Warum denn nicht? Hierher kommt doch niemand. Hier sind die Sachen am besten aufgehoben. Außerdem fällt mir nichts Besseres ein«, sagte Dieter.

»Mir auch nicht«, sagte Manfred, »warum soll das nicht gehen, Fred?«

»Das ist mir zu heiß«, meinte der, »irgendwie ist mir das zu heiß.«

»Du hast das Zeug doch die ganzen letzten Wochen immer wieder hier im Keller gehabt«, sagte Dieter.

»Schon, aber es kam immer wieder weg. Jetzt soll es bleiben. Das geht nicht«, sagte Fred.

»Es geht aber nicht anders, Fred. Was sollen wir denn machen?«, fragte Manfred.

»Wir können die Sachen nur hierlassen. Sonst fliegen wir auf!«, sagte Dieter laut.

»Um Himmels willen, meine Mutter«, sagte Fred kleinlaut.

»Eben«, meinte Manfred.

»Genau«, sagte Dieter.

»Na gut«, lenkte Fred ein, »aber nur für ein paar Wochen, dann müssen wir uns was einfallen lassen!«

»Ist gebongt«, sagte Dieter.

»Machen wir«, bestätigte Manfred.

Sie saßen noch eine Weile beieinander. Erinnerungen an die guten Zeiten mit Erik wurden aufgefrischt. Die Frage, wer den Freund umgebracht hatte, wurde nicht gestellt. Als ob sie nicht schon genug Probleme hätten, ließen sie diesen Fall außen vor. Auch die Lösung für den Verbleib ihres Diebesguts wollten sie erst mal nicht besprechen. Lieber ein wenig in alten Zeiten schwelgen und noch eine Flasche Bier aufmachen. Das Leben sollte einfach sein.

»Das Leben ist so einfach«, sagte Fred nach der vierten Flasche und ein paar Schlucken aus der Obstlerflasche.

»Genau«, bestätigte Dieter.

Er prostete Manfred zu.

»Und, was meinsch du?«

»Dieser Boris, eine rechte Drecksau isch des!«, rief Manfred und kippte von seinem Stuhl.

Die andern beiden lachten. Dieser Boris schien einen tiefen Eindruck auf den Manfred gemacht zu haben.

»Mensch, Manfred, der isch doch en Konstanz«, beruhigte Dieter den Freund.

»Schtemmt«, sagte Manfred erleichtert, »ond der kriegt nix von dem Zeug, nix!« Dabei zeigte er auf das Diebesgut, das in der anderen Hälfte des Raums gestapelt war.

Die anderen beiden folgten mit ihrem Blick seinem Zeigefinger. Zu schade, dass man diese feinen Sachen jetzt nicht zu Geld machen konnte. Aber sie waren sich einig, dass es zu riskant wäre, jetzt einen neuen Kanal zur Versilberung des Diebesguts zu finden. Sie mussten wohl oder übel damit leben, dass hier in den Kellerräumen von Fred ein wahrer Schatz gelagert war. Und vor allem darauf hoffen, dass ihnen inzwischen niemand auf die Schliche kam.

Die drei Kriminalbeamten hatten ihren Kollegen Streich und diesen Jurek im *Hasen* am Stammtisch angetroffen. Die beiden hatten jeder ein Heißgetränk vor sich auf dem Tisch stehen.

Als die Kriminaler hereinkamen, unterbrachen sie ihr intensives Gespräch. Kim, Christina und Frieder setzten sich dazu. Nachdem sie auch Kaffee geordert hatten, wandten sie sich den beiden zu.

»Jetzt erzählen Sie mal, Herr Streich, was genau passiert ist«, sagte Christina.

Streich berichtete in aller Ausführlichkeit vom eingegangenen Notruf, den Rettungssanitätern, dem schwierigen Einsatzort und von Jureks Heldentat, als er den alten Mann ans Ufer gerettet hatte.

»Des war fei echt a Leischtung! Der Mann war voll bekleidet, des Wasser zemlich kalt! Also, alle Achtung, junger Mann!«, sagte Streich voller Stolz auf die Tat des jungen Jurek. Er klopfte ihm mehrmals anerkennend auf die Schulter. »Ond jetzt kommt's. Dieser jonge Mann«, er zeigte auf Jurek, »hot einiges zom verzehle, was den oben am Gwächshaus angeht, gell!«

Jurek nickte. Jetzt war er dran. Er hatte sich das alles genau überlegt. Einen guten Teil hatte er schon dem Martin Streich erzählt, aber jetzt musste er das alles noch mal im Zusammenhang berichten. Er begann mit seinem Heimweg und dem Licht im alten Gewächshaus, dass er angehalten hatte, zwei Männer im Innenraum sah und einfach neugierig wurde.

»Konntest du erkennen, wer der zweite Mann war?«, fragte Christina.

»Nein, nicht richtig. Ich habe den auch nicht gekannt. Erst Herr Streich hat mir gesagt, dass der Rudolf Glaubscher heißt. Ich habe nur seine Stimme gehört und die habe ich auch am Strand wiedererkannt«, erzählte Jurek.

»Am Strand?«

»Genau, als ich den alten Mann schließlich am Ufer hatte, hat er noch was gesagt, bevor er bewusstlos wurde: »Der Bermaier hot gseah, dass der no net dot war«, oder so ähnlich. Jedenfalls ging es um den Toten am Seeufer. Als er das sagte, erkannte ich die Stimme wieder. Dieser Mann hat auch im Gewächshaus mit dem alten Bermaier geredet. Ziemlich heftig, übrigens.«

»Und was ist dann passiert? Nachdem die beiden so heftig miteinander geredet haben?«, fragte Kim Lorenz.

»Dann ist der alte Mann gegangen. Aber irgendwie hat mich der Bermaier dann gehört. Er ist mit der Mistgabel in der Hand um die Gewächshausecke gebogen und auf mich zugekommen. Es war ziemlich rutschig an der Stelle. Deshalb bin ich auch ausgerutscht. Das hat der Bermaier wohl gehört. Er ging mit der Mistgabel auf mich los. Aber er ist ausgerutscht, mit der Mistgabel. Dann war er tot. Ich habe noch an seine Halsschlagader gefasst. Aber da war kein Puls mehr. Da bin ich abgehauen«, erzählte Jurek.

»Wieso das denn?«, fragte Frieder.

»Ich hatte einfach Panik, dass ich schuld sein würde am Tod des alten Bermaier«, sagte Jurek.

»Aber das bist du doch nicht«, sagte Christina.

»Ich war mir halt nicht sicher, ob Sie das auch so sehen würden.«

»Wir haben deine Spuren gefunden. Ich darf doch noch ›Du‹ sagen?«, fragte Kim.

»Klar«, sagte Jurek.

»Also. Es ist anhand der gefundenen Spuren ziemlich unwahrscheinlich, dass du für den Tod des Gemüsebauern verantwortlich warst. Außerdem fehlt dir wirklich jegliches Motiv«, erklärte Christina.

»Dann bin ich erleichtert«, sagte Jurek, »ich hab' mir eigentlich gleich gedacht, dass es besser wäre, zur Polizei zu gehen, aber ...«

»Aber?«, fragte Kim nach.

»Na ja, ich habe mit meiner Freundin drüber gesprochen, dann bin ich immer unsicherer geworden, was das Richtige ist«, erklärte Jurek.

Kim Lorenz nickte. Sie verstand den jungen Mann. Immer wieder kam es vor, dass Menschen sich nicht sicher waren, wie sie in solchen Situationen handeln sollten. Für sie als Ermittler war es oft unverständlich, warum Beteiligte nicht einfach die Polizei riefen. Das war von außen betrachtet auch verständlich. Aber für jemanden wie diesen jungen Jurek stellte sich das in dem Moment anders dar.

»Das ist verständlich«, meinte Christina Hahn, »allerdings hast du unsere Ermittlungen dadurch ziemlich aufgehalten. Aber jetzt sitzt du hier. Außerdem hast du den alten Mann gerettet, der sich offensichtlich das Leben nehmen wollte. Meine Anerkennung hierfür.«

Kim und Frieder stimmten ihr nickend zu. Der Junge hatte nun wirklich genug mitgemacht. Kim fand es geradezu schicksalhaft, dass ausgerechnet Jurek zu dem Zeitpunkt an der Stelle vorbeigekommen war, an der dieser alte Mann ins Wasser gehen wollte. Sie mussten gleich morgen zu diesem Glaubscher ins Krankenhaus fahren. Vielleicht könnte das auch Kollege Füger übernehmen, dann könnte sie den Tag noch mit Christina verbringen.

Das waren Wünsche, dachte die Hauptkommissarin, da hatte sie ihren Freiraum und gleich zwei Fälle und doch war ihre Lust größer, mit Christina ein wenig über die Insel zu fahren und zu spazieren. Es war einfach mal darum gegangen, raus zu kommen, den Alltag hinter sich zu lassen und anderes zu erleben und zu sehen. Das war ihr ganz gut gelungen, dachte sie. Es war mal wieder nicht der große Fall gewesen, vielmehr sogar zwei Fälle, die sich als zwar kompliziert, aber wenig mordtauglich erwiesen hatten. Das machte aber nichts, dachte sie bei sich, so war es ihr immer lieber.

Und schließlich hatten sie doch einiges herauszufinden gehabt. So ganz leicht war die Auflösung dieser beiden Fälle nicht gewesen. Genug kriminelle Energie war auch vorhanden gewesen. Das musste man erst einmal übers Herz bringen, so wie dieser Bermaier einem Menschen sozusagen beim Sterben zuzusehen. Welcher Abgrund einer menschlichen Seele tat sich denn da auf, fragte sie sich. Wie weit war ein Mensch gekommen, der in einem solchen Moment seinen Vorteil abwägte und weiterdachte, wie er das Geschehene für seinen Vorteil benutzen könnte? Wenn sie darüber nachdachte, dann wünschte sie sich zurück zu ihren beiden kleinen Rackern, die noch so unschuldig in die Welt hineinlachten. Darauf freute sie sich und allein dafür war dieser Ausflug genau richtig gewesen.

»Kim«, unterbrach Christina ihre Gedanken, »wie sollen wir weitermachen, was meinst du?«

»Wenn es Herrn Füger recht ist, könnte er morgen den Rudolf Glaubscher im Krankenhaus besuchen. Am Sonntagvormittag setzen wir uns zu einem späten Frühstück zusammen. Dann kannst du die Fakten für deinen Bericht sammeln. Herr Streich, können Sie denn am Sonntag?«, fragte Kim den Kollegen.

»En einem solchen Fall, meinen Fällen, emmer«, sagte der Polizeimeister lachend.

»Gut«, meinte Christina, »aber was machen wir beide morgen, wenn Frieder in Konstanz beim Glaubscher ist?«

»Ich nehme mir morgen einen Tag frei!«, sagte Kim froh, »im Notfall telefoniere ich mit dem Chef. Die Fälle sind gelöst, wir haben nichts mehr zu tun, als diese schöne Insel einen Tag lang zu erkunden. Da freue ich mich drauf!«

Christina freute sich auch. Kim hatte ja recht, es stand ihnen zu, auch mal an sich zu denken. Außerdem war morgen Samstag, also eigentlich kein Arbeitstag. Es kam schon mal vor, wenn man einen Fall bearbeitete, dass das Wochenende eben draufging. In diesem Falle aber musste das nicht sein. Sie würde ihren Bericht dann am Montag fertigmachen, damit war die Sache erledigt.

»Das ist eine prima Idee. Ich war bisher davon ausgegangen, dass wir das Wochenende mit den Ermittlungen verbringen würden. Aber du hast ja recht, die Fälle sind geklärt. Mit der Besprechung am Sonntagmorgen kann ich meinen Bericht vervollständigen, den ich dann am Montag im Büro fertigstelle. Prima. Dann will ich mir mal Gedanken zu unserem Programm morgen machen. Ah, da kommt Miriam!«, rief Christina plötzlich aus.

Sie ging der Reporterin entgegen. Kim hatte noch nicht herausgefunden, was Christina mit diesem Treffen beabsichtigte. Wieso ging sie nun sogar auf die Presse zu? Diese Miriam hatte ihr doch nicht wirklich geholfen bei der Lösung der beiden Fälle. Irgendwas führte die junge Kollegin doch im Schilde, dachte die Hauptkommissarin. Ihre Neugier machte sie unruhig. Sie ging Christina hinterher. Mal sehen, was die sagen würde, wenn sie bei der Besprechung dabei sein wollte.

»Ist es okay, wenn ich mich dazusetze?«, fragte sie, als sie an den Tisch kam, an den sich die beiden Frauen gesetzt hatten.

»Aber klar«, sagte Christina, »ich werde auch Frieder und Herrn Streich dazu bitten. Ich wollte nur nicht da vorne am Stammtisch mit Miriam sprechen.«

Kim setzte sich, Christina winkte Frieder und Martin Streich zu. Die beiden kamen an ihren Tisch im Nebenzimmer und setzten sich.

»Jetzt bin ich aber ehrlich gespannt, um was es hier gehen soll«, sagte Kim in die Runde, schaute aber Christina an.

»Ich weiß, das ist ein wenig komisch, sich gleich nach Abschluss eines Falls, hier sogar zwei Fällen, mit der Presse zu treffen. Es geht mir auch nicht nur um die Fälle, dazu werde ich dir, Miriam, nachher noch was erzählen. Du darfst das gerne als Erste wissen, damit habe ich kein Problem. Wir werden am späten Sonntagvormittag eine Pressekonferenz in Konstanz machen, dann erfahren die restlichen Medien, was hier passiert ist und wer die Schuldigen sind. Mir geht es um etwas anderes. Als wir die Witwe Wiegand besuchten, ist mir aufgefallen, dass zwei Geräte in diesem Haushalt so gar nicht zum sonstigen Niveau passten, nämlich der Riesenfernseher und das Mordsdrum Kühlschrank. Nun könnte man annehmen, der Herr Wiegand hat nicht schlecht verdient, was zusammengespart und sich die beiden Sachen dann eben gekauft. Ich habe mich aber mal erkundigt, was diese beiden Geräte zusammen mindestens kosten, das sind mehr als zehntausend Euro. Da muss ein Handwerker mit zwei Kindern schon eine ganze Weile sparen, bis er das zusammen hat!«

Die andern schauten die Kommissarin erstaunt an.

»Auf was willst du denn hinaus?«, fragte Frieder Füger.

»Das würde mich jetzt auch interessieren«, sagte Kim.

»Ich will darauf hinaus, dass zwar der Tod von Erik Wiegand nichts mit den Einbrüchen auf der Insel zu tun hatte, wie wir am Anfang mal gedacht hatten. Aber vielleicht hatte dieser Erik mit den Einbrüchen doch zu tun? Immerhin ist es seit einigen Wochen ruhig geblieben, wie mir Herr Streich erzählt hat. Das muss jetzt gar nichts heißen, aber diese Gegenstände in der Wohnung der Wiegands haben mich nachdenklich gemacht. Deshalb ist Miriam hier. Nachdem ihr mit euren Ermittlungen nicht weitergekommen seid, möchte ich einen anderen Ansatz probieren. Wir werden im Zusammenhang mit Miriams Berichterstattung zu den beiden Todesfällen die Frage auf der Insel Reichenau stellen, wer diesen Erik und seinen Handwerkerbus wo und wann gesehen hat. Bisher war das eine akribische Ermittlungsarbeit, die nichts gebracht hat.«

Frieder nickte. Martin Streich nickte. Diese junge Kommissarin hatte da vielleicht einen Punkt. Mit einem Artikel in der Inselzeitung würde man alle Bewohner erreichen. Sie mussten dann nicht auf eine ungenaue Frage antworten, sondern konnten sich Gedanken machen, sich erinnern und sich dann bei ihnen melden. Das war ein guter Ansatz, dachte Martin Streich.

»Eine gute Idee«, stimmte Miriam Herzer zu, »das kann ich tatsächlich machen. Vielleicht funktioniert das wirklich!«

»Mich würde interessieren, warum du diese Sache verfolgst«, fragte Kim, »du hast doch deine Fälle gelöst.«

»Als ich zum ersten Mal auf die Insel kam, traf ich gleich auf dieses Thema, das Martin Streich und auch Frieder Füger umtrieb. Diese unaufgeklärten vielen Einbrüche ohne eine Spur, ohne auch nur einen Verdächtigen, das hat mich einfach nicht losgelassen. Sagen wir, es war eine Art professionelle Pflicht, das bei den Ermittlungen hier auf der Insel im Hinterkopf zu haben. Man kann es sicherlich auch Übereifer nennen, wenn ihr meint«, erklärte Christina.

»Ich finde das toll. Du hast da einen guten Ansatz«, stimmte ihr Frieder Füger bei, »es war tatsächlich so, dass wir viele befragt haben, aber eben immer nur die eine Frage gestellt haben.«

»Das war ja des Problem«, sagte Martin Streich, »was hab' ich herumgfrogt. Aber ebe ohne einen Anhaltspunkt oder Hinweis. Mit einem solchen Artikel kennt des scho anders sei!«

»Ich danke für die Zustimmung. Also probieren wir das!«, sagte Christina, »das können wir beide dann anschließend besprechen.«

Kim Lorenz und die beiden Kollegen verstanden den Hinweis. Sie beschlossen, sich am Stammtisch noch eine Tasse Kaffee zu gönnen. Frieder schlug vor, zum *Café Hochwart* zu fahren und hochzulaufen. Schließlich war das eines der Highlights der Insel. Christina hatte das mitgekriegt.

»Da gehen wir beide morgen aber auch hin!«, rief sie Kim hinterher.

Die hielt inne. Wenn sie morgen dieses Café auch besuchen würden, konnte sie sich jetzt eine Stunde freinehmen und zu Hause anrufen. Jetzt waren die Kinder noch wach, sie würden sicherlich gerne ihre Stimme hören. Sie entschuldigte sich bei Frieder und Streich.

In ihrem Hotelzimmer legte sie sich auf das Bett. Sie könnte über WhatsApp auch via Bild mit ihrer Familie kommunizieren, überlegte sie, verwarf das aber dann. Dafür waren die Zwillinge noch zu klein.

Peter ging gleich ran.

»Hallo Kim, na, wie ist es im Berufsalltag?«

»Nicht schlecht, kann nicht klagen. Wie geht es bei euch? Was machen die Kinder?«

»Alles fein in Ordnung. Läuft wie am Schnürchen, könnte man sagen. Julia und Max waren heute Nachmittag da. Wir haben Kaffee getrunken.«

»Das klingt ja super. Und jetzt die echte Version!«

»Na ja, Julia und Max waren da. Kaffee wollten wir trinken, aber dann haben die Zwillinge das Tischtuch erwischt und, na, halt alles runter. Wir haben aufgewischt und zusammengekehrt. Dann sind Julia und Max gegangen.«

»Hast du ihnen ihre Fläschchen gemacht?«

»Ach, die Fläschchen, genau. Die sollte ich jetzt machen. Deshalb sind sie so unruhig.«

»Peter, geht es dir gut?«

Kim war unsicher. Was war denn da los, fragte sie sich. Sie hatte gedacht, Peter würde das schon schaffen. Aber anscheinend klappte das nicht. Der Mann hörte sich nicht gut an. Sollte sie vielleicht gleich nach Hause fahren? Das war vielleicht besser, als abzuwarten. Besser konnte das ja nicht werden.

»Ich glaube, es ist besser, wenn ich gleich zurückkomme«, sagte sie.

»Nein, warte mal …«

»Viele Grüße an die Kommissarin!«, riefen zwei Stimmen von hinten.

»Hörst du die beiden? Julia und Max sind noch da. Hereingefallen! Alles in Ordnung, genieß' deine Tage. Wir freuen uns, wenn du Sonntag wiederkommst!«

»Jetzt bin ich aber echt erleichtert. Ich dachte schon …«

»Der Mann packt das nicht?«

»So ähnlich«, sagte Kim.

»Es ist anstrengend, aber es geht. Wann kommst du am Sonntag?«

»Wir machen noch eine Schlussbesprechung, dann fahre ich los. Ich denke, am frühen Nachmittag bin ich zu Hause.«

»Prima! Dann back ich uns einen Kuchen. Julia und Max kommen sicher auch gerne.«

»Auf jeden Fall!«, hörte man die Stimmen von hinten.

»Und, wie sind die Fälle?«

»Wir haben sie gelöst, wenn du das meinst. Aber wieder mal kein richtiger Mord.«

»Ich sag's ja, diese Reichenau! Ich hatte gleich ein ungutes Gefühl. Diese Insel braucht keinen Mord, die kann keinen Mord, die kann nur Gemüse und Salat und ein wenig Tourismus!«

»Da hast du wahrscheinlich recht. Aber ganz so einfach war es dann doch nicht. Aber das erzähle ich dir, wenn ich wieder zu Hause bin.«

»Okay.«

»Also bis morgen, mein Schatz. Hab euch lieb!«

»Wir dich auch. Tschüss!«

Kim legte auf. »Schatz«, das hatte sie zu Peter schon lange

nicht mehr gesagt. Aber irgendwie war das von ganz innen gekommen. Na dann, dachte sie, lassen wir das mal so durchgehen, Kim. Sie legte den Kopf aufs Kissen und schloss die Augen. Ein kleines Schläfchen konnte jetzt nichts schaden.

Als er vor der Haustür stand, hatte er sich genau überlegt, was er seinen Eltern erzählen wollte. Er wusste natürlich nicht, wie viel ihnen schon von den beiden Toten auf der Reichenau bekannt war. Wahrscheinlich hatte schon einiges in der Zeitung gestanden. Aber ihm blieb keine Zeit, das abzuchecken.

Am Bahnhof hatte er kurz überlegt, ob er sich eine Zeitung kaufen sollte, den Gedanken dann aber verworfen. Was würde schon drinstehen. Sein Name bestimmt noch nicht. Der würde, das hatten ihm die Polizisten versichert, sowieso nicht genannt werden im Zusammenhang mit den beiden Toten. Vielleicht, so hatte eine der Kommissarinnen gemeint, würde von einem Siebzehnjährigen die Rede sein, vielleicht auch noch, dass er nicht von der Reichenau war, mehr aber nicht. Dann wollte er das halt glauben, hatte er gedacht. Sie würden ihm schon nicht den Kopf abreißen. Eine andere Sache war die Rettung des lebensmüden alten Mannes. Da sah der Fall schon anders aus, das hatten auch die Polizisten eingeräumt. In dem Zusammenhang würde es recht schwierig sein, seinen Namen herauszuhalten. »Da wirst du um eine Ehrung nicht herumkommen, das war schließlich eine richtig mutige Heldentat«, hatte die ältere der beiden Kommissarinnen gesagt. »Du wirst womöglich zum Ehrenbürger der Reichenau ernannt«, hatte die andere gefrotzelt. Die anderen hatten gelacht. Ihm war nicht so sehr zum Lachen gewesen. Er war sich nicht sicher, wie seine Eltern das aufnehmen würden. Außerdem würde es sich dann kaum vermeiden lassen, die weiteren Umstände zu erklären. Mit diesen Gedanken stand er vor der Haustür und suchte seinen Schlüssel. Bevor er den in seiner Tasche gefunden hatte, stand schon seine Mutter im Türrahmen. Sie schaute ihn mit fragendem Blick an. Eigentlich hätte sie gar nichts mehr sagen brauchen. Sie tat es trotzdem.

»Von wo in aller Welt kommsch jetzt du her? Ich weiß net, wie du dir des vorschtellst. En kurzer Aruf, glei aufgelegt und elles was mir erfahret isch, dass du auf d'r Reichenau bei Leonie übernachtet hasch. Dann heit Morge in der Zeitung der Bericht von denne beide Tote auf der Reichenau! Ond onser Jurek natürlich mitte dren im Schlamassel, oder?«, sagte seine Mutter aufgeregt.

Sie drehte sich um und ging voraus ins Wohnzimmer. Dort saß sein Vater mit aufgeschlagener Zeitung auf den Knien.

»So, so, der Herr Filius beliebt nach Hause zu kommen. Schön, schön, jetzt setz dich erst mal. Mutter, mach uns doch noch eine Tasse Kaffee«, meinte sein Vater ganz gelassen.

Jurek war etwas verwundert. In der Regel waren die Rollen anders verteilt. Seine Mutter war diejenige, die eher ruhig reagierte, sein Vater hingegen mehr der Explodierende. Heute schien die Sache andersherum zu laufen. Seine Mutter ging in die Küche. Kurz darauf kam sie mit einem Tablett mit Tassen, Milchkännchen und Thermoskanne zurück.

»Die Kann isch no halb voll«, meinte sie nur. Sie setzte sich zu den beiden Männern an den Couchtisch.

Ihr Mann sah seinen Sohn eindringlich an.

»Ich hatte heute Morgen scho einen Anruf vom Bürgermeister von d'r Reichenau. Er hat mir zu meinem mutigen Sohn gratuliert, stellet euch vor. Außerdem soll es eine Ehrung für den Lebensretter geben! Was sagst du nun, Vera?«, er sah seine Frau fragend an.

»Lebensretter?«, fragte die Mutter.

»Ja, er hat einen alten Mann aus dem Wasser gezogen, sozusagen am Selbstmord gehindert!«

»Wann hot denn der agruefe?«, fragte seine Mutter.

»Grad vorher, als du im Keller warsch«, antwortete sein Vater.

Das ging aber flott, dachte Jurek. Er hätte nicht gedacht, dass seine Tat schon jetzt allgemein bekannt sein würde.

»Na, dann mach dich amol auf was gefasst, mein Sohn«, fuhr sein Vater fort, »vor ellem verzehl uns jetzt mal genau, was seit Donnerschtag passiert isch. Was hasch du mit dene beide Tote auf der Reichenau zu tun?«

Jurek erzählte ihnen nicht alles. Er verschwieg seine Angst, sprach davon, erst einmal Zeit gebraucht zu haben, das Geschehene zu verarbeiten. Aber er wusste im Grunde genommen genau, dass seine Eltern ihm das so nicht abkaufen würden. Als er am Ende seines Berichts angekommen war, meinte seine Mutter prompt:

»Hosch halt Angscht ghet, gell.«

»Verständlich«, bemerkte sein Vater, »i wüsst net, was i gmacht hätt'. Ond was hat die Kriminalpolizei dann gmeint?«

»Dass ich erstens kein Motiv hatte und zweitens die Spuren den Ablauf wohl deutlich zeigten«, sagte Jurek.

»Dann kannsch du dich ja auf deine Ehrung freuen«, sagte seine Mutter.

»Genau, des wird was. Unser Jurek auf dem Podium bei der Verleihung der Ehrenbürgerwürde! Wer hett au des denkt!«, rief sein Vater aus.

Jurek wusste nicht so recht, was da auf ihn zukam. Immerhin hatte er kein ungutes Gefühl bei der Sache. Er hatte den alten Mann aus dem Wasser gezogen und am Leben erhalten. Das stimmte schon. Ob er den ganzen Trubel brauchte, das konnte er noch nicht einschätzen. Ehrenbürger der Reichenau, die Ehrung durch den Bürgermeister, was kam da auf ihn zu?

»Ich geh mal hoch. Muss noch was für d' Schul mache und d'r Leonie anrufen«, sagte er zu seinen Eltern.

»Des machsch no«, meinte sein Vater, »die wird sicher au gschpannt sei, wie du den Ehrenbürger verkraftesch!«

»Jetzt lass doch den Bua en Ruh«, sagte seine Mutter und knuffte den Vater in die Seite. Sie war schon sehr stolz auf ihren Jungen. Bei all diesem Stress mit dem Tod des Gemüsebauern und seiner Flucht hatte er doch die Kraft und den Mut gehabt, diesen alten Mann aus dem kalten Wasser zu retten.

»Ich bin fei scho stolz auf ihn«, sagte sie zu ihrem Mann, als Jurek die Treppe hinauf in sein Zimmer gegangen war.

»I doch au«, meinte er nur.

Man hatte von hier oben einen prächtigen Blick über die Insel, dachte Frieder Füger. Die *Hochwart* war ein kleiner Turm auf dem höchsten Hügel der Insel. Immerhin über 440 Meter über dem Meeresspiegel, hatte ihm Martin Streich erklärt. Der war ganz stolz auf diesen kleinen Berg, der trotz seiner geringen Höhe diesen tollen Blick möglich machte.

»Hier lässt sich's sei«, sagte Martin Streich mit dem Blick auf den Bodensee.

»Des schtimmt«, bestätigte Frieder Füger, »ich hett nicht dacht', dass mer hier so einen schöne Platz fendet.«

Er schaute hinunter auf die Felder und ein paar wenige Weinberge. Wein also auch, dachte er. Wie war wohl so ein Leben hier auf dieser kleinen Insel? Er konnte sich das gar nicht vorstellen. Was hatte er denn schon gesehen. Bisschen gejobbt hier, ausgeholfen dort. Ihm war das schon beim Besuch bei den Bermaiers durch den Kopf gegangen. Jeden Morgen in der Früh hinaus ins Gewächshaus oder aufs Feld. Den lieben langen Tag. Das brauchte Verbundenheit zur Natur, zum Wachsen, zum Erleben einer Entwicklung irgendwie, dachte er. Was war dagegen seine Arbeit. Er fuhr hier auf der Insel herum, befragte Leute, sammelte Indizien, vielleicht. Was vollbrachten sie als Kriminalbeamte, musste er denken. Sie sorgten für Sicherheit und Ordnung. Aber brauchte diese Insel, die so viel gutes Gemüse und Salat in die Gegend schickte, sie?

Gut, da kamen ihm die Einbrüche in den Sinn. Da wurden sie zwar gebraucht, fanden aber keine Spur. Hoffentlich funktionierte die Sache mit dem Artikel. Wenn sie jetzt auch noch das Handy orten konnten, waren sie vielleicht den Dieben auf der Spur. Er wollte auch hier, auf der Reichenau, wo alles im Wachsen seinen Sinn fand, nützlich sein, sozusagen seinen Mann stehen, seine Berechtigung haben.

»Wenn mer jetzt no die Diebskerle schnappet, no semmer wieder wer«, sagte Martin, als ob er die Gedanken des Kollegen mitgelesen hätte.

»Do hosch recht. I hoff bloß, mir krieget des Handy geortet. Ond dann der Artikel, des muss doch irgendwo naführe«, meinte Frieder.

»I glaub, mir trenket jetzt dorauf ein scheenes Weiza, was meinsch?«

»Des hend mir ons, glaub ich, verdient«, stimmte Frieder zu.

Martin Streich winkte der Bedienung, die kurz darauf zwei gut eingeschenkte Hefeweizen auf ihren Tisch stellte.

»Proscht, die Herre«, sagte sie.

Eine hübsche Person, dachte Frieder, vielleicht sollte man mal ein paar Tage ohne Mordfälle auf der Reichenau verbringen.

»A Fesche, gell«, sagte Martin.

Frieder schaute ihn erstaunt an. Konnte der Mann Gedanken lesen?

Am Samstagmorgen lag tiefer Nebel über dem See. Auf der Reichenau gab es unter den Leuten beim Bäcker, in der Metzgerei oder bei der Arbeit auf dem Feld natürlich kein anderes Thema als die beiden Toten und wie das alles wohl passiert war.

Albert Reiter hatte seine Runde heute früher als sonst begonnen. Samstags war er üblicherweise später dran, denn am ersten Tag des Wochenendes, das hatte er festgestellt, kamen selbst die Einheimischen später aus ihren Löchern. Früher hatte er manchmal stundenlang seine Runden gedreht, bis er mal auf jemanden getroffen war, mit dem das Schwätzen lohnte. Also fing er an diesem Tag seitdem später an.

Als er mit seinem E-Bike am *Hasen* vorbeifuhr, dachte er, das geht ja gut los, denn auf der Terrasse saßen die beiden Kommissarinnen bei einem späten Frühstück. Sei ihnen gegönnt, dachte er, schließlich hatten sie die Fälle gelöst, wie es schien. So ganz war ihm das zwar noch nicht klar, wie der Bermaier sich mit der eigenen Mistgabel hatte erstechen können, aber anders konnte er sich dessen Tod auch nicht erklären.

Vom Erpressungsversuch und der unterlassenen Hilfeleistung war auf der Insel noch nichts bekannt. Das hatte Christina mit Miriam Herzer so ausgemacht. Die Reporterin würde die Informationen bekommen, aber bitte so verwenden, wie es in die Vorgehensweise der Kriminalpolizei passte. Also würde Miriam die wahren Hintergründe und menschlichen Abgründe erst in der kommenden Woche ausführlich berichten.

Kim Lorenz und Christina Hahn sahen den alten Mann auf seinem E-Bike heranfahren. Christina kannte Albert Reiter zwar nicht persönlich, hatte aber dessen Namen und vor allem dessen Funktion von Martin Streich im Zusammenhang mit Informationen schon genannt bekommen.

Das konnte nur dieser Mann sein, dachte sie, als er auch schon an ihrem Tisch stand.

»Guten Morgen, die Damen«, sagte Albert Reiter zur Begrüßung, »derf ich mich einen Moment setzen?«

»Aber wirklich bloß ›en Moment‹«, sagte Kim Lorenz, »wir sind nämlich eigentlich echt außer Dienscht.«

»Verstehe, verstehe«, meinte er, setzte sich dennoch schnell auf einen der freien Stühle am Tisch.

»Also, was wollen Sie wissen?«, fragte Christina gleich. Es war ihr nicht recht, dass dieser Mann ihren schönen Samstagmorgen unterbrach.

»I hab den Artikel glesa, von d'r Miriam. Do wird fei viel gschwätzt iball. Des mit denne Eibrich, do hot mer sich doch immer gfrogt, wer kann denn des sei«, erzählte er.

»Und?«, fragte Kim.

»Der Wiegand hot doch en Lieferwage, also ghet.«

»War ja ein Handwerker, Flaschner, glaube ich«, bestätigte Christina.

»Den hot mer fei gseah.«

»Wo?«, fragte nun Christina.

»Iball. Oft nachts. Ond no ischer emmer nom gfahre noch Konschtanz.«

»Der Wiegand?«

»Der Lieferwage halt, d'r Wiegand scho au.«

»Sie wollen andeuten, der Erik Wiegand hatte was mit den Einbrüchen zu tun?«, fragte nun Christina.

»Genau. Der isch doch net aufgfalle. Aber jetzt, der Artikel, die Aufmerksamkeit, d' Leit hend nochdenkt. Die hend elle was gseah.«

Christina lächelte in sich hinein. Kim Lorenz nickte ihr bestätigend zu. Das war eine wirklich gute Idee gewesen, diese Sache so publik zu machen.

»Vielen Dank, Herr Reiter, denn der sind Sie doch?«, sagte Christina, »genau das wollten wir mit diesem Artikel erreichen. Und jetzt entschuldigen Sie uns bitte, wir wollen zusammen einen freien Tag genießen.«

Albert Reiter erkannte den Zaunpfahl, wenn er mit einem Wink daher kam. Aber er wusste nun genug über die Absicht mit dieser Publikation. Ein guter Schachzug, das musste er professionell anerkennen, denn auch er hatte so nebenbei ein wenig rumgefragt, gedacht, er könnte dem Streich mal zeigen, wie man so einen Fall löste, war aber keinen Schritt vorwärtsgekommen. Aber jetzt, mit dieser Anregung, redeten die Leute darüber, dem fiel das ein, einer andern das. Da liefen Informationen zusammen, die hätten weder die Kriminalbeamten noch er in Wochen nicht zusammenbekommen.

»Also dann, einen scheene Tag, die Damen«, sagte er und ging zu seinem Fahrrad hinüber.

»Das war die Quasseltante der Insel. Hat mir Streich erzählt. Der Reiter ist praktisch die ganze Woche auf der Reichenau unterwegs. Dem entgeht nichts. Gerade deshalb hat es ihn ja so gefuchst, dass er zu den Einbrüchen nichts herausgefunden hat«, erklärte Christina ihrer Kollegin.

»Aha, dann haben wir ihm jetzt mal gezeigt, wie moderne Ermittlung geht«, sagte Kim mit einem Lächeln.

»Richtig. Also, pass auf, so sieht mein Plan für heute aus. Wir beginnen am südlichen Zipfel mit der Kirche St. Georg, bewundern dort die eindrucksvollen Wandbilder aus dem 10. Jahrhundert, laufen dann auf der Uferstraße am See entlang, um bei *Riebels* einzukehren. Dort gibt es allerlei Fischgerichte. Ich habe uns schon auf zwölf, halb eins einen Tisch reserviert. Anschließend gehen wir weiter in Richtung Mittelzell, wenn du möchtest ins Museum, auf jeden Fall aber zum Münster und in den Kräutergarten«, erklärte Christina.

»Museum muss heute nicht unbedingt sein. Ich bin lieber draußen an der frischen Luft«, meinte Kim.

»Gut, dann lassen wir das Museum. Ich rufe von Mittelzell aus den Streich an, der fährt mit uns nach Niederzell.

St. Peter und Paul hast du ja schon von außen gesehen. Da gehen wir dann rein, eine sehr alte Kirche übrigens.«

»Das ist in der Nähe des ersten Tatorts, nicht?«

»Genau, dort am Ufer wurde der junge Mann gefunden. Anschließend fährt uns Streich in die Nähe der *Hochwart*. Wir müssen dann nur ein paar Minuten den Hügel hinauflaufen. Ein herrlicher Weg mit weitem Blick auf den See. Die *Hochwart* ist übrigens der höchste Punkt der Insel. Man hat von dort eine wunderbare Sicht über die Insel und die weiten Wasserflächen hinüber bis zum Festland. Vor allem gibt es dort ein Café mit leckerem selbst gemachtem Kuchen und einem guten Cappuccino. Dort lassen wir den Nachmittag ausklingen. Am Abend sind wir dann im *Hasen* zu einem gemütlichen Abendessen und ein oder zwei Gläsern Wein, was meinst du dazu?«

»Plan genehmigt. Aber, jetzt lass uns noch eine Tasse Kaffee trinken. Man sitzt hier auf der Terrasse auch ganz prächtig«, sagte Kim Lorenz und winkte der Bedienung.

»Wieder mal kein richtiger Fall«, sagte Kim nach einer Weile.

»Aber zwei Tote, immerhin.«

»Stimmt. Ich hätte mir denken können, dass es auf der Reichenau keine zwei Morde geben kann. Peter hat auch gleich gefrotzelt. Aber dem habe ich diesmal eins ausgewischt«, sagte Kim lachend.

»Wieso das denn?«

»Über diese beiden Toten lässt sich schlecht ein Krimi schreiben. Da muss er sich diesmal wirklich mal selbst etwas einfallen lassen!«

»Also kein Fall für die Krimi-Hauptkommissarin Kim Lorenz?«

»Nein, diesmal nicht«, bestätigte Kim.

Bernd Weiler

Bernd Weiler ist in Eislingen/Fils geboren, studierte Anglistik und Germanistik in Tübingen und Leeds. Als freier Redakteur und Autor arbeitete er bei zahlreichen Reise- und Naturführern mit. Seit einigen Jahren schreibt er auch Krimis. *Das leise Sterben auf der Reichenau* ist bereits der fünfte Krimi mit der Kommissarin Kim Lorenz. Der Autor lebt mit seiner Familie in Pfullingen am Albtrauf.

Ich habe zu danken …

… den Reichenauer*innen, die mir ihre schöne und fruchtbare Insel als Schauplatz für diesen Krimi zur Verfügung gestellt haben (ohne natürlich wirklich gefragt worden zu sein)

… ihrem Bürgermeister, Herrn Dr. Wolfgang Zoll, für ein sehr informatives Gespräch

… meinem Lektor Bernd Storz für seine Sorgfalt und zahlreiche Anregungen

… meiner Korrektorin Sabine Tochtermann für ihre akribische Arbeit an diesem Text

… dem Verlag Oertel + Spörer für die Möglichkeit, ein weiteres Buch in der Kim-Lorenz-Reihe zu veröffentlichen

… meiner Familie für ihre Geduld mit meiner Schreiberei, erschwert durch die Corona-Pandemie

… dem Jurek, der mir gestattete, seinen Namen zu verwenden

Dieser Kriminalroman spielt an realen Schauplätzen.
Alle Personen und Handlungen sind frei erfunden.
Sollten sich dennoch Ähnlichkeiten mit lebenden oder
verstorbenen Personen ergeben, so sind diese rein zufällig
und nicht beabsichtigt.

© Oertel + Spörer Verlags-GmbH + Co. KG 2021
2. Auflage 2022
Postfach 16 42 · 72706 Reutlingen
Alle Rechte vorbehalten.

Titelbild: © Adobe Stock
Gestaltung: PMP Agentur für Kommunikation, Reutlingen
Lektorat: Bernd Storz
Korrektorat: Sabine Tochtermann
Satz: Uhl + Massopust, Aalen
Druck und Bindung: CPI books GmbH, Leck
Printed in Germany
ISBN 978-3-96555-047-6

Besuchen Sie unsere Homepage und informieren
Sie sich über unser vielfältiges Verlagsprogramm:
www.oertel-spoerer.de

ISBN 978-3-88627-893-0
Kim Lorenz ermittelt in einem
rätselhaften Fall in Ravensburg.

ISBN 978-3-88627-383-6
Ein Serienmörder hält die Region
Überlingen in Atem.

ISBN 978-3-88627-927-2
Ein Tettnanger Hopfen-
bauer hängt tot in seinem
Hopfengarten.